내해의 어부

A Fisherman of the Inland Sea
by Ursula K. Le Guin

내해의 어부

어슐러 K. 르 귄 지음
최용준 옮김

시공사

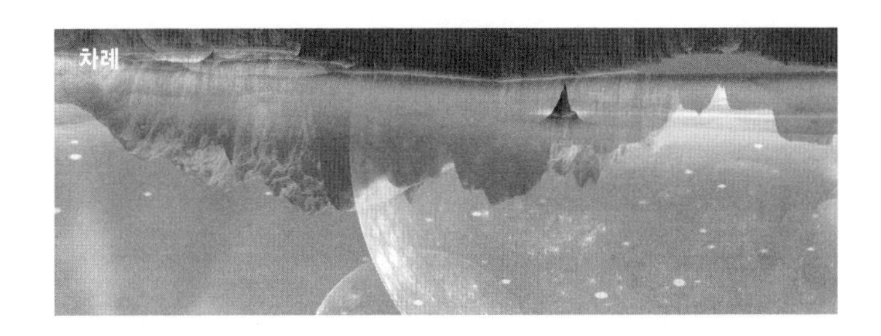

차례

서론

SF를 읽지 않는 것에 대해

SF과학소설를 읽지 않는 사람들은 SF에 쓰이는 아이디어를 얻으려면 천체 역학이나 양자 이론에 아주 익숙해야만 하며, SF는 NASA에서 일하는 사람들 그리고 자기 집 VCR로 녹화 예약을 어떻게 하는지 아는 사람들에게나 어울릴 정도로 복잡하다고 가정하거나 또는 그런 척한다. 심지어 일부 SF 작가들마저도 그렇다. 이러한 환상은 작가들에게 우월감을 심어줄지는 모르지만 SF를 읽지 않는 이에게는 좋은 핑곗거리가 될 뿐이다. 나는 그냥 이해가 안 된다. 그런 사람들은 깊고 안락하고 산소가 부족한 과학기술 공포증의 동굴 속에 숨어 우는소리를 해댄다. '그런 이론'을 이해하는 이는 SF 작가 중에도 거의 없다고 말해줘봤자 소용없다. 우리 SF 작가들 역시 20분짜리 〈왈가닥 루시〉를 즐기고, 〈명작 극장〉을 녹화하기 위해서는 비디오카세트와 거의 씨름을 하다시피 한다. SF의 과학적 아이디어 대부분은 초등학교 6학년을 마친 사람이라면 완전히 이해할 수 있고 친숙한 것들이며, 어쨌든 책을 다 읽은 뒤 그 내용에 대해 시험을 보지도 않는다. 결국, SF는 공학 강의가 변장한 것이 아니라는 거다. 수학 악마가 고안해낸 '이야기인 척하는 문제'도 아니다. SF는 이야기다. SF가 다루는 주제들이 그 내면에 흥미로움과 아름다움, 그리고 인간 조건과의 관련성을 품고 있을 뿐이다. 심지어 '과학소설'이라는 우아하지도, 정확하지도 않은 이름 속에서도 '과학'은 '소설'을 꾸며주는 수식어일 뿐이다.

예를 들어 내 소설 《어둠의 왼손》의 주 '아이디어'는 과학적이지도 않으며 기술과는 아무런 상관도 없다. 그저 성이 바뀐다는 생리학적 상상이 살짝 적용되었을 뿐이다. 게센이라는 상상의 세계에 사는 사람들에게 성은 존재하지 않는다. 대부분의 시간에는 중성이며, 한 달에 한 번씩 발정기가 되면 어떤 때는 남성이 되고, 어떤 때는 여성이 된다. 게센인은 아이를 낳게 할 수도 있고, 아이를 낳을 수도 있다. 독자가 이러한 창작을 독특하다고 여기거나 사악하다고 여기거나 멋지다고 생각할 수는 있겠지만, 그게 무슨 뜻인지 알기 위해, 그리고 소설이 진행되며 그러한 가정이 내포하는 의미를 알기 위해 많은 과학 지식이 필요하지 않다는 것만은 분명하다.

《어둠의 왼손》의 또 다른 소재는 그 행성의 기후다. 그곳은 빙

하기 한복판에 놓여 있다. 간단한 아이디어다. 그곳은 춥다. 아주 춥다. 언제나 춥다. 그에 따른 파생 효과와 복잡성과 공명은 얼마나 자세히 상상하는가에 달려 있다.

《어둠의 왼손》이 사실주의 소설과 다른 점은 독자에게 소설 속 현실에서 일어나는 제한되고 구체적인 변화를, 당분간만, 받아들여달라고 요구한다는 점뿐이다. (《오만과 편견》이나 기타 여러분이 좋아하는 다른 사실주의 소설들처럼) 두 개의 성으로 나뉜 사람들이 간빙기 동안 지구에 있는 대신, 우리는 단성 인간들이 빙하기에 사는 게센에 있다. 양쪽 세상 모두가 상상의 산물이라는 걸 기억한다면 도움이 될 것이다.

SF에서 매개변수를 바꾸는 것은 재미와 변화를 위해서이기도 하지만, 그보다는 작품의 성격과 구조에 필수 불가결하기 때문이다. 작가가 이러한 변화를 추구하고 개발하는 이유가 그 자체가 중요하기 때문이든 아니면 은유나 상징을 위해서든 간에, 이런 변화는 서술, 행동, 감정, 암시, 상상을 통해 사회와 등장인물의 심리 상태로 바뀌어 소설적으로 묘사된다. SF 속 설명은, 클리포드 기어츠의 용어를 빌려 말하자면, 독자가 평범한 경험을 했다고 가정하는 사실주의 소설들보다 다소 '두껍다'.* 하지만 그 내용을 이해하는 건 다른 복잡한 소설을 이해하는 것보다 더 어렵지 않다. 게센 행성이 덜 익숙하기는 하겠지만, 사실 200년 전에 제인 오스틴이 탐험하고 생생히 묘사했던 영국 사회보

*클리포드 기어츠는 미국의 인류학자로, '두껍게 읽기'라는 개념을 도입해, 객관적 사료 이면에 숨겨진 행위의 맥락을 설명하고자 했다.

다 훨씬 더 단순하다. 양쪽 세계 모두 알려면 노력이 필요하다. 양쪽 세계 모두, 읽는 방법을 제외하면 우리가 경험할 방법이 전혀 없기 때문이다. 모든 소설은, 읽는 것 말고는 달리 도달할 수 없는 세상을 우리에게 제시한다. 그 세상은 과거 또는 상상 속의 머나먼 곳이거나, 또는 우리가 해보지 못한 경험을 설명하거나 우리와는 다른 정신세계로 우리를 인도하기 때문이다. 어떤 사람들에게 이러한 세계의 변화와 낯섦은 넘을 수 없는 장벽이다. 하지만 어떤 사람들에게는 모험이자 기쁨이다.

SF를 읽지는 않지만 적어도 읽으려고 어느 정도 시도는 했던 사람들은 SF를 엘리트주의적이며 현실 도피성이 강하다고 말한다. 그런 사람들 주장에 따르면, SF 속 등장인물들은 상투적인데다 별나고, 모두가 천재, 우주 영웅, 초능력자, 단성 외계인 같은 존재들이며, 이들이 나오는 SF는 평범한 인간들이 삶에서 맞닥뜨려야 하는 문제를 회피하고, 따라서 소설의 핵심적 기능을 수행하는 데 실패한다. 그렇지만 저 멀리 제인 오스틴의 영국을 보면, 그 안에 등장하는 사람들은 우리와 관련이 있고 또한 계시적이며, 따라서 그러한 책을 읽음으로써 우리 자신에 대해 배운다고 한다. 그러면서 그들은 과연 SF가 현실 도피 이외의 것을 우리에게 제공한 적이 있느냐고 묻는다.

비현실적인 등장인물 신드롬은 초기 SF에선 대부분 진실이지만, 지난 수십 년간 작가들은 SF라는 형식을 통해 등장인물과 인간관계를 탐험해왔다. 나도 그 가운데 한 명이다. 어떠한 특징과 운명에 대해 이야기하려면 가상의 설정이 가장 적당할 수도 있다. 하지만 또한 현대 소설의 상당수가 등장인물 중심의 소설이 아닌 것도 사실이다. 20세기 말은 엘리자베스 시대나 빅토리아 시대처럼 개인주의의 시대가 아니다. 의지할 수 없는 화자, 붕괴되는 관점, 초점이 뚜렷하지 않은 인식과 상관 관계로 인해 소설의 등장인물이 그 중심 가치에 대응하는 깊이를 갖지 못하는 경우가 종종 있으며, 그건 소설이 사실주의인가 아닌가와는 아무 관련이 없다. SF는 은유를 굉장히 자유로이 할 수 있고, 그 덕분에 많은 작가들이 개인주의에 제한되지 않고 저 멀리까지 이러한 탐험을 할 수 있다. 포스트모던의 비탈에 선 셰르파인 것이다.

엘리트주의에 대해서 살펴보면, 문제는 아마도 과학만능주의일 것이다. 첨단 기술을 도덕적 우월성으로 착각한 것이다. 지나친 기술주의 사회의 제국주의는 교만한 옛 인종차별주의자들의 제국주의와 똑같다. 기술신봉주의자들은 지식이 없고 자신들에게 속하지 않는 이들, 적절한 인공물이 없는 이들을 사람 취급하지 않는다. 그런 사람들을 무산계급이자 대중이며 얼굴 없고 보잘것없는 존재라고 여긴다. 그리고 그것이 허구든 역사든, 이야기의 주인공은 그들이 아니다. 이야기는 정말로 깔끔하고 정말로 비싼 장난감을 가진 아이들에 대한 것이다. 그래서 '사람'은 극도로 정교하고 빠르게 발전하는 산업 기술에 접근할 수 있는 이들로 조작되어 정의된다. 그리고 '기술' 자체도 그러한 유형으로 제한된다. 나는 아메리카 원주민들이 '정복'되기 전에는 그들에게 기술이라는 게 없었다고 정말로 진지하게 주장하는 걸 들은 적이 있다. 그렇다면, 가마로 구운 도기는 저절로 생긴 물건이고, 바구니는 여름이 되면 열매가 익듯이 자라며, 마추픽추는 땅에서 저절로 솟았단 말인가.

인류를 복잡한 산업 성장 기술의 제조자이자 소비자로 제한하는 것은 정말로 이상한 개념이며, 이런 건 인류를 그리스인이나 중국인이나 중상류층 영국인으로 제한해 정의하는 것과 다를 바 없다. 인류의 너무나 많은 부분을 빼먹는 것이다.

하지만 모든 소설은 대부분의 사람을 빼야만 한다. 복잡한 기술에 관심이 있는 소설은 (이렇게 말해도 된다면) 다른 방식으로 기술화된 사람들을 빼며, 교외에서의 간통에 대한 소설은 도시 빈민을 무시할 터이며, 남자의 정신에 중심을 둔 소설은 여자를 제거할 것이다. 그리고 이러한 삭제는 편리함이 우월하다거나 백인 중산층이 사회의 전부라거나 남자만이 글의 대상이 될 가치가 있다는 식으로 읽힐 수도 있으리라. 삭제에 따른 도덕적, 정치적 진술은 그것들을 만드는 의식에 의해, 작가가 속한 문화가 허용하는 범위 내에서 드러난다. 그리고 그것은 책임을 지는 문제로 귀결된다. 작가의 책임을 부정하는 것, 고의적으로 자각하지 못하는 것은 우월주의이며 그러한 태도는 사실주의를 포함해 소설의 모든 장르에 해가 된다.

나는 SF가 다른 세계, 우주 여행, 미래, 가상의 기술과 사회와 존재의 이미지와 은유를 사용하기 때문에 우리 삶을 표현하지 못한다는 주장을 받아들일 수 없다. 진지한 작가가 사용하는 그러한 이미지와 은유는 우리 삶의 이미지와 은유이며, 다른 방식으로는 말할 수 없는, 여기 지금의 우리, 우리의 존재, 선택에 대해 적합한 소설적, 상징주의적 방식이다. SF는 지금 여기를 확대해 보여주는 것이다.

당신에게 흥미로운 것은 무엇인가? 어떤 사람들은 오로지 사람에게만 흥미가 있다. 어떤 사람들은 나무나 물고기나 별, 엔진 작동 방식 또는 하늘이 파란 이유에 대해서는 아무 관심이 없다. 그런 사람들은 오롯이 인간만을 생각하며 종종 자신의 그러한 종교에 가까운 믿음을 남들에게 전하려 애쓴다. 그리고 그러한 사람들은 과학이나 SF는 좋아하지 않는다. 인류학, 심리학, 약학을 제외한 모든 과학과 마찬가지로, SF는 오롯이 인간만을 중심으로 생각하지는 않는다. SF는 다른 존재를, 그러한 존재의 다른 면을 포함한다. SF는 (사실주의 소설의 가장 큰 주제인) 인간과 인간의 관계에 대해 이야기할 수도 있지만, 인간과 다른 것, 다른 존재, 생각, 기계, 경험, 사회와의 관계에 대해 이야기할 수도 있다.

마지막으로, 어떤 사람들은 SF는 우울해서 읽기 싫다고 내게 말한다. 만약 이 말을 한 사람이 잡은 책이 하필이면 대참사 이후를 다룬 경고적 성격의 이야기거나, 서로에게 과도하게 투덜거리는 경향이 심한 최신 유행 소설이거나, 저속한 메탈-펑크-가상세계-누아르-자본주의가 버무려진 사실주의가 과도하게 들어간 소설이라면 그러한 주장을 충분히 이해할 수 있다. 하지만 내 생각에, 종종 이러한 비난은 독자 자신의 마음속에 있는 두려움이나 우울함을 어느 정도는 반영하는 것 같다. 변화에 대한 불신, 상상에 대한 불신 말이다. 많은 사람들이 자신들이 완벽히 익숙하지 않은 무엇인가에 대해 생각해야 할 때면 두려워하거나 우울해한다. 그런 사람들은 통제력을 잃는 걸 두려워한다. 그런 사람들은 이미 자신이 잘 알고 있는 대상에 대한 것이 아니면 읽으려 하지 않으며, 그것이 다른 색깔이면 싫어하고, 맥도널드에서가 아니면 먹으려 들지 않는다. 그런 사람들은 자신들이 있기 전에도 세계가 존재했으며, 자신들보다 더 크고, 자신들이 없어도 계속 유지되리라는 사실을 알고 싶어 하지 않는다. 그런 사람들은 역사를 좋아하지 않는다. 그런 사람들은 SF를 좋아하지 않는다. 그런 사람들은 맥도널드에서 먹고 천국에서 행복하게 잘 살게 빌어주자.

사람들이 왜 SF를 싫어하는지를 이야기했으니, 이제 왜 내가 SF를 좋아하는지를 말하겠다. 나는 다양한 종류의 소설을 좋아한다. 대개는 특정 장르에 국한된 특징 때문이 아닌, 공통적으로 있는 본질들 때문이다. 하지만 내가 SF를 좋아하는 것은 SF에 활력, 광대함, 상상의 정확함, 쾌활함, 다양함, 은유의 힘, 전통적인 문학의 기대와 매너리즘으로부터의 자유, 도덕적 진지함, 위트, 정력, 아름다움이라는 특별한 미덕이 담겨 있기 때문이다.

SF의 미덕으로 꼽았던 것들 가운데 마지막 것에 대해서 잠깐 말해보자. 이야기의 아름다움은 수학 증명이나 결정 구조의 아름다움처럼 지적인 것일 수도 있다. 또는 잘 만든 물건의 아름다움처럼 심미적인 것일 수도 있다. 또한 인간적이고 감정적이고 도덕적인 것일 수도 있다. 그리고 이 세 가지 모두일 수도 있다. 하지만 여전히 SF 비평가와 평론가들은 그 이야기를 단순히 아이디어의 제시가 전부인 양, 지적 '메시지'만이 전부인 양 다룬다. 이러한 환원주의는 상당수의 현대 SF 작품들에서 이루어지는 복잡하고 강력한 기술과 실험에 심각한 해를 끼친다. SF 작가들은 포스트모더니스트로서 언어를 사용한다. 비평가들은 수십 년 뒤처져 있으며, 언어에 대해 논의하는 건 고사하고 그 소리와 리듬과 순환과 패턴의 의미조차 알아듣지 못하는 귀머거리다. 그리고 텍스트는 약을 감싼 젤라틴 코팅처럼 단순히 아이디어의 전달 수단일 뿐이라고 여긴다. 이는 고지식한 태도다. 그리고 이러한 태도라면 최고의 SF에서 내가 최고로 좋아하는 부분을 완전히 놓칠 뿐이다. 그 아름다움을 말이다.

이 책에 실린 단편소설들에 대해

내가 쓴 단편소설들의 아름다움에 대해서는 말하지 않을 것이다. 그건 비평가와 평론가의 몫으로 남겨두고 그 대신에 각 글의 아이디어에 대해 이야기하면 어떨까 싶다. 하지만 메시지를 말하겠다는 건 아니다. 이 책의 단편들에는 메시지가 없다. 이건 포춘 쿠키*가 아니다. 이건 이야기다.

*좋은 글귀나 운세가 쓰인 종이 띠를 넣고 구운 쿠키.

마지막 세 편이자 가장 긴 작품들은 모두가 절대로 변명할 수 없고 받아들이기 어려운 개념이자, 현존하는 그 어떤 기술로도 외삽할 수 없으며 현재의 그 어떤 물리학 이론으로도 정당화할 수 없는 장치에 그 바탕을 두고 있다. 완전히 엉터리다. 사람들 말마따나, 완전히 SF다.

오래전, SF를 처음 쓰면서 나는 어떤 면에서는 우리 은하가 굉장히 불편하다는 사실을 깨달았다. 나는 그 어떤 것도 빛보다 빨리 이동할 수 없다는 아인슈타인의 정리를 받아들였다(그걸 대신할 만한 나 자신의 마땅한 대안이 없었다). 하지만 그건 우주선이 한 곳에서 다른 곳으로 가려면 너무나도 오랜 시간이 걸린다는 뜻이다.

다행스럽게, 만약 빛처럼 또는 그에 버금갈 정도로 빠르게 움직이는 경우, 우리의 위대한 알베르트 님께서는 시간 지연의 역설 또한 제공해주셨다. 그건 아광속으로 움직이는 우주선에 탄 사람은 여행을 거의 순식간에 마칠 수 있다는 뜻이다. 만약 우리가 이곳에서 100광년 떨어진 곳을 아광속으로 이동한다면, 여행은 우리의 시간으로는 몇 분밖에 걸리지 않으며, 그곳에 도착했을 때는 단지 몇 분만 늙게 될 뿐이다. 하지만 우리가 떠난 세계 그리고 우리가 도착한 세계에서는 그 몇 분 동안 100년이 흐른다.

이 역설은 성간 여행을 하는 이의 삶과 관계와 감정을 다룰 수 있는 멋진 도구이며, 나는 여러 이야기에서 이것을 써왔다. 하지만 이것은 통신을 엉망으로 만든다. 우리는 100광년 떨어진 곳에 외교 관계로 연락을 해야 하며, 우리를 보낸 정부가 아직 존재하는지, 여전히 메가토륨을 실어 보내길 원하는지 알 방법이 없는 것이다.

만약 우리가 연락을 할 수 없다면 성간 무역이나 외교 또는 다른 관계도 그리 활발하게 일어날 수가 없다. 그리고 소설은 대부분이 인간이나 다른 존재들 사이의 관계에 대한 것이다. 그래서 나는 앤서블을 발명했다. (후에 나는 앤서블을 발명한 공로를 아나레스의 쉐벡*에게 돌렸다. 쉐벡은 그것이 어떻게 작동하는지 내게 열심히 설명하려 했다. 하지만 그것을 처음 발명한 이는 나다.)

앤서블은 아인슈타인을 거부한다. 정보는 물질이 아니며 그러므로(오, 나는 SF적 '그러므로'를 무척이나 좋아한다!) 앤서블에 의해 순간적으로 전송될 수 있다. 시간의 역설도 없고 시간의 지연도 없다. 우리가 X에서 Y로 100광년을 여행할 때, Y에 도착하면 X의 지난 세기 역사가 우리를 기다리고 있다. 우리는 우리를 보낸 무정부주의-노동조합자들의 낙원이 광기에 사로잡힌 신정 절대군주제로 바뀌지는 않았는지 궁금해할 필요가 없다. 사실 우리는 앤서블로 즉시 연락을 해서 그걸 알아볼 수 있다. 여보세요? 동지? 아니, 미안하지만 나는 광기에 사로잡힌 신정 절대군주라네.

비록 과학적으로는 우스꽝스럽지만, 앤서블은 직관적으로는

*르 귄의 소설 《빼앗긴 자들》(1974)에 나오는 물리학자.

만족스러우며, 받아들이기 쉽고 믿기 쉽다. 결국 우리 세상에서 지식과 정보, 심지어 전화선을 통한 우리 목소리마저 전기 신호로 바뀌어 온 세계를 순식간에 움직이며(그렇게 보이며), 그 반면 우리의 육체는 느릿느릿 그 뒤를 걷거나 운전하거나 날아서 뒤쫓는다.

물론 '(그렇게 보이며)'가 앤서블의 원리 전부다. 하지만 그 점에 대해 불평한 이는 아무도 없었다. 그리고 종종 앤서블은 다른 작가들의 작품에서도 등장한다. 앤서블은 전화나 휴지처럼 편리한 물건이다.

초기의 단편소설 한두 편에서 나는 무인 우주선 역시 순식간에 우주를 가로질러 갈 수 있다고 말하거나 암시한 적이 있다. 이것은 실수로, 오직 물질이 아닌 것만이 빛보다 빠르게 움직일 수 있다고 한 나 자신의 규칙에 위배된다. 나는 그런 실수를 다시 하지는 않았으며, 내 실수를 알아차린 이가 아무도 없기를 바랐다.

하지만 실수를 통해 깨달음을 얻을 수 있는 법이다. 가끔은 뜻하지 않게 새로운 것을 알려주기도 한다. 오랜 뒤, 그 규칙 위반의 무인 우주선에 대해 생각해본 나는, 중요한 것은 삶 또는 정신이지 물질성이 아니라는 사실을 깨달았다. 유인 우주선과 무인 우주선의 단 한 가지 차이는 살아 있는 몸, 정신, 영혼인 것이다. 오호, 이제 이 주제는 흥미진진해졌다. 유인 우주선은 어째서 빛보다 빨리 여행할 수 없는가? 생명 때문인가, 지성 때문인가, 의지 때문인가? 만약 내가 인간이 빛보다 빨리 여행할 수 있는 기술을 발명한다면? 그러면 어떻게 될까?

이 새로운 가짜 기술은 앤서블처럼 환영을 받지는 못했으며 직관에 반하기까지 했지만, 나는 그 점에 대해 거짓 설명을 덧붙이며 크게 애쓰지 않았다. 그냥 이름을 붙였을 뿐이다. 처튼 이론이라고. 작가와 마법사들은 이름이 본질이라는 것을 안다.

이름을 붙이고 나자 나는 곧장 체험을 하기 위해 뛰어들었고, 꽤 오랜 시간 동안 단어를 만들며 즐겁게 지냈다. 나는 순간 여행, 즉 순간이동이 어떤 느낌일지를 소설에서 자세히 설명하기 위해 단어들이 필요했다. 그 과정에서 순간이동의 느낌을 설명하는 것이 그 작동 원리 설명의 전부임을 알게 되었고, 또한 문장 구조를 어떻게 쓰느냐에 따라 다른 세계로 곧장 갔다가 다시 집으로 돌아오는 데 전혀 시간이 걸리지 않을 수 있음을 알게 되었다.

처튼 단편소설 세 편은 모두 메타픽션으로, 이야기에 대한 이야기다. 〈쇼비 이야기〉에서 순간이동은 서술의 은유로써 작용하며 서술은 공유된 현실을 구축하는 불확실하고 믿을 수 없지만 가장 효과적인 수단으로 작용한다. 〈가남에 맞춰 춤추기〉는 신뢰할 수 없는 서술 또는 일치하지 않는 목격을 테마로 이야기가 계속 진행되는데, 기묘한 무대 중심에 고도의 기술 문명에서 온 교만한 영웅이 등장하며, 처튼이라는 비행 기술에 동조라는 아름다운 이론을 더했다. 그리고 마지막으로 〈또 다른 이야기〉는 시간여행에 대해 내가 실험한 몇 안 되는 작품 가운데 하나로, 같은 시간에 같은 인물에 대한 완전히 다르면서 완전히 진실인 두 가지 이야기가 가능한지 탐구한 글이다.

이 이야기에서 나는 처튼 이론이 제대로 된 기술로 발전하는 데 명백히 실패했음을, 즉 시간이 걸리지 않고 우리를 X에서 Y까지 데려다줄 수 없다는 것을 깨달았다. 하지만 나는 그곳 사람들이 계속 노력하길 기대한다. 우리는 아주, 아주 빠르게 이동하길 원하는 종족이다. 〈또 다른 이야기〉에서 나는 O 행성의 결혼과 섹스 주선에 주의를 기울였다. 그것은 무한한 감정의 가능성이 실린, 관계와 행동이 복잡하게 얽힌 구조다. 우리는 삶을 아주, 아주 복잡하게 만드는 걸 무척이나 좋아하는 종족이다.

〈고르고니드와 한 최초의 접촉〉이나 〈북면 등반〉에 대해서는 달리 이야기하고 싶지 않다. 다른 이에게 농담을 설명하는 것보다 끔찍한 일이 또 있을까? 하지만 나는 두 작품 모두 좋아한다. 재미있는, 어처구니없는 이야기는 선물과도 같다. 그런 이야기는 그냥 앉아서 쓰려고 한다고 되는 게 아니다. 쓰고 싶다고 써지는 게 아니다. 그런 글은 작가의 어두운 면이 주는 선물인 것이다.

〈케라스천〉은 워크숍 작품이다. 내가 낸 과제는 우리 각자가 인공물 또는 어떤 사회에서 규정된 행동 또는 관습을 고안하는 것이었다. 우리는 이렇게 고안해낸 것들의 목록을 만든 다음, 각자가 맘에 드는 항목들을 최대한 사용해 글을 썼다. 바우티 덩이줄기 목걸이나 모래로 조각품을 만드는 개념, 인간 가죽으로 피리 만들기 같은 몇 가지 부속 아이디어도 그 목록에서 나왔다. 내 친구인 러셀은 자신의 인공물을 이렇게 설명했다. "케라스천은 그 음을 들을 수 없는 악기다." 일곱 단어로 이루어진 보르헤스식 설명이다. 나는 그 설명을 바탕으로 몇백 단어를 썼고, 그 과정을 즐겼지만 사실상 더는 개선시키지 못했다.

이 책에 담긴 작품 가운데 〈뉴턴의 잠〉과 〈상황을 바꾼 돌〉은 가장 아쉬움이 남는 글이다. 〈상황을 바꾼 돌〉은 우화이고 나는 사실 우화를 그리 좋아하지 않는다. 우화에 담긴 분노가 글을 무겁게 하기 때문이다. 하지만 그 안에 담긴 주요 이미지는 아주 좋아한다. 내 청록색 돌에 좀 더 가벼운 설정을 할 수 있으면 좋았으리라고 생각한다.

〈뉴턴의 잠〉에 대해 말하자면, 그 제목은 블레이크가 우리를 "한 가지뿐인 비전과 뉴턴의 잠"으로부터 우리를 지켜주십사 기도한 것에서 따온 것이다. 또한 이 글은 고야의 〈이성이 잠들면 괴물이 태어난다〉라는 비범한 작품과도 연결되어 있다. 〈뉴턴의 잠〉은 러다이트*의 폭언, 또는 반기술적 혹평으로 읽힐 수도 있고, 또한 그렇게 읽혀졌다. 사실 그런 의도는 아니었으며, 굳이 설명하자면 오랫동안 내가 읽어온 수많은 장단편소설들에서(의도적이든 아니든 간에—여기서 엘리트주의의 문제점이 다시 등장한다) 우주선과 우주 정거장에 있는 사람들이 지구에 있는 사람들보다 더 우월하다고 묘사된 데 대해 내가 반응해 쓴 경고의 글에 더 가깝다. 땅에서 누추하게 살며 번식하고 죽어가는 바보들 다수는 마땅히 그럴 만하며, 그 반면 자신의 VCR

*19세기 초 영국의 노동운동으로, 자본가에게 빌려 사용하던 기계를 파괴함으로써 자본가의 착취에 맞선 계급투쟁.

로 예약 녹화하는 법을 아는 소수의 사람들은 엄청 청결한 군대식 소형 세계에서 온갖 최신 설비를 갖추고 살며 추가로 가상의 섹스까지 하는데, 그러한 사람들이 미래의 인간이라니. 이런 게 내가 생각하는 우울한 미래상 가운데 하나고, 나는 이에 큰 충격을 받았다.

하지만 이 이야기는 그러한 미래상에 머무는 대신 등장인물인 아이크와 함께한다. 아이크는 자신의 문제를 가지고 내 마음속을 방황했다. 그는 고통받는 인간이자 비이성적인 존재를 거부한 진정으로 이성적인 인간, 다시 말해 진정한 믿음이 어떻게 그리고 왜 성립하지 않는지 이해할 수 없는 진정한 이성의 신봉자다. 〈가남에 맞춰 춤추기〉의 댈줄과 마찬가지로, 아이크는 비극적인 캐릭터이며, 너무 앞서 나간 존경스러운 사람이지만, 댈줄보다는 의지가 약하고 더 솔직하며, 따라서 더 많은 고통을 받았다. 그 역시 추방당한 자다. 내 글의 영웅들 대부분은 이런저런 방식으로 추방을 당한 자들이다.

어떤 평론가들은 아이크를 토끼 사냥이 끝난 사냥개에 비유하며, 내가 남자를 끔찍이 싫어하는 걸로 악명 높은 페미니스트이기에 악의적으로 아이크를 희생했다고 일축했다. 그렇게 생각해서 마음이 편하다면, 그렇게 생각하시길. 악의에 조롱을 더했는데, 맘에 드시는지? 하지만 독자들은 아이크의 진가를 알아볼 것이며, 나는 이 작품이 우주 여행을 반대하는 내용으로 읽히지 않기를 바란다. 나는 우주 탐사라는 개념과 현실 모두를 좋아하며, 단지 그 개념을 조금이라도 덜 잘난 척하고 덜 깔끔 떠는 개념으로 바꾸기 위해 애를 썼을 뿐이다. 나는 진심으로, 우리가 어디를 가든 땅을 잊어서는 안 된다고 생각한다. 우리는 땅이다. 우리는 지구인 것이다.

1994년

어슐러 K. 르 귄

A FISHERMAN OF THE INLAND SEA

고르고니드와 한 최초의 접촉

그롱 교차로의 영웅인 제리 데브리 부인은 예쁘게 보이는 걸 좋아했다. 예쁘게 보이면 남편 제리의 사업상 만남에 중요한 영향을 끼치기도 했지만, 더불어 자기 자신도 좀 더 자신감이 들었고, 또한 화장이 잘 먹혔고 속눈썹이 잘 붙어 있으며, 아까 카운터에서 어떤 착한 여자가 말해준 것처럼 볼터치가 광대뼈를 돋보이게 해준다는 걸 아는 게 좋았다. 하지만 그렇게 상쾌하고 예뻐 보이던 느낌은 사라지기 시작했다. 이 사막이 계속 더 더워지고 더워지고 눈길이 닿는 곳까지 더 붉어지고 붉어지고, 사람들이 그리 많지 않다는 점만 빼고는, 아니 사실 한 명도 없다는 점만 빼면 그녀가 상상했던 지옥과 아주 비슷해 보였기 때문이다.

"혹시 지나쳐버린 건 아닐까요, 그렇게 생각 안 해요?" 마침내 부인이 용기를 내 말을 했고, 그 말 때문에 한동안 잘 막아두었던 남편의 분노가 터졌을 때도 그녀는 전혀 놀라지 않았다. "90마일 동안 그 망할 '덤불들' 말고는 개미새끼 하나 보질 못했는데 우리가 어떻게 그 빌어먹을 걸 지나쳤다는 거야, 어? 더럽게 멍청해가지곤."

제리는 말을 상스럽게 했다. 그리고 그 때문에 가끔 데브리 부인은 그에게 말을 거는 게 두려웠다. 부인은 사람들이 남편에게 그롱 교차로로 가는 법을 알려줬을 때 어쩌면 남편을 놀리기 위해 장난을 치는 건 아닌가 하는 느낌이 아주 살짝 들었다. 여자의 육감이었던 듯하다. 제리는 호텔 바에서, 애들레이드에서 여기까지 비행기를 타고 왔는데 코로보리*를 보고서 너무나도 실망했다고 떠들어댔다. 그는 코로보리를 타오스**에서 보았던 인디언 춤과 계속해 비교했다. 하지만 사실, 제리는 타오스에서 아주 지루해서 어쩔 줄 몰라 했고, 결국 둘은 공연 중간에 그곳을 나와야 했다. 남편이 술을 마시고 싶어 했던 것이다. 그 때문에 부인은 탈을 쓴 사람들이 하는 공연을 보지 못했다. 하지만 이제 그는 미국에서는 민속 쇼를 제대로 공연하는 법을 안다고 떠들고 있었다. 그는 꾀죄죄한 호주 원주민 몇 명이 이리저리 펄쩍거리며 뛰어다닌다고 해서 여행객들에게 큰 볼거리가 되지는 않는다고 말했다. 그리고 덧붙이길, 호주인들은 디즈니 월드에 가서 진짜 볼거리가 무엇인지 배워야 한다고 했다.

부인은 그 주장에 동의했다. 부인은 디즈니 월드를 무척 좋아

*호주의 민속춤.
**미국 뉴멕시코 주 북쪽에 있는 마을로, 푸에블로 인디언들이 거주한다.

했다. 둘은 제리가 CEO 대행으로 있는 플로리다에서 살았고, 디즈니 월드는 그곳에서 부인이 유일하게 무척이나 좋아하는 곳이었다. 바에 있던 호주인 한 명이 디즈니랜드에 다녀왔다면서 죽이는 곳이라고, 혹은 즐거운 곳이라고 말했다. 사실 그 사람은 '쥑이는 곳'이라고 말했지만. 인상이 좋아 보이는 남자였다. 그는 자기 이름이 브루스라고 하면서, 자기 친구 역시 브루스라고 했다. "여기서는 흔한 이름이죠." 남자는 그저 '이룸'이라고 말했지만, 부인은 그가 '이름'이라 말한 게 분명하다고 생각했다. 제리가 코로보리에 대해 불평을 늘어놓자 첫 번째 브루스가 말했다. "그렇다면, 친구, 그롱 교차로에 가보면 어떻겠습니까. 거긴 정말로 볼 만한 게 있어요. 안 그래, 브루스?"

처음에 다른 브루스는 무슨 말인지 못 알아들은 듯했고, 바로 그때 부인은 여자로서의 직감이 퍼뜩 들었다. 하지만 곧 두 브루스는 '덤불숲'에 숨어 있는 그롱 교차로에 대해 떠들어대며, 그곳에 가면 진짜로 사막에 사는 진짜 호주 원주민을 만날 수 있다고 했다. "앨리스 스프링스 근처군요." 제리가 아는 체했지만 그들은 그렇지 않다고, 거기에서 훨씬 더 서쪽으로 가야 한다고 말했다. 그들은 아주 정확하게 방향을 알려줬고, 그것으로 미루어볼 때 자신들이 말하는 곳을 아주 잘 아는 듯했다. "몇 시간 정도만 운전해 가면 돼요." 브루스가 말했다. "하지만 대부분의 여행객들은 남들이 잘 다니는, 길이 잘 닦인 곳만 가보길 원하죠. 여기는 외부 사람이 잘 안 가는 곳입니다."

"끝내주는 쇼를 볼 수 있는 곳이죠." 브루스가 말했다. "야간

코로보리를 말입니다."

"호텔은 여기 쓰레기보다 좀 낫습니까?" 제리가 묻자 그들이 껄껄 웃었다. 그들은 호텔 같은 건 없다고 설명했다. "사파리 같은 거죠. 별 아래에 텐트를 치고 묵어야 합니다. 절대로 비가 안 오는 곳이니까요."

"하지만 음식은 정말로 환상적이지요." 브루스가 말했다. "신선한 캥거루 갈비는 꼭 먹어보세요. 날마다 캥거루 사냥을 하거든요. 식전 술에는 위체티그럽*을 넣어 마시고요. 황야에서 누리는 호사라 할 수 있지요. 그렇지, 브루스?"

"당연하지." 브루스가 말했다.

"우호적입니까, 그 원주민들?" 제리가 물었다.

"오, 두 분을 지상의 소금 같은 존재로 여길걸요. 두 분을 왕처럼 모실 겁니다. 백인들을 일종의 신으로 여기거든요. 아시잖아요." 브루스가 말했다. 제리가 고개를 끄덕였다.

그래서 제리는 가는 길을 꼼꼼히 받아 적었고, 둘은 코로보리를 보기 위해 묵었던 작은 마을에서 유일하게 빌릴 수 있는 낡은 스테이션왜건을 타고 운전을 해 가고 또 가고 있었으며, 이제 아는 거라고는 길은 길이라는 것뿐이었다. 길은 완벽하게 끝없이 곧장 뻗어 있었다. 처음에 제리는 기분이 좋았다. "시엘 그 자식이 알면 속 좀 뒤집어질 거야." 제리의 친구 시엘은 늘 티베트 같은 곳에 가서 멋진 모험을 하고 야크를 탄 모습을 찍은 비디

*위체티 덤불 뿌리를 먹고 사는 식용 애벌레.

오를 보여주었다. 제리는 이번 여행을 위해 아주 비싼 캠코더를 샀다. 이제 제리가 말했다. "원주민들을 찍을 거야. 시엘 그 자식과 그 자식의 찌질이들에게 보여줘야지!" 하지만 아침이 밝았고, 길은 계속 이어졌으며 사막도 계속 이어졌다. 브루스들이 말한 '덤불'이란 게 1마일 정도마다 하나씩 보이는 저 작은 가시덤불이었나? 제리는 사막처럼 더워지고 더워지고 붉어지고 붉어졌다. 그리고 부인은 우울해졌고, 마스카라가 떡이 지는 느낌이 들었다.

부인이 40마일(4는 부인의 행운의 숫자였다) 정도 더 간 뒤에 처음으로 "돌아가야 하지 않을까요?"라고 말해보면 어떨까 생각하고 있을 때, 제리가 말했다. "저기다!"

앞에 뭔가가 있었다. 다행이었다.

"아무 표지판도 없었는데." 부인은 의심스러운 목소리로 말했다. "그 둘은 언덕이 있다는 말도 안 했잖아요."

"젠장, 저건 언덕이 아니라 바위야, 뭐라더라, 무슨 좆나게 큰 붉은 바위 말이야……."

"에어즈록 말이에요?" 제리가 플라스틱 컨퍼런스에 참가하는 동안, 부인은 애들레이드의 호텔에 비치되어 있는 〈다운언더*에 오신 것을 환영합니다〉란 제목의 소책자를 읽은 기억을 떠올렸다. "하지만 그건 호주 대륙 한가운데에 있지 않아요?"

"니미럴, 당신은 우리가 어디 있다고 생각하는 거야? 호주 한

*호주와 뉴질랜드를 가리키는 용어.

가운데라고! 여기가 어디라고 생각해, 빌어먹을 동독?" 제리는 소리치며 속도를 높였다. 무시무시할 정도로 곧게 뻗은 도로는 언덕인지 바위인지 뭔지를 향해 둘을 쏜살같이 데려다놓았다. 부인은 눈앞에 보이는 것이 에어즈록이 아니라는 것을 알았다. 하지만 제리가 짜증을 낼 때는, 특히 고함을 지를 때는 무슨 이야기를 해도 소용이 없었다.

그것은 불그스름하고 거대한 폭스바겐 비틀을 닮은 모습을 하고 있었다. 단지 더 땅딸막할 뿐이었다. 그리고 그 주위에는 확실히 사람들이 있었다. 처음에 부인은 사람들을 보고 무척 반가웠다. 한동안 완전히 고립되어 있어서—둘은 2시간 동안 다른 차나 농장 그 무엇도 보지 못했다—두려웠기 때문이다. 이윽고 좀 더 가까이 다가가면서 부인은 그 사람들이 좀 웃기게 생겼다고 생각했다. 심지어 코로보리에서 본 사람들보다도 더 웃기게 생겼다. "원주민들인가봐요." 부인이 큰 소리로 외쳤다.

"그럼 누가 있을 거라고 생각했는데, 프랑스인?" 제리가 말했지만, 제리는 그 말을 농담처럼 했고, 부인은 소리 내어 웃었다. 하지만…… "어머! 세상에!" 원주민 중 한 명의 모습을 확실히 보게 되자 부인은 자신도 모르게 말했다.

"덩치가 크네, 어?" 제리가 말했다. "부시맨, 여기 사람들은 저런 원주민을 그렇게 부르지."

그 말은 맞지 않아 보였지만, 부인은 키가 크고 마르고 검은색과 흰색의 이상한 사람을 본 충격을 극복하느라 잠자코 있었다. 그것은 그냥 가만히 서서 차를 바라보고 있었지만, 부인은 그것의 눈을 볼 수가 없었다. 튀어나온 이마와 숱 많고 긴 눈썹이 눈을 가리고 있었다. 밧줄처럼 굵고 검은 머리털은 얼굴을 반 이상 덮고 있었으며 귀 뒤쪽에서 툭 튀어나와 있는 것처럼 보였다.

"저 사람들…… 얼굴에 칠을 하고 있는 건가요?" 부인이 기어들어가는 목소리로 물었다.

"저자들은 늘 저렇게 칠을 하고 있어." 제리의 경멸에 찬 말에 부인은 오히려 안심이 되었다.

"사람처럼 보이지가 않아요." 부인은 아주 나지막이 말했다. 혹시라도 영어를 알아들으면 마음 상하지 않게 하기 위해서였다. 제리는 차를 세우고 문을 활짝 연 채 비디오카메라를 찾고 있었다.

"이것 좀 잡고 있어!"

부인은 시킨 대로 했다. 키가 크고 검고 하얀 사람 대여섯 명은 돌아서 있었지만 언덕인지 바위인지 뭔지의 발치에 있는 무엇인가 때문에 모두가 분주해 보였다. 거기에는 텐트처럼 보이는 것이 있었다. 그들 중 누구도 둘에게 다가와 환영한다고 말하거나 그 비슷한 행동을 하지 않았고, 부인은 그들이 그러지 않아서 기뻤다.

"이것 좀 잡고 있으라니까! 아, 제길 지금 뭐 하고 있…… 그냥 이리 내."

"제리, 저 사람들에게 물어봐야 할 거 같아요." 부인이 말했다.

"누구한테 뭘 물어봐?" 비디오테이프를 제대로 끼우지 못해 짜증이 난 제리가 으르렁댔다.

"여기 있는 사람들에게요. 사진을 찍어도 괜찮겠는지. 타오스에서 사진 찍으려 했을 때 그 사람들이……."

"원주민 사진 찍는 데 무슨 얼어 죽을 허락이야! 《내셔널지오그래픽》도 못 봤어? 젠장! 허락 좋아하고 자빠졌네!"

제리가 고함을 치기 시작하면 무슨 말을 해도 소용이 없었다. 그리고 저 사람들은 제리의 행동에 관심이 없는 듯했다. 비록 그들이 진짜로 어느 방향을 보고 있는지 확실히 말하기는 어려웠지만 말이다.

"그 똥차에서 안 내려?"

"너무 더워요." 부인이 말했다.

사실 제리는 부인이 너무 더워하거나 말거나, 또는 볕에 타는 걸 겁내거나 말거나 신경도 쓰지 않았다. 부인보다 강하고 다부져 보이는 게 좋았기 때문이다. 제리는 부인보다 용감하게 행동하는 것도 좋아했기에 부인은 사실 원주민이 무섭다고 말해도 됐다. 하지만 제리는 가끔 부인이 무서워하면 화를 내기도 했다. 언젠가 일본에서 제리가 부인에게 독이 든, 아니 독이 들었을지도 모르는 생선을 먹게 하자, 부인이 무서워하며 생선을 던져 모두를 당황케 했을 때가 그랬다. 그래서 부인은 자기 쪽 차창이 열려 있는데도 엔진과 에어컨을 켜고 그냥 차에 앉아 있었다.

제리는 이제 어깨에 비디오카메라를 올리고 풍경을 찍기 시작했다. 저 멀리 뜨겁고 붉은 지평선, 유리처럼 반짝이는 지점들이 있는 이상한 모양의 바위 언덕 같은 물체, 그 주변의 탄 듯이 새까만 땅, 그 주위에 몰려 있는 사람들. 최소한 4, 50명은 되어 보였다. 그리고 이제 부인은 저 사람들이 옷을 입었는지 안 입었는지 모르겠다는 생각이 들기 시작했다. 옷을 입었는지 안 입었는지, 입었다면 어디가 옷이고 어디가 피부인지 알 수가 없었다. 너무나도 이상한 모습인 데다가 흰색과 검은색으로 칠을 했달까 줄을 그렸달까 한 탓이었다. 하지만 단순히 얼룩말 같은 줄무늬가 아니라 훨씬 더 복잡했고, 골격을 그린 것에 가까웠지만 그렇다고 진짜로 골격을 그린 것도 아니었다. 그리고 키는 8피트 정도로 컸지만 팔은 거의 캥거루 팔처럼 짧았다. 머리털은 검은 밧줄처럼 뻣뻣이 곤두서 있었다. 옷을 입지 않은 사람들을 바라보는 게 당혹스러웠지만, '그것' 같은 건 전혀 보이지 않았다. 사실 부인은 그들이 남자인지 여자인지 분간할 수 없었다.

그들은 각자의 일인지 의식인지 아니면 뭔지를 하며 모두가 바삐 움직였다. 어떤 이들은 크고 얇은 황금색 잎 같은 것을 만졌고, 어떤 이들은 전선인지 코드인지를 가지고 뭔가를 했다. 말을 하지는 않는 것 같았지만, 저 멀리서 고양이들이 가르랑거리듯이, 부드럽고 율동적이며 깊이 있는 윙윙 소리를 계속해서 높게 또는 낮게 내고 있었다.

제리가 사람들 쪽으로 걸어가기 시작했다.

"조심하세요." 부인이 나지막이 말했다. 물론 제리는 부인의 말에 전혀 관심이 없었다.

그 사람들도 제리에게 전혀 관심이 없었다, 적어도 부인이 보기에는. 제리는 여기저기 비디오카메라를 들이대며 촬영을 계속했다. 제리가 그들 가운데 두 명에게 꽤 가까이 접근했을 때,

그들이 제리에게 돌아섰다. 부인은 그 둘의 눈을 전혀 볼 수 없었지만, 둘의 머리털이 곤두서더니 제리를 향해 구부러지는 것은 보았다. 1피트 정도 되는 검고 굵은 밧줄 한 가닥 한 가닥이 마치 제리를 노려보는 듯 정확하게 아래로 구부러졌다. 그 모습에 부인은 자신의 머리털 역시 곤두서며, 땀에 전 두 팔에 에어컨 바람이 얼음처럼 서늘하게 와 닿는 걸 느꼈다. 부인은 차에서 나오며 남편의 이름을 불렀다.

제리는 촬영을 계속했다.

부인은 굽이 높은 샌들로 재와 돌투성이 흙을 밟으며 최대한 빨리 제리에게 다가갔다.

"제리, 돌아가요. 제 생각에……."

"닥쳐!" 제리가 너무나도 거칠게 호통을 쳤기에 부인은 잠시 걸음을 멈췄다. 하지만 이제 부인은 그들의 머리털을 더 자세히 볼 수 있었고, 그들에게 눈과 입이 있는 게 보였고, 작고 빨간 혀가 날름거리는 게 보였다.

"제리, 돌아와요." 데브리 부인이 말했다. "저건 원주민이 아니에요. 외계인이에요. 저건 비행접시고요." 부인은 사람들이 호주에서 비행접시를 목격했다는 기사를 〈선〉지에서 읽은 적이 있었다.

"주둥이 좀 닥쳐." 제리가 말했다. "어이, 덩치 큰 친구들, 좀 움직여주지 않겠어? 그렇게 서 있지만 말라고. 춤을 춰, 춤. 오케이?" 제리는 비디오카메라에서 눈을 떼지 않았다.

"제리." 부인이 말했다. 하지만 목이 메여 소리가 잘 나오지 않았다. 외계인 가운데 한 명이 작고 가느다란 팔과 손으로 자동차를 가리켰기 때문이다. 제리는 그것의 머리 가까이에 카메라를 들이밀었고, 그러자 그것은 손으로 렌즈를 잡았다. 당연히 제리는 버럭 화를 내며 소리쳤다. "그거 당장 치워!" 그러고는 카메라 렌즈가 아닌 두 눈으로 직접 외계인을 바라보았다. "이런, 맙소사." 제리가 말했다.

제리는 허리춤으로 손을 뻗었다. 늘 총을 가지고 다녔던 것이다. 총을 가지고 다닐 수 있는 건 미국인의 권리였고, 요즘에는 마약중독자들이 너무나 많았기 때문이다. 제리는 자신만의 방식으로 공항에서 총을 밀수했다. 그 누구도 제리에게서 총을 빼앗을 수는 없었다.

부인은 무슨 일이 일어났는지 두 눈으로 똑똑히 보았다. 그 외계인이 눈을 떴다.

짙고 숱 많은 눈썹 아래로 눈이 보였다. 좀 전까지 두 눈은 감겨 있었던 것이다. 이제 그 외계인은 눈을 떠 제리를 똑바로 노려보았고, 제리는 돌처럼 굳었다. 한 손으로는 비디오카메라를 들고, 다른 한 손은 총을 꺼내기 위해 뻗은 자세로 꼼짝 않고 그곳에 서 있었다.

외계인 몇 명이 더 주위로 모여들었다. 모두들 머리털 끝부분에 있는 눈을 제외하고 다른 눈들은 감고 있었다. 눈들은 번들거리고 빛났으며, 작고 빨간 혀들은 날름거렸고, 윙윙거리는 콧노래 소리는 훨씬 커졌다. 수많은 머리카락-뱀들이 꿈틀거리며 부인을 바라보았다. 다리가 후들거렸고 심장이 목구멍으로 튀어나올 것만 같았지만, 부인은 제리를 구해야 했다.

부인은 거대한 외계인 두 명 사이를 스치듯 지나 제리에게 다가갔다. "제리, 정신 차려요!" 제리를 가볍게 치며 말했지만, 제리는 돌이 된 듯 전신이 마비되어 있었다. "맙소사." 부인이 말했다. 눈물이 얼굴을 타고 흘러내렸다. "어쩌면 좋지, 어째야 하지?" 부인은 주위에서 자신을 굽어보는 키가 크고 마르고 검고 흰 무늬가 있는 얼굴들을 낙담한 표정으로 바라보았다. 그 얼굴들은 하얀 이를 드러내고, 눈을 꽉 감았으며, 머리털들은 부인을 응시한 채 꿈틀거리며 나지막이 웅얼거렸다. 그 웅얼거림은 노래하듯이 부드러워서, 화가 난 게 아니라 부인을 달래는 듯했다. 부인은 키 큰 외계인 둘이 온몸이 뻣뻣하게 굳은 제리를 마치 작은 어린애 다루듯 가볍게 들어 올려 조심스레 자동차로 데려가는 걸 지켜보았다.

그들은 제리를 차 뒷좌석에 길게 뉘였지만 제리의 몸은 다 실리지 않았다. 부인이 돕기 위해 차로 달려갔다. 부인은 뒷좌석을 펴서 제리가 들어갈 공간을 만들었다. 외계인들은 제리를 눕힌 뒤 그 옆에 비디오카메라를 두었고, 몸을 꼿꼿이 폈으며, 머리털들은 반짝이는 눈으로 부인을 내려다보았다. 그들은 부드럽게 웅얼거리며 어린애처럼 짧은 팔로 부인이 왔던 길을 가리켰다.

"네." 부인이 말했다. "고마워요. 안녕!"

외계인들이 웅얼거렸다.

부인은 차에 탔고, 창문을 닫은 뒤 시동을 걸고 어딘지 모를 그곳에서 차를 돌렸다. 그리고 비록 교차로를 보진 못했지만 '그롱 교차로'라는 표지판은 보았다.

부인은 처음에는 몸이 떨렸기 때문에 조심스레 차를 몰다가, 이윽고 점차 빠르게 차를 몰았다. 물론 제리를 의사에게 보여야 한다는 마음도 있었지만, 동시에 지금처럼 곧게 뻗은 길을 빠르게 운전하는 게 무척이나 좋았기 때문이다. 제리는 부인이 마을 밖에서 차를 모는 걸 절대로 허락하지 않았다.

제리의 전신 마비는 치료가 불가능했다. 끔찍한 일이었지만 다행히 부인은 가엾은 제리를 위해 일급 간병인을 하루 종일 붙여줄 수 있었다. 텔레비전 그리고 이어서 비디오 관련업자들과 아주 좋은 계약을 할 수 있었기 때문이다. 처음에 그 비디오는 〈호주의 미개척지에 외계인들이 착륙하다〉라는 제목으로 전 세계에 방영되었지만 이윽고 〈그롱 교차로, 남부 호주: 고르고니드와 한 최초의 접촉〉이라는 제목으로 과학과 역사의 일부분이 되었다. 내레이터는 외계에서 온 우리의 친구들과 처음으로 이야기를 나눈 사람인 그녀, 바로 애니 로리 데브리이며, 그 일은 외계인들이 캔버라와 레이캬비크에 대사들을 보내기도 전의 일이라고 설명했다. 제리가 떠는 바람에 그 비디오에는 애니가 제대로 담긴 장면이 하나뿐이었으며, 정성 들여 한 화장도 제대로 보이지 않았지만, 그래도 괜찮았다. 애니는 영웅이니까.

A FISHERMAN OF THE INLAND SEA

뉴턴의 잠

스페스SPES 소사이어티를 비밀리에 지원했던 애틀랜틱 유니언 정부가 윤년 쿠데타로 무너졌을 때, 메스턴과 동료들은 이미 이에 대한 준비를 해둔 상태였다. 그날 밤 소사이어티의 회원들은 자산과 문서를 가지고 흩어져 미합중국 국경을 넘었다. 짧은 시간 안에 다시 모인 그들은 천년왕국 종교 단체의 자격으로 캘리포니아 공화국에게 정착지를 제공해줄 것을 청원했으며, 샌와킨밸리에 있는, 화학물질로 인해 인구가 감소하던 습지 지역에 정착해도 된다는 허락을 받았다. 그들이 지은 돔타운은 '특별지구위성SPecial Earth Satellite'의 시작이었으며, 몇몇 식민지 개척자들이 막대한 돈과 노력을 들여 밖으로 나가 살아야 할 이유가 뭐 있느냐고 주장할 수 있을 정도로 그럭저럭 살 만한 곳이 되었다. 하지만 칼멕스 조약의 붕괴와 남부에서 벌어진 최초의 침입, 그에 더해 새로이 번진 균류성 전염병은 지구가 살 만한 곳이 아니라는 것을 다시 한 번 증명했다. 건설팀은 1년에 네 번씩 4년 동안 왕복을 했고, 캘리포니아로 이주한 지 7년 뒤, 식민지 개척자들은 열 번에 걸쳐 지구의 발사대와 칭동점에 떠 있는 황금색 구 사이를 오가며 안전을 찾아 스페스로 이사했다. 그리고 겨우 5주 뒤, 스페스의 모니터들은 라미레즈 무리가 베이커스필드에 쳐들어와 발사탑을 파괴하고 얼마 남지 않은 물건들을 약탈하고 돔을 불태웠다는 보고를 해 왔다.

"아슬아슬한 탈출이었어요." 노아가 아버지인 아이크에게 말했다. 노아는 열한 살이었고 책을 많이 읽었다. 노아는 혼자서 문학적 클리셰들을 찾아냈고, 그런 클리셰들을 사용하며 엄숙한 즐거움을 느끼곤 했다.

"도무지 이해가 안 가요." 열다섯 살인 에스더가 말했다. "왜 다른 사람들은 우리처럼 하지 않은 거죠?" 그녀는 모니터를 보며 얼굴을 찡그리고 안경을 밀어 올렸다. 에스더는 교정 수술이 소용없을 만큼 시력이 몹시 나빴고, 면역체계 문제와 알레르기 반응 때문에 안구 이식도 불가능했다. 콘택트렌즈조차 낄 수 없었다. 에스더는 빈민가 아이들처럼 안경을 꼈다. 하지만 의사는 아이크에게 장담하길, 공해가 전혀 없는 여기 스페스에서 몇 년만 지내면 에스더의 문제는 깨끗이 해결될 것이며 장기냉동실에서 시력 2.0짜리 눈을 이식할 수 있다고 했다. "그러면 넌 눈이 파란 귀여운 아이가 되는 거란다!" 에스더가 열세 살 때 세 번째 수술이 실패하고 난 뒤 아이크는 그런 농담을 했었다. 중요한 건, 결함이 발육과 관련된 것이지 유전자적인 게 아니라는 점이었다. "넌 유전자조차 푸른색이야." 아이크는 에스더에게 말했다. "노아와 난 척추 만곡이 생기는 열성인자가 있지만, 넌 유전자에 결함이 없단다, 얘야. 노아는 B나 G 그룹에서만 짝을 찾아야 하지만 넌 여기 식민지 전체에서 짝을 찾을 수 있어. 무제한급이란 얘기지. 여기 사람들 가운데 무제한급은 너 말고 열두 명밖에 안 돼."

"그럼 전 문란하게 살 수 있겠군요." 붕대 속에 얼굴을 감추고 에스더가 말했다. "열셋 만세."

에스더는 이제 동생 옆에 서 있었다. 아이크가 베이커스필드 돔에서 일어난 일을 보여주기 위해 둘을 모니터 센터로 부른 것이다. 스페스의 몇몇 여자들과 아이들은 감상적으로 변했고, 그들은 그것을 '향수병'이라 불렀다. 아이크는 자기 아이들에게 지구에서 어떤 일이 일어났고 그들이 왜 그곳을 떠났는지 알려주고 싶었다. 식민지의 이익에 부합하는 정보들을 선택하도록 프로그램된 AI가 라미레즈 정벌이 담긴 영상과 함께 베이커스필드 보고를 마쳤으며, 이윽고 페루인이 아마존 분지에서 한 기상 연구 결과를 보여줬다. 모래언덕들과 벌거벗은 붉은 평야가 화면을 가득 채웠고, 페루인의 목소리 위로 AI가 번역한 영어가 단조롭게 흘러나왔다. 화면을 보던 에스더가 안경을 밀어 올리고 말했다. "저것 보세요. 모두 다 죽었어요. 어째서 모두가 여기에 오지 않은 걸까요?"

"돈 때문이란다." 에스더의 어머니가 말했다.

"많은 사람들이 이성을 믿으려 하지 않아서야." 아이크가 말했다. "돈이나 방법은 부차적인 문제지. 지난 100년 동안 세상을 이성적으로 보려 했던 사람들은 무슨 일이 일어나는지 볼 수 있었단다. 자원 고갈, 늘어가는 공해, 정부의 붕괴 같은 것 말이야. 하지만 이성을 바탕으로 행동하려면 이성을 믿어야만 해. 그런데 대부분의 사람들은 운이나 신 또는 기타 다른 손쉬운 것에 의지했어. 이성을 따르는 건 쉬운 일이 아니란다. 신중히 계획을 짜야 하고, 오랜 시간을 기다려야 하고, 어려운 결정을 하고, 계속해 돈을 모아야 하고, 탐욕스러운 자나 마음이 무른 자에 의해 방해받거나 좌초되지 않도록 비밀리에 진행해야만 하거든. 붕괴되는 세계에서 앞만 똑바로 보고 갈 수 있는 사람이 얼마나 되겠니? 이성은 우리가 모든 난관을 헤치고 갈 수 있는 나침반 역할을 해준 거란다."

"시도한 사람조차 없나요?"

"우리가 아는 한은 없구나."

"포이 집단이 있었어요." 노아가 끼어들었다. "거기에 대한 걸 읽은 적이 있어요. 그 사람들은 수천 명을 산 채로 장기냉동실 같은 곳에 넣었대요. 그리고 싸구려 로켓을 만들고 얼린 사람들을 거기에 실어 보냈대요. 천 년쯤 뒤에 어떤 별에 도착하면 깨어날 거라고 가정하고서요. 그렇지만 그 별에 행성이 있는지조차 알지 못했어요."

"그리고 그 사람들의 지도자인 케빈 포이 목사는 약속의 땅에서 그 사람들을 환영하기로 되어 있었지." 아이크가 말했다.

"저 하늘에 젖과 꿀이 흐르는 낙원이 우리를 기다리고 있으니 어서 죽읍시다라니…… 어찌 그리 멍청한지! 멍청하다는 표현이 아까울 지경이야. 내가 네 나이였을 때 그 사람들이 '포이' 우주선에 타는 모습을 뉴스로 봤지. 그들 가운데 반수는 이미 균중독이거나 양성 RMV였어. 그런데도 아기들을 안고 노래를 하더군. 이성을 믿는 사람들이라면 그러지 않아. 절망 속에서 이성을 포기한 자들이나 그렇게 하는 거야."

입체영상에 거대한 먼지폭풍이 천천히 아마조니아의 사막을 가로지르는 모습이 희미하게 나타났다. 흐릿하고, 진한 빨간색과 회색과 갈색이 섞인 먼지 색깔이었다.

"우리는 운이 좋았어요." 에스더가 말했다. "그런 것 같아요."

"아니." 아이크가 말했다. "운은 이번 일과 아무 상관이 없어. 우린 선택된 사람들도 아니다. 선택은 우리가 했어." 아이크는 나긋나긋하게 말하는 사람이었지만 지금 말하는 목소리에는 격한 떨림이 배어 있어서, 두 아이는 그런 아버지를 힐긋 보았고, 아내는 한참 동안 남편을 바라보았다. 아내의 눈은 맑고 연한 갈색이었다.

"그리고 우리는 희생을 했고." 아내가 말했다.

아이크가 고개를 끄덕였다.

아이크는 아내가 자신의 어머니를 생각하고 있을 거라고 생각했다. 세라 로즈는 아이를 낳을 연령이 지난 여자들을 위해 특별히 배정된 네 자리 가운데 하나를 받게 되었다. 하지만 아이크가 그 소식을 전했을 때, 세라는 발끈하며 말했다. "그 조그맣고 끔찍하고 하늘에 둥둥 떠 있는 공 같은 곳에 가서 살라고? 공기도, 방도 없는 곳에서?" 아이크는 경치에 대해 설명을 해보려 했지만, 세라는 전혀 들으려 하지 않았다. "아이작, 직경이 1마일인 시카고 돔에서도 나는 답답해 죽는 줄 알았다! 됐다. 수전하고 아이들이나 데리고 가. 나는 여기 스모그에서 살게 내버려두고. 알겠니? 너희는 가거라. 화성에서 엽서나 보내." 그리고 3년이 채 지나지 않아 세라는 RMV-3로 죽었다. 아이크의 누나가 전화로 세라의 임종이 가까웠음을 알렸을 때, 아이크는 이미 살균 과정을 마친 상태였다. 베이커스필드 돔을 떠난다는 것은 살균 과정을 다시 거쳐야 한다는 뜻이었고, 또한 새롭고 끔찍한 형태로 빠르게 돌연변이하는 바이러스에 감염될 위험에 노출된다는 뜻이기도 했다. 이미 20억 명이 그 바이러스에 감염되어 죽었고, 이 숫자는 느린-피폭 증후군에 걸린 사람 수보다도 컸으며 기근으로 죽은 사람들 수에 버금갔다. 아이크는 가지 않았다. 곧 누나에게서 소식이 왔다. "어머니는 수요일 밤에 돌아가셨음. 장례식은 금요일 10시임." 아이크는 팩스를 보내고 전자메일을 보내고 동영상을 보냈지만, 누나에게 닿지 않았다. 또는 누나가 아이크가 보낸 연락을 수신 거부했을 수도 있었다. 이제 와 생각하면 오래된 아픔이었다. 그들은 선택을 했다. 희생을 했다.

아이들이 아이크 옆에 서 있었다. 희생 덕분에 아름다운 아이들을 위해 희망과 미래를 일구어낼 수 있었다. 지금 지구에서, 희생되는 이들은 아이들이었다. 과거로 인해 희생되는 아이들.

"우리는 선택을 했어." 아이크가 말했다. "희생을 했고, 살아 남았어." 아이크는 자신이 한 말에 깜짝 놀랐다.

"가자, 누나." 노아가 말했다. "15시야. 쇼를 놓치겠어." 그리고 그 둘은, 껑충한 소년과 땅딸막한 소녀는 문을 지나 공동구역을 가로질러 갔다.

로즈 가족은 '버몬트'에 살았다. 아이크는 경치 같은 건 아무래도 좋았지만 수전은 '플로리다'와 '볼더'는 진부하며 '도회지'는 끔찍하다고 했다. 그래서 이들의 유니트는 버몬트 공동체 쪽을 바라보고 있었다. 아이들이 간 집회 유니트에는 외벽이 하얗고 단정한 뾰족탑이 있었고, 투사된 지평선은 마음이 차분해지는, 파란 숲이 있는 언덕들이었다. 버몬트 사분면의 조명은 딱 알맞게 경사져 있었고, 그 조명을 본 수전은 이렇게 말했다. "늦은 아침이나 이른 오후야. 뭔가를 마칠 시간이 늘 있네." 아이크는 그건 현실을 살짝 속이는 것이기는 하지만 위험하지는 않다고 생각했고, 그래서 아무 말도 하지 않았다. 하루에 서너 시간만 자면 되는 아이크는 어쨌든 밤에 더 활동적인 사람이었고, 여름처럼 밤이 너무 짧아지는 대신에 늘 밤의 길이가 같다는 사실이 맘에 들었다.

"고백할 게 있어." 아이크가 수전에게 말했다. 아이들에 대해 한참을 생각하던 아이크를 수전이 한참이나 바라본 후였다.

"뭔데?" 성층권에서 일어난, 추한 혹과 긴 촉수들이 달린 먼지폭풍을 보여주는 입체영상을 지켜보던 수전이 물었다.

"난 모니터들을 좋아하지 않아. 아래를 보는 게 좋지가 않아."

아이크는 그 사실을 인정하기 어려운 만큼 큰 소리로 말했다. 하지만 수전은 그냥 싱긋 웃으며 대답했다. "알아."

아이크는 그보다 조금 더 원했다. 아마도 수전은 아이크가 무슨 뜻으로 그런 말을 했는지 제대로 이해하지 못했으리라. "가끔 난 저걸 꺼버리고 싶어." 아이크가 말하며 소리 내어 웃었다. "진심은 아니야. 하지만…… 저건 비장이자, 목줄이고 탯줄이야. 저걸 끊어낼 수 있으면 좋겠어. 개네들이 새로 시작할 수 있으면 좋겠어. 완전히 깨끗하고 깨끗한 상태에서. 내 말은, 우리 아이들이."

수전이 고개를 끄덕이며 말했다. "그게 최선이겠지."

"어쨌든 우리 아이들의 아이들은 그럴 거야……. 지금 환경 설계 공동체에서는 흥미로운 토론이 벌어지고 있어." 아이크는 공학물리학자로, 메스턴이 스페스의 수석 전문가로서 쇤펠트 AI에서 직접 선발한 사람이었다. 아이크는 직업이 여덟 개였는데, 현재 가장 우선 순위가 높은 직업은 공사장에서 건조 중인 두 번째 스페스 우주선을 위한 환경 설계 그룹의 감독이었다.

"어떤 건데?"

"알 레바이티스가 이런 주장을 했어, 우리는 그 어떤 풍경도 만들지 말아야 한다고 말이야. 꽤 설득력 있는 주장이었지. 알은 그게 정직함의 문제라고 말했어. 각 구역을 정직하게 쓰고, 그 어떤 위장도 하지 말고 그 자체에서 아름다움을 찾자는 거야. 만약 스페스가 우리 세계라면 그것을 있는 그대로 받아들이자는 거지. 다음 세대에게 지구의 풍경인 척 위장하는 게 무슨 소용이 있겠느냐고. 알의 주장에 일리가 있다고 생각하는 사람들이 많아."

"그러네." 수전이 말했다.

"당신은 그렇게 살 수 있어? 광대한 환영 없이, 지평선도 없고, 마을 교회도 없고, 아마 인공 잔디조차 없이 그냥 금속에 세라믹만 보일 텐데, 그걸 받아들일 수 있겠어?"

"당신은?"

"난 가능할 거 같아. 그건, 주위를 단순화시키겠지……. 알이 말한 대로 정직한 것이기도 하고. 우리가 과거에 매달리는 대신 진실과 미래를 향하게 해줄 거야. 알잖아, 과거를 너무 오래 질질 끈 탓에 우리가 이곳을 만들었다는 사실을, 우리가 여기에 있다는 사실을 잊어가고 있어. 그리고 이미 다음 식민지를 건설 중이야. 모든 칭동점에 식민지들이 들어서게 되면, 또는 후대에 태양계의 속박을 벗어날 수 있는 거대우주선을 만들기로 결정한다면, 그런 사람들에게 지구가 무슨 상관이 있겠어? 그들은 진정한 우주의 거주자가 될 거야. 그리고 그건 진정한 자유를 얻는다는 의미가 돼. 그때 누릴 수 있는 기쁨의 일부나마 지금 누려보는 것도 좋을 것 같아."

"괜찮겠네." 수전이 말했다. "과도하게 단순화시키는 건 조금 걱정이 되긴 해도."

"하지만 저 첨탑을 봐. 우주에서 잉태되어 우주에서 태어난 사람들에게 저 첨탑이 무슨 의미가 있겠어? 아무 의미 없는 난장판일 뿐이지. 죽은 과거일 뿐이고."

"저게 나에게 무슨 의미인지 나는 몰라." 수전이 말했다. "하지만 내 과거가 아니라는 건 확실해." 그때 모니터 화면이 아이크의 주의를 끌었다.

"저걸 봐." 아이크가 말했다. 그건 1990년과 2040년 페루의 해안선이었다. 두 해안선이 겹쳐 보이며 얼만큼 육지가 사라졌는지를 보여주었다. "기후 때문이야. 기후가 최악이었어! 그 멍청하고 예측 불가능한 기후의 영향에서 이제야 벗어났어!"

파도 위로 삐쭉 솟은 다 무너져가는 탑 하나가 미라플로레스* 에 남은 전부였다. 바다는 거칠고, 하늘은 흐리고 음울하고 안개가 자욱했다. 아이크는 입체영상에서 눈을 떼 평온이 감도는 가공의 뉴잉글랜드를, 그리고 그 너머 사람들을 안전하게, 안전하고 자유롭게 보호해주는 진정한 쉼터를 바라보았다. 진리가 너희를 자유롭게 할지니, 아이크는 이 말을 생각하고는 아내의 어깨에 팔을 두르며 소리 내어 말했다.

수전이 아이크를 마주 안아주었다. "당신 참 귀여워." 수전의 그 말은 아이크가 한 거창한 발언을 개인적인 것으로 축소시켰지만, 그래도 아이크는 기뻤다. 그는 승강기들이 줄지어 늘어선 곳으로 걸어가며 자신이 행복하다는 것을, 완벽하게 행복하다는 것을 깨달았다. 공기에 있는 음이온이 뭔가 작용을 했을 수도 있겠다는 생각이 떠올랐지만, 그 기분은 단지 신체적인 것만이 아니었다. 그건 인간이 오랫동안 추구해왔지만 결코 발견하

*페루의 수도 리마에 있는 고급주택가.

지 못했던 것, 지구에서는 절대로 발견할 수 없던 것, 바로 이성적인 행복이었다. 저기 아래에서 인간은 언제나 삶과 자유를 찾아 헤맸다. 하지만 그럼에도 그것들을 가질 수 없었다. 네 명의 기수*는 죽어가는 세계의 먼지 속에서 인간들을 뒤쫓고 있었다. 그리고 다시 한 번 그 낯선 단어가 아이크의 마음속에 떠올랐다. 구원받다. 우리는 구원받았다.

스페스의 두 번째 해 3분기에, 학교 교과 개정 회의가 소집되었다. 아이크는 관련 학부형으로 참석을 했고, 수전은 학부형이자 비상근 교사로(양육 담당이 수전의 최우선 직업이었다), 10대인 에스더는 청소년 성장 정책의 일환으로, 또한 아버지가 원해서 참석했다. 교육위원회 의장인 딕 알라다이스는 위원회가 어떤 목표를 가지고 어떤 일을 해왔는지에 대해 이야기했고, 교사 몇 명이 보고 및 제안을 했다. 아이크는 늘어난 AI 지침에 대해 간단히 말했다. 소니 위그트리가 일어서기 전까지는 전과 다름 없는 회의였다. CSA 출신인 소니는 느릿느릿하게 말을 하며 잘 웃는 나이 든 남자로, 훌륭한 대학에서 학위를 네 개인가 다섯 개 받았으며, 면도날이 박힌 강철 덫 같은 정신의 소유자였다. 그가 부드러우면서도 겸손하게 말했다. "지질학 수업을 없애버리면 어떨까요? 그래도 되지 않을까 싶은데요."

아이크가 속으로 소니의 말을 자신의 코네티컷 사투리로 바

*성경에 등장하는 인물들로, 재앙을 불러일으켜 세계를 멸망시킬 존재.

꾸고 있을 때 샘 핸더슨이 일어나 대답했다. 지질학은 샘의 부전공 가운데 하나였다. "무슨 뜻인가요, 소니." 샘이 오하이오 사투리로 말했다. "교과과정에서 지질학을 빼버리자는 이야기입니까?"

"아, 저는 그냥 여러분들이 어떻게 생각하는지를 묻는 것뿐입니다."

아이크는 그 말을 쉽사리 해석할 수 있었다. 소니는 이미 발언권이 센 자들의 포섭을 끝냈으며, 이제 자신이 원하는 바를 제안할 참인 것이다. 샘이 장단을 맞췄다. "음, 저 개인적으로는 토론해볼 만한 가치가 있다고 생각합니다."

3학년 지구과학을 가르치는 앨리슨 존스-쿠라와가 벌떡 일어났다. 아이크는 앨리슨이 스페스의 아이들이 고향 행성을 모르고 살게 하면 안 된다는 식으로 감성을 건드리는 발언을 하리라 예상했다. 하지만 앨리슨은 스페스의 구성 물질에 대해서만 가르치는 건 교육의 범위가 지나치게 좁아질 수 있다며 논리적인 주장을 펼쳤다. "예를 들어, 나중에 우리가 거대우주선을 만드는 대신 달을 지구화하기로 결정할 수도 있는데, 그럴 경우를 대비해 아이들이 암석에 대해 더 잘 아는 것이 낫지 않을까요?" 아이크는 앨리슨의 말이 일리가 있다고 생각했지만, 여전히 사안의 중요성과는 거리가 있었다. 중요한 것은 교과과정에서 지질학의 필요성이 아니라 교과과정위원회에서 소니 위그트리, 존 파도포울로스, 존 켈리가 가진 영향력이었다. 지금 토론은 권력에 대한 것이었지만, 교사들은 그 사실을 이해하지 못했다. 여성 대부분도 그랬다. 토론의 결과는 예상대로였다. 단 하나 예상치 못했던 것은 존 켈리가 모 오렌스타인에게 거칠게 대한 사실이었다. 모는 지구는 스페스의 실험실이며 따라서 그에 맞게 써야 한다면서, 자신이 시나이 산에서 기념품 겸 실험 재료로 가져온 조약돌을 이용해 화학 수업에서 일련의 반응 실험을 한 이야기를 곁들였다. "다목적 원리에 따라서, 그리고 그에 곁들여 감성……." 그 순간 존 켈리가 갑자기 발끈했다. "그만하십시오! 지금 주제는 지질학이지 민족적 배경이 아닙니다!" 그리고 존의 말투에 놀라 모가 입을 다물고 조용히 있는 동안, 파도포울로스가 존의 제안에 동의를 했다.

"모가 존 켈리에게 겁을 먹은 듯하더군." 가족이 A 복도를 따라 승강기가 있는 곳으로 갈 때 아이크가 말했다.

"아, 젠장, 아빠." 에스더가 말했다.

열여섯 살이 된 에스더는 키가 조금 더 커졌지만, 계속해 콧등을 흘러내리는 안경 너머로 사물을 제대로 보기 위해 목을 앞으로 쭉 빼고 구부정한 자세로 있었기 때문에 약간 등이 굽었다. 에스더는 꽤 변덕스러웠다. 최근 에스더는 아이크가 뭐라고 말만 하면 비난하듯 말을 받아쳤다.

"'젠장'은 토론을 계속하기에 적합한 용어가 아니야, 에스더." 아이크가 부드럽게 말했다.

"무슨 토론이요?"

"내가 이해하기로, 토론의 주제는 존 켈리가 모에게 뺏성을 부렸으며, 그 이유가 무엇인가였던 듯한데."

"아, 젠장, 아빠!"

"그만해라, 에스더." 수전이 말했다.

"뭘 그만해요?"

"혹시 네가 알고 있다면, 네 목소리를 들으니 알고 있는 듯하다만, 존이 왜 화가 났는지 우리에게도 알려주지 않겠니?" 아이크가 말했다.

비이성적인 충동에 굴복하지 않으려 애를 쓰는데 상대방은 감정이 격앙된 반응만 보이면 어찌할 바를 모르기 마련이다. 아이크는 너무나도 정당한 요구를 했지만 그 말에 에스더는 아무 말 없이 분노를 발산할 뿐이었다. 두꺼운 안경알이 한순간 아이크를 노려보며 번뜩였다. 안경알 너머로 에스더의 회색 눈동자가 잘 보이지 않았다. 에스더는 성큼성큼 앞으로 걸어가더니 자신의 분노를 수용하려는 듯이 문이 열려 있는 승강기에 탔다. 그러곤 아이크와 수전을 기다리지 않고 문을 닫았다.

버몬트로 가는 다음 승강기를 기다리며 아이크가 피곤한 목소리로 말했다. "대체 왜 저러는 건지 모르겠군."

수전은 살짝 어깨를 으쓱해 보였다.

"지금 행동을 이해할 수가 없어. 왜 저 애가 저렇게나 반항적이고 적대적일까?"

아마도 새로운 질문은 아니었겠지만, 수전은 그 질문에 답을 하려는 노력조차 보이지 않았다. 그 침묵은 아이크에게 거의 적대적으로 느껴졌고, 그래서 그는 화가 났다. "저렇게 행동해서 자기에게 득이 될 게 있다고 생각하는 걸까? 에스더가 원하는 게 뭐야?"

"티미 켈리가 당신을 카이크* 로즈라고 부른대." 수전이 말했다. "에스더가 그러더라. 티미는 학교에서 에스더를 카이키 로즈라 부른다 하고. 에스더는 차라리 '안경눈깔'이라 불리는 게 더 낫겠대."

"이런." 아이크가 말했다. "이런, 젠장."

"내 말이."

둘은 침묵 속에서 승강기를 타고 버몬트로 내려갔다.

가짜 별들 아래로 공동구역을 가로질러 갈 때 아이크가 말했다. "그 애가 그 단어를 어디서 배웠는지 도저히 짐작이 안 돼."

"누구?"

"티미 켈리. 그 애는 에스더 또래거나, 아마 한 살 어릴걸. 에스더처럼 티미도 식민지에서 자랐어. 켈리 가족은 우리가 도착하고 1년 뒤에 도착했다고. 맙소사! 바이러스며 박테리아며 포자는 전부 다 막아냈는데 이런, 이런 건 들어오게 했다는 거야? 어떻게? 어떻게 이런 일이 일어날 수 있지? 내 생각에는 수전, 모니터를 닫아야 해. 여기 아이들이 지구에서 보고 배우는 건 폭력과 편협함과 미신뿐이야."

"모니터까지 가서 배울 필요는 없었을 거야." 수전의 목소리는 거의 아이를 달래는 어머니 같았다.

"나는 존과 함께 달그늘 아래서, 그 밀폐되고 좁은 공간에서,

*유대인을 경멸해 부르는 표현.

8개월 동안이나 날마다 같이 일했어." 아이크가 말했다. "하지만 이런 일 같은 건 한 번도, 한 번도 없었어."

"사실, 문제는 존이라기보단 팻이야." 수전 역시 불쾌한 목소리였지만 침착하게 말했다. "양육계획위원회에서 오랫동안 은근하게 계속 비꼬았었어. 살짝 농담을 섞으면서 말이야. '코셔* 수전인가요?' 하는 식으로. 뭐, 그러려니 하고 살아야지."

"저 아래에서는, 그렇지. 하지만, 여기, 식민지에서는, 스페스에서는……."

"아이크, 스페스 사람들은 아주 전통적이고 보수적이야, 몰랐어? 아주 엘리트를 자처하는 사람들이라고. 그렇지 않을 리가 없잖아?"

"보수적? 전통적? 대체 무슨 말을 하는 거야?"

"자, 우리를 봐! 권력 계층 구조, 성에 따른 노동 분배, 데카르트식 가치관, 완전히 20세기 중반이잖아! 난 불평을 하는 게 아니야. 나 역시 그것을 선택했으니까. 나는 안전하다는 느낌이 좋아. 아이들이 안전하길 원했고. 하지만 안전함에 대한 대가를 지불해야 하는 거지."

"난 당신 태도를 이해할 수 없어. 우리는 스페스를 위해 모든 위험을 무릅썼어. 왜냐하면 우리는 미래지향적이니까. 여기 사람들은 과거를 뒤로하고 새로운 시작을 하기로 했어. 진정한 인간 공동체를 형성하고, 이번만은 그 공동체를 제대로, 제대로

*유대인의 율법에 맞게 정결히 한 음식.

운영하기 위해서 말이야! 여기 사람들은 혁신자고, 지적으로 용감하며, 편협함에 갇혀 사는 멍청이들이 아니라고! 우리 평균 아이큐가 165고…….”

“아이크, 알아. 평균 아이큐가 얼마인지는 나도 알아.”

“그 애는 반항을 하는 거야.” 아이크가 잠시 침묵을 지키다가 말했다. “에스더처럼. 자신들이 아는 가장 못된 표현을 써서 어른들을 당황하게 하려는 거야. 소용없어.”

“그럼 오늘 밤 존 켈리가 보인 행동은?”

“봐, 모는 계속 주절거렸을 거야. 자기가 기념품으로 가져온 그 조약돌에 대해서 끝도 없이 말이야. 귀엽기는 해. 그러니 아이들은 모가 가르치는 걸 잘 받아들이는 거고. 하지만 위원들은 꽤 피곤했을 거야. 비록 존이 말을 자르긴 했지만, 그건 모가 자초한 거야.”

둘은 자신들의 유니트 문 앞에 도착했다. 뉴잉글랜드 목조 가옥의 문처럼 보였지만 아이크가 초인종을 누르자 그 문은 쉿소리를 내며 옆으로 열렸다.

예상대로, 에스더는 자기 큐브에 틀어박혀 있었다. 최근 들어 에스더는 거실큐브에서 가족과 시간을 보내는 일을 최대한 피하고 있었다. 노아와 제이슨이 다이어그램과 프린트물, 학습장, 3차원 체커판을 붙박이 비품들 위와 바닥에 늘어놓은 채 그 중앙에 앉아 단백칩을 먹으며 수다를 떨고 있었다. “톰 여동생이 그러는데, O.R.에서 그 여자를 봤대.” 제이슨이 말했다. “안녕하세요, 아이크 아저씨, 안녕하세요, 수전 아줌마. 모르겠어, 여섯 살짜리가 말하는 걸 믿을 수는 없잖아."

"맞아, 그 앤 린다가 말한 걸 그냥 흉내 내는 걸 거야. 사람들 관심을 끌려고 말이야. 안녕, 엄마, 아빠. 있잖아요, 린다 존스랑 트리시 저랙이 봤다는 불에 탄 여자 얘기 들으셨어요?"

"무슨 말이니, 불에 탄 여자라니?"

"C-1 복도에 있는 학교 근처에서요. 여자애들이 무슨 모임을 하고 있었는데……."

"댄스 수업이요." 제이슨이 죽어가는 백조와 토악질을 해대는 열두 살 아이의 중간쯤 되는 인상적인 자세를 취하며 끼어들었다.

"걔들이 그러는데, 전에 한 번도 못 봤던 그 여자를 봤다는 거예요. 그게 가능해요? 스페스에 있으면서 어떻게 다른 사람들에게 한 번도 안 보일 수가 있어요? 그리고 그 여자는 온몸이 불에 탄 것 같았고, 남들 눈에 띄기 싫어하는 것처럼 복도 가장자리를 따라 살금살금 걸었대요. 그러고는 애들이 나타나기 직전에 C-3으로 갔고, 애들이 도착했을 때는 이미 자취를 감췄대요. C-3에 늘어선 큐브들 어디에서도 그 여자를 찾을 수 없었던 거죠. 제이슨 말로는, 나중에 톰 포트의 여동생이 O.R.에서 그 여자를 봤다고 했대요. 하지만 아마도 그 애는 그냥 관심을 끌려고 그런 말을 했을 거예요."

"그 여자 눈동자가 하얗다던데요." 제이슨이 파란 눈동자를 굴리며 말했다. "정말 끔찍해요."

"그 애들이 이 일에 대해 누군가에게 보고를 했니?" 아이크가 물었다.

"트리시와 린다요? 모르겠어요." 노아가 흥미가 사라진 목소리로 말했다. "쉰펠트에 필요한 일손을 제때에 더 얻을 수 있나요?"

"요청해두었어." 아이크가 말했다. 그는 혼란스럽고 당황했다. 에스더의 정당치 못한 분노, 수전의 공감 부족, 그리고 이제 노아와 제이슨은, 병적으로 흥분한 여자아이들이 눈이 하얀 유령에 대해 떠드는 걸 인용하며 유령 이야기를 하고 있었다. 실망이었다.

아이크는 자신의 서재큐브로 들어가 레바이티스의 제안에 따라 두 번째 우주선 설계 작업을 했다. 가짜 풍경도, 소품도 없는, 구조물의 곡선과 각이 드러나는 설계였다. 구조물의 구성 요소는 각자의 필요에 따라 이성적인 아름다움을 갖추었다. 모양은 기능을 따랐다. 공동구역과 같은 환영을 심는 대신, 각 구역의 광장은 그냥 넓은 공간으로 두었다. 어쩌면 안뜰이라 불릴 수도 있었다. 높이 10미터, 폭 200미터였고, 우주선 외피가 아치를 그리며 웅장한 모습으로 그곳을 가로지를 터였다. 아이크는 입체영상으로 스케치를 한 뒤 다른 각도에서 보고 그 주위를 빙 돌며 걸었다……. 아이크가 작업 결과에 뿌듯해하며 침대로 갔을 때는 3시가 넘었다. 수전은 깊이 잠들어 있었다. 아이크는 잠들어 꼼짝않는 수전의 따뜻한 몸 옆에 누워 저녁에 벌어진 일들을 회상했다. 그는 어두울 때면 정신이 더 맑았다. 스페스에는 반유대주의가 없었다. 식민지 개척자 가운데 얼마나 많은 이들이

유대인이었더라. 아이크는 몇 명인지 헤아려보려 했지만 그럴 필요가 없다는 것을 깨달았다. 17이라는 숫자가 금방 떠올랐다. 왠지 자신이 생각했던 숫자보다 작다는 느낌이 들었다. 아이크는 이름들을 하나씩 꼽아보았고, 17이라는 숫자에 도달했다. 800 가운데 17이라면 그리 많다고 할 수는 없지만 다른 몇몇 그룹보다는 많았다. 아시아계 사람들을 모집하는 데는 아무런 어려움이 없었고, 사실 그 반대였지만, 아프리카계 식민지 개척자들이 부족한 것은, 유니언 정부 시절부터 정책 결정에 있어서 길고도 괴로운 양심의 가책을 받게 하는 지점이었다. 하지만 800명밖에 안 되는 폐쇄적인 공동체에서는 개개인 모두가 유전적으로뿐 아니라 지적으로도 자격 요건을 갖춰야 한다는 점이 필수적이었다. 그리고 재연방화 기간 동안 공교육이 붕괴된 뒤로 흑인들은 제대로 교육을 받지 못했다. 흑인 지원자 수도 극히 적었지만, 그나마 거의 대부분은 엄격한 심사 과정을 통과하지 못했다. 물론 지원자들은 훌륭한 사람들이었으나 그것으로는 충분하지 않았다. 탑승자 모두는 몇 가지 전문 분야에서 뛰어난 실력을 보유해야만 했다. 비록 자신의 잘못이 아니라 할지라도 불리한 조건에 있는 사람을 처음부터 훈련시킬 시간은 없었다. "스페스의 아버지"라 불리는 D. H. 메스턴은 자신이 좋아하는 옛날이야기에서 그 제목을 따와, 이 상황을 "냉정한 방정식"*이라 불렀다. "필요 없는 중량은 실을 수 없다!"는 것이 이 이야기

*톰 고드윈의 단편소설 제목. 엄밀하게 계산해 탑재한 연료 때문에 밀항한 소녀를 어쩔 수 없이 우주선 밖으로 버려야 하는 이야기를 담고 있다.

의 교훈이었다. 메스턴은 이렇게 말했다. "우리가 하는 모든 결정에 너무나도 많은 생명이 의존하고 있다! 만약 우리가 감성에 젖을 수만 있다면, 쉬운 길을 택할 수만 있다면, 나보다 그 상황을 더 반길 이는 없을 것이다. 하지만 우리에게는 우수함이라는 오직 한 가지 기준뿐이다. 모든 면에서 신체적, 정신적으로 우수해야 한다. 이 기준에 맞는 지원자는 누구든 탑승한다. 그렇지 못한 자는 탈락한다."

그래서 심지어 유니언 시절에도 소사이어티에 흑인은 겨우 셋뿐이었다. 천재 수학자 메디슨 알레스는 안타깝게도 느린-피폭 증후군이 나타났고, 그가 자살한 뒤 영국에서 온 똑똑하고 젊은 베지 부부는 탈락해 집으로 돌아갔다. 스페스로서는 인종 면에서뿐 아니라 다국적이라는 측면에서도 손실이었다. 유니언과 미합중국을 제외한 다른 나라 사람들은 몇 명 없었기 때문이다. 하지만 메스턴이 지적했던 대로, 그건 문제가 아니었다. 왜냐하면 국가라는 개념은 이제 아무 의미가 없으며, 중요한 것은 공동체라는 개념이었기 때문이다.

데이비드 헨리 메스턴은 자신에게도 냉정한 방정식을 적용했다. 메스턴이 예순한 살 때, 식민지는 캘리포니아로 이주를 했지만, 그는 미합중국에 남기로 결정했다. "스페스가 완성될 즈음이면 나는 일흔 살일 거야." 메스턴은 이렇게 말했다. "일흔 살 노인이 한창 일할 나이의 과학자, 아이를 낳을 수 있는 여자, 아이큐 200인 사람의 자리를 대신 차지하라고? 농담하지 말게!" 메스턴은 여전히 저 아래에서 살고 있다. 가끔 그는 인디애

나폴리스에서 네트워크를 통해 조언을 한다. 늘 노련하고 긴요한 것들이었다. 비록 요즘 들어서는 가끔씩 약간 엉뚱한 말을 하긴 하지만.

하지만 아이크가 지금 침대에 누워 늙은 메스턴을 떠올리는 이유는 무엇일까? 꼬리에 꼬리를 물며 떠오르던 생각은 밀려오는 잠에 자리를 내주며 지리멸렬해지기 시작했다. 아이크가 막 긴장을 푸는 순간, 갑자기 공포가 밀려오며 한순간 온몸의 근육이 뻣뻣하게 굳었다. 마음 깊숙한 곳에 숨어 있던 오래된 공포, 무기력하고, 정신을 잃는 상태가 된다는 데에 대한 공포, 잠 그 자체가 가져오는 공포였다. 이윽고 그 공포마저 물러갔다. 아이크 로즈는 잠이 들었다. 달의 궤도에 우아하게 자리를 잡은 작고 밝은 물체 안의 어둠 속에서 따뜻한 몸이 한숨을 쉬었다.

린다 존스와 트리시 저랙은 열두 살이었다. 에스더가 둘을 멈춰 세우고 질문을 했을 때, 둘은 한편으로는 부끄러워하면서도 한편으로는 무례하게 굴었다. 왜냐하면 비록 에스더가 열여섯 살이기는 했지만, 안경을 끼고 있던 탓에 정말로 우스워 보였고, 티미 켈리가 에스더를 카이키라 불렀으며, 티미 켈리는 너무나도 멋졌기 때문이다. 그래서 린다는 다른 곳을 보며 에스더의 질문을 못 들은 척했지만 트리시는 에스더가 말을 걸었다는 사실에 은근히 우쭐해졌다. 트리시는 소리 내어 웃더니 자신이 그 역겨운 여자를 정말로 보았으며, 그 여자는 정말로 온몸이 불에 탄 것처럼 번들거렸고, 심지어 옷까지도 다 타버렸는지 넝

마만 조금 걸치고 있더라고 말했다. "그 여자 젖가슴이 거기 대롱거리며 매달려 있었는데, 정말 이상했어. 그리고 정말로 길었어." 트리시가 말했다. "정말 끔찍하지 않니? 대롱거리다니. 맙소사!"

"그 여자 눈이 정말로 하얘?"

"펑키 포트가 주장한 것처럼 말이야? 모르겠어. 그걸 알아볼 수 있을 정도로 가까이 있지 않았거든."

"이는 하얗더라." 트리시가 모든 설명을 하게 두고 볼 수만은 없었던 린다가 말했다. "해골처럼 아주 새하얬어. 그리고 이가 너무 많았어."

"역사 비디오에 나오는 것처럼 말이야." 트리시가 말했다. "알잖아, 사막이 되기 전에 거기 살던 사람들, 아프리카인인가? 그런 사람처럼 보였어. 굶주린 사람들처럼. 혹시 어른들이 우리에게 말해주지 않은 무슨 사고가 있던 건 아닐까? 아니면 선외 활동자? 우주선이 불타면서 그 여자도 불에 타는 바람에 미쳐서 지금은 숨어 다니는 거고 말이야."

둘은 바보가 아니었다. 트리시와 린다 모두 그럴 리가 없었다. 다른 사람들과 마찬가지로 둘 다 아이큐가 150이 넘었으니까. 하지만 둘은 식민지에서 태어났다. 밖에서 살아본 적이 없었다.

에스더는 살아봤다. 에스더는 기억했다. 로즈 가족은 에스더가 일곱 살 때 이곳에 합류했다. 에스더는 그들이 합류하기 전에 살았던 도시인 필라델피아의 온갖 것을 기억했다. 바퀴벌레, 비, 공해 경보, 그리고 건물에서 가장 친했던 사비오라. 사비오라는 머리를 수없이 많은 가닥으로 땋았고, 각 가닥에는 빨간 실과 파란 구슬을 달았다. 사비오라는 건물에서, 학교에서, 그리고 세상에서 가장 친한 친구였다. 에스더가 미합중국으로 가서 살게 되고, 그 뒤 베이커스필드로 가서 모든 것에 대한 오염제거 과정을 거치기 전까지, 미생물과 바이러스와 균류와 바퀴벌레와 방사능과 비와 빨간 실과 파란 구슬과 초롱초롱한 눈 그 모든 것으로부터 격리되기 전까지. "내가 너 대신 봐줄게, 내 눈먼 친구야." 에스더가 아무 효과 없었던 첫 번째 눈 수술을 받았을 때 사비오라는 이렇게 말했다. "내가 네 눈이 되어줄게, 알았지? 그리고 너는 내 두뇌가 되어주는 거야, 응? 산수에서 말이야."

거의 10년 전 일인데도 그때를 기억할 수 있다는 게 신기했다. 에스더는 사비오라가 '산수'라는 단어를 마치 노래하듯 높낮이를 넣어 발음하는 것이 귀에 선했다. 그 단어는 낯설고, 알아들을 수 없고, 이상하고, 파랗고 빨갛고…….

"사안-수우." 에스더는 BB 복도를 걸어가며 그 단어를 큰 소리로 말해보았으나 올바르게 발음할 수 없었다.

그래, 어쩌면 불에 탄 여자는 흑인일지도 몰라. 하지만 그렇다고 그게 그 여자가 2-C나 O.R.에 있었다거나, 또는 우나 창이라는 여자아이랑 그 애의 남동생이 지난밤 해가 진 직후에 플로리다의 광장에서 그 여자를 목격했다는 걸 설명하지는 못해.

아, 젠장, 나도 그냥 볼 수 있었으면 좋겠어. 에스더 로즈는 공동구역을 가로질러 걸어가며 생각했다. 에스더에게 그곳은 파란색과 녹색이 뿌옇게 번진 공간일 뿐이었다. 이래서야 무슨 소용이 있겠어? 그 여자가 바로 내 앞을 걸어가도 난 까맣게 모른 채 그냥 여기 사는 누군가라고 여길 텐데. 그런데 이곳에 어떻게 은신처가 있을 수 있지? 우주 공간에 1년 반이나 있었는데? 그 여자는 지금까지 어디에 있었던 걸까? 그리고 사고는 없었어. 그냥 애들 장난이야. 서로 겁주고 겁먹는 유령 놀이. 옛날 역사 비디오를 보고 겁을 먹은 걸 거야. 늘 부드럽고 하얗고 통통하게 살찐 사람들 얼굴만 보다가 비디오에서 굶주림에 지쳐 이를 드러내며 고통스러워하는 검은 얼굴을 보고 겁을 먹은 걸 거야.

"이성이 잠들면 괴물이 태어난다." 에스더 로즈가 큰 소리로 말했다. 에스더는 도서관에서 《서양 예술의 금자탑》을 열심히 읽은 적이 있었다. 비록 세상을, 아니 스페스조차 제대로 볼 수 없지만, 충분히 가까이서 본다면 그림들은 볼 수 있었기 때문이다. 판화가 최고였다. 판화들은 화면에서 확대를 해도 색이 얼룩지지 않았고 여전히 선명하게 보였으며, 강력한 검은 선, 명암들이 그대로 살아 있었다. 고야의 작품이었다. 책이 가득한 책상에 기대어 잠든 남자의 머리에서 박쥐들이 나오고, 그 아래에는 에스더가 아는 유일한 언어인 영어로 "이성이 잠들면 괴물이 태어난다"라고 적혀 있었다. 바퀴벌레, 비, 스페인어, 모든 것이 사라졌다. 물론 스페인어는 AI 안에 있었다. 모든 것이 있었다. 원한다면 스페인어를 배울 수 있었다. 하지만 사람이 읽거나 생각할 수 있는 것보다 더 빠르게 AI가 영어로 번역을 해주는데 스페인어를 배워봤자 무슨 소용이 있단 말인가? 자신 말고는 아무도 쓰지 않는 언어를 배워봤자 무슨 소용이 있단 말인가?

집에 가면 에스더는 수전에게 볼더에 있는 A-Ed 기숙사에서 지내는 문제에 대해 의논해볼 참이었다. 그렇게 할 생각이었다. 오늘. 집에 도착하면. 집에서 도망쳐야만 했다. 기숙사가 집보다 더 끔찍하지는 않을 터였다. 아빠, 엄마, 형제, 자매, 마치 19세기의 유물과도 같은, 그 존재 자체가 믿기지 않는 가족! 자궁 속의 또 다른 자궁! 그리고 여기 자궁 속에는 우주의 영웅인 로즈가 플라스틱 잔디밭을 가로질러 더듬거리며 집으로 향하고 있었다……. 집에 도착하자 쉭 소리와 함께 문이 열렸고, 부엌의 작은 컴퓨터 앞에서 일하던 어머니를 본 로즈는 당당하게 어머니 얼굴을 보며 말했다. "엄마, 저 기숙사에서 살고 싶어요. 그게 훨씬 더 나을 것 같아요. 제가 그렇게 하겠다면 아빠가 꼭지가 돌아버릴까요?"

침묵이 길어지자 에스더는 어머니에게 다가갔고, 어머니가 울고 있는 듯한 걸 알게 되었다.

"아, 이런." 에스더가 말했다. "전 그런 뜻으로……."

"괜찮아. 너 때문이 아니란다, 얘야. 에디 때문이야."

어머니의 이복동생은 어머니가 남기고 온 유일한 친척이었다. 둘은 네트워크 링크로 연락을 계속했다. 자주는 아니었다. 아이크는 아래쪽에 있는 사람들과 개인적으로 연락하는 것을 완강히 반대했고, 수전은 자신이 아이크에게 밝힐 수 없는 일을 하고 싶지 않았기 때문이다. 하지만 에스더에게는 말을 했고, 에스더는 그런 어머니의 비밀을 잘 지켜왔다.

"외삼촌이 아파요?" 에스더가 마음 아파하며 물었다.

"죽었단다. 급사였어. RMV 감염으로. 벨라가 연락을 해왔어."

수전은 차분하고 조용하게 말했다. 에스더는 잠시 가만히 서 있다가 어머니에게 다가가 어깨를 가볍게 만졌다. 수전은 에스더 쪽으로 몸을 돌렸고, 에스더를 끌어안고 울음을 터뜨렸다. "오, 에스더, 에디는 아주 착했어, 아주, 아주 착했단다! 우리는 늘 함께 다녔고, 계모들이며 여자 친구들이며 우리가 살아야만 했던 끔찍한 곳들도 에디 덕분에 참을 수 있었어. 에디가 버팀목이 되어주었어. 에디는 내 가족이었어, 에스더. 내 가족이었어!"

아마도 그 단어에 뭔가 의미가 있으리라.

수전은 울음을 그치고 에스더를 놓아주었다. "아빠에게 말하지 않을 거예요?" 에스더가 차를 끓이며 물었다.

수전은 고개를 저었다. "이제는 내가 에디와 이야기한 걸 알아도 상관없어. 하지만 벨라는 네트로 편지만 보냈어. 대화를 하지는 않았어."

에스더는 수전에게 차를 주었다. 수전은 차를 한 모금 마시고 한숨을 쉬었다.

"그러니까, 넌 A-Ed 기숙사에서 살고 싶은 거로구나."

에스더는 고개를 끄덕였다. 이런 얘기를 한다는 것에 대해, 어머니를 두고 떠나겠다고 말한다는 것에 대해 죄책감을 느꼈다. "그런 것 같아요. 모르겠어요."

"좋은 생각인 듯하구나. 해보렴, 어찌 됐든."

"그렇게 생각하세요? 하지만 아빠는 완강하게…… 아시잖아요."

"그래." 수전이 말했다. "하지만, 그래서?"
"전 정말로 원하는 거 같아요."
"그럼 지원하렴."
"아빠의 허락을 받아야 지원을 할 수 있나요?"
"아니. 넌 열여섯 살이야. 이성의 나이지. 사회 규범은 그렇게 정하고 있어."
"꼭 그렇게 늘 이성적이라고 생각하지 않아요."
"그렇게 될 거야. 잘 흉내 내어보렴."
"아시다시피, 아빠가 자기가 모든 걸 통제해야 한다는 듯이, 안 그럼 모든 게 통제를 벗어나 엉망이 될 거란 듯이 행동할 때면, 제가 좀 엉망이 되어버리잖아요."
"안단다. 하지만 네 아빠도 이 일을 감당할 수 있어. 네가 A-Ed에 일찍 가는 걸 자랑스러워할 거야. 잠시 화를 내겠지만, 곧 가라앉을 거야."

둘은 아이크의 반응에 놀랐다. 아이크는 전혀 화를 내지 않았다. 그는 에스더의 요구를 침착하게 받아들인 뒤 말했다. "그러렴. 안구 이식을 한 뒤에."
"뭘 한 뒤에요?"
"어른으로서의 삶을 가혹한, 하지만 마음만 먹으면 치료할 수 있는 핸디캡을 가지고 시작하고 싶지는 않겠지? 그건 어리석은 거야, 에스더. 넌 독립을 원하잖아. 그러니 육체적 독립도 필요하지. 우선 눈을 얻은 뒤 훨훨 나는 거야. 내가 널 잡아두려 할 거라고 생각했니? 얘야, 난 네가 나는 걸 보고 싶단다!"

"하지만……."

아이크는 기다렸다.

"준비는 된 거야?" 수전이 물었다. "의사들에게서 새로운 이야기가 있었어?"

"30일간 면역체계 검사를 한 뒤 양쪽 눈을 이식받을 거야. 어제 보건 의회가 끝나고 딕과 이야기를 했어. 에스더는 내일 가서 원하는 눈을 고르면 돼."

"눈을 골라요?" 노아가 말했다. "끔찍하네!"

"만약에, 만약에 제가 원하지 않는다면요?" 에스더가 말했다.

"원하지 않아? 세상을 선명하게 보고 싶지 않다고?"

에스더는 아이크와 수전 그 누구에게도 시선을 주지 않았다. 에스더의 어머니는 잠자코 있었다.

"겁이 나서 그러는구나. 그건 당연하다. 하지만 부끄러운 거야. 그리고 그렇게 행동하는 건 앞으로 평생 좋은 시력으로 세상을 볼 수 있는 너 자신을 속이는 거고."

"하지만 이제 저는 이성의 나이가 되었잖아요. 그러니 제가 선택을 할 수 있어요."

"물론 그렇게 할 수 있고, 그렇게 할 거야. 넌 이성적인 선택을 하게 될 거야. 난 널 굳게 믿는단다, 얘야. 그러니 내 믿음이 옳다는 걸 보여주렴."

면역체계 준비 과정은 오염제거 과정에 버금가리만큼 끔찍했다. 며칠 동안 에스더는 튜브와 기계들 말고 다른 것에는 신경 쓸 여력이 없었다. 어떤 날은 너무나 지루해서, 보건 센터로 면회를 온 노아가 그렇게 반가울 수 없었다. 노아가 말했다. "누나, 그 할망구 얘기 들었어? 도회지 사람들이 다 그 할머니에 대해 말을 해. 첨엔 어떤 아기가 보고 놀랐는데, 곧 그 애 엄마가 그 할머니를 봤고, 이제는 엄청나게 많은 사람들이 목격했어. 정말로 작고 늙었대. 유키오, 프레드랑 눈동자 색이 같으니까 아마 아시아인인가봐. 하지만 몸이 구부정하고 다리도 이상하대. 그리고 갑판을 돌아다니면서 뭔가를 주워 자기 가방에 넣는다더라. 쓰레기 같은데, 신기한 게, 그곳에는 떨어져 있는 게 아무것도 없거든. 그리고 사람들이 다가가면 그냥 모습을 감춘대. 이가 하나도 없는 끔찍한 모습이래."

"불에 탄 여자는 아직도 돌아다녀?"

"글쎄, 플로리다에서 어떤 여자들이 회의를 열었는데, 갑자기 회의장에 사람들이 나타나 앉았고, 모두 흑인이었대. 그리고 여자들이 전부 그 흑인들을 바라보니까, 나타났을 때처럼 갑자기 사라졌다더라."

"우와." 에스더가 말했다.

"아빠는 심리학자들 주축으로 비상 회의를 소집했고, 그 회의에서는 이 사태를 환경 박탈에 의한 집단 환각으로 결론 내렸어. 아빠가 전부 말해주실 거야."

"그래, 그러시겠지."

"있잖아, 누나."

"뭐가 있어?"

"그러니까, 그거 말이야. 그거. 된 거야?"

"응." 에스더가 말했다. "우선 예전 걸 적출했어. 그리고 새걸 넣었어. 그리고 연결을 했지."

"우와."

"그렇지."

"정말로 누나가 직접 가서 골라……."

"아니야. 의료진들이 유전적으로 가장 알맞은 걸 골랐어. 나를 위해 아주 멋진 유대인 눈을 가져왔더라."

"정말로?"

"농담이야. 어쩜 진짜 그랬을지도 모르지만."

"누나 시력이 좋아지면 정말 좋겠어." 노아가 말했다. 그리고 그렇게 말하는 노아의 목소리에서 에스더는 오보에나 바순 같은 더블리드 악기가 처음 소리를 낼 때 나는 텁텁함이 배어 있음을 깨달았다. 노아가 그런 목소리로 말하는 건 처음이었다.

"〈사티아그라하〉* 테이프 가지고 있어? 듣고 싶어." 에스더가 물었다. 둘은 20세기 오페라를 좋아했다.

"그건 지적 복잡함이 없어." 노아가 아이크의 억양으로 말했다. "생각할 거리가 별로 없던데."

"그래." 에스더가 말했다. "그리고 전부 산스크리트어지."

노아는 마지막 장을 틀었다. 둘은 테너가 산스크리트어로 점

*간디가 아프리카 남부에서 현지 인도인 노동자들의 공민권 획득 투쟁을 하면서 시작한 시민 불복종 운동. 동명의 오페라가 있다.

점 음을 높여가며 노래하는 것을 들었다. 에스더는 두 눈을 감았다. 높고 깨끗한 목소리가, 마치 안개 위 산봉우리를 오르듯이 점점 더 높아졌다.

"낙관적이라 할 수 있습니다." 의사가 말했다.
"무슨 말씀이시죠?" 수전이 말했다.
"보장할 수는 없는 거잖아, 수전." 아이크가 말했다.
"왜 안 돼? 이건 일상적인 수술이잖아!"
"일반적인 경우에는……."
"일반적인 경우가 따로 있어요?"
"그렇습니다." 의사가 말했다. "그리고 이건 특별한 경우예요. 수술은 아무 문제 없이 잘 끝났습니다. 면역체계 준비 과정도 그랬고요. 하지만 에스더의 현재 반응은, 비록 낮은 가능성이긴 하지만, 부분적 혹은 전면 거부가 될 가능성이 있습니다."
"시력을 잃게 된다는 거로군요."
"수전, 설사 에스더가 이번 이식을 거부한다 해도 다시 시도할 수 있어."
"사실 전자 이식이 더 나을 수도 있습니다. 시각 기능을 보존하고 공간 감각을 주니까요. 그리고 시각이 기능하지 않는 동안에는 음파 탐지 헤드밴드를 쓰면 됩니다."
"그러니 낙관적이라 할 수 있다는 거군요." 수전이 말했다.
"신중하게요." 의사가 말했다.

"당신이 하는 걸 난 그냥 두고만 봤어." 수전이 말했다. "말렸어야 했는데. 말릴 수 있었는데." 수전은 아이크에게서 몸을 돌려 복도를 걸어갔다.

아이크는 격실에 가야 했다. 사실 늦은 상태였지만, 보건 센터에서 곧장 승강기를 통해 내려가는 대신 도회지를 가로질러 멀리 있는 승강기 구역으로 걸어갔다. 아이크는 잠시 혼자 있으면서 생각할 시간이 필요했다. 집단 히스테리 현상에 에스더의 수술 건까지 더해진 이 상황들이 적잖이 버거웠다. 그런데 거기에 이제 수전까지 이런 행동을 보이며 아이크를 실망시키면……. 아이크는 혼자 있고 싶은 마음이 간절했다. 에스더 옆에 있고 싶지도 않았고, 의사와 상담을 하고 싶지도 않았고, 수전을 설득하고 싶지도 않았고, 이런저런 의원회에 참석하고 싶지도 않았고, 집단 환각을 보고하는 히스테리를 듣고 싶지도 않았다. 그냥 혼자, 밤에 쉰펠트 스크린을 바라보며, 평화로이 있고 싶었다.

"저걸 봐." 아이크가 도회지 광장에 있을 때, 키가 큰 EVAC의 랙스니스가 옆에 와 서더니 광장 한 곳을 바라보며 말했다. "다음은 뭘까? 다음엔 무슨 일이 일어날 거라고 생각해, 로즈?"

아이크는 랙스니스의 시선을 따라갔다. 도회지의 석조 외관과 높은 벽돌이 보였고, 거리-복도를 가로질러 가는 소년이 보였다.

"저 아이?"

"응. 맙소사. 저 사람들을 봐."

아이가 사라졌지만 랙스니스는 계속 그곳을 주시했고, 속이 뒤집힌다는 듯이 침을 삼켰다.

"사라졌어, 모턴."

"기근 지역에서 온 게 분명해." 계속 한곳을 주시하며 랙스니스가 말했다. "처음 몇 번은 입체영상이라고 생각했어. 누군가가 일부러 이런 영상을 우리에게 보여주는 거라고 생각했지. 공동체에서 머리가 어떻게 된 누군가가 또는 뭔가가 그런 짓을 하는 거라고."

"그 가능성에 대해서도 조사했어." 아이크가 말했다.

"저 사람들 팔을 좀 봐. 맙소사!"

"저기엔 아무것도 없어, 모턴."

랙스니스가 아이크를 바라보았다. "눈이 먼 거야?"

"저긴 아무것도 없어."

랙스니스는 아이크가 마치 환각이라는 듯한 표정으로 그를 바라보았다. "나는 이게 우리의 죄라고 생각해." 랙스니스는 광장 건너, 자신이 바라보고 있던 것 쪽으로 다시 시선을 돌렸다. "하지만 우리가 어떻게 해야 하는 걸까? 모르겠어." 랙스니스는 갑자기 앞으로 성큼성큼 나아가더니 걸음을 멈추고, 고통스럽고 당황스러운 표정으로 주위를 둘러보았다. 환각을 본 사람들의 얼굴에 나타나는, 그래서 이제 아이크에게는 낯익은 표정이었다.

아이크는 랙스니스를 두고 그곳을 떠났다. 랙스니스에게 뭔가 말하고 싶었지만 무슨 말을 해야 할지 알 수 없었다.

아이크가 거리 모양 복도에 들어섰을 때, 안으로 들어가려 하자 뭔가 저항감 같은 게 느껴졌다. 어떤 물체인지 물체들인지 존재들인지가 붐비는 듯한 기묘한 느낌이었다. 그것은 아이크를 방해하지도 않았고, 손으로 만져지지도 않았고, 그의 팔과 어깨에 아주 약한 정전기 같은 것으로, 얼굴을 가로지르는 숨결 같은 것으로, 감지할 수 없는 저항감 같은 것으로 무수히 다가왔다. 아이크는 앞으로 걸어가 승강기에 도착했고, 격실로 내려갔다. 승강기는 만원이었지만 그 안에는 아이크뿐이었다.

"어이, 아이크. 아직 유령을 하나도 못 봤어?" 할 바우어만이 기운차게 말했다.

"못 봤어."

"나도. 따돌림받는 기분이랄까. 여기 엔진 명세서 있어. 새로운 장치들 목록이랑."

"모턴 랙스니스가 방금 전 도회지에서 뭔가를 봤어. 히스테리를 일으킬 만한 사람은 아닌데."

"히스테리인 사람은 아무도 없어." 가게 조수인 라레인 구티에레즈가 말했다. "그 사람들은 여기 있어."

"무슨 사람들?"

"지구에서 온 사람들."

"우리 모두 지구에서 왔는걸, 내가 아는 한은."

"모두가 보는 사람들을 말하는 거야."

"나는 못 봤어. 할도 못 봤고. 로드도 못 봤……."

"몇 명 봤어." 로드 본드가 중얼거렸다. "모르겠어. 정말 터무니없다는 건 나도 알아, 아이크. 하지만 어제 하루 종일 푸에블로 복도 주위에 그 사람들이 서성거렸어. 자네는 그 사람들과 부딪히지 않고 그냥 통과해 지나간다는 걸 나도 알지만, 모두가 그 사람들을 봤어. 빨래를 잔뜩 한 뒤 빨래에서 물을 짜내고 있는 것 같았어. 인류학이나 그쪽 분야에서 찍은 옛날 테이프 같은 걸 보는 느낌이었어."

"집단 환각이야……."

"아니야." 라레인이 쏘아붙였다. 그녀는 날카롭고 공격적이었다. 자기랑 생각이 다르면 늘 저렇게 빽빽거리지, 아이크는 생각했다. "그 사람들은 여기에 있어, 아이크. 그리고 줄곧 더 많은 이들이 있어왔고."

"그러니까 이 우주선은 우리가 그냥 통과해 걸어갈 수 있는 진짜 인간들로 가득하다는 거군?"

"좁은 공간에 많은 사람들이 있기에는 좋은 방법이네." 할이 연신 싱글거리며 말했다.

"그리고 설사 나는 볼 수 없다 할지라도 네가 본 건 진짜다 이거고?"

"네가 뭘 보는지 난 몰라." 라레인이 말했다. "무엇이 진짜인지도 몰라. 하지만 그 사람들이 여기에 있는 건 알아. 그 사람들이 누구인지는 모르지. 어쩌면 우리가 알아내야 할 거야. 내가 어제 본 사람들은 정말로 원시 문화권에서 온 것 같았어. 몸에 동물 가죽을 둘렀지만 어딘가 아름다웠어, 그 사람들 말이야. 영양 상태가 좋아 보였고, 경계심 어린, 방심하지 않는 표정이었어. 처음으로 나는 그 사람들도 우리를 보고 있다는 느낌이 들었어, 우리만 그 사람들을 보는 게 아니라. 하지만 확실하지는 않아."

로드가 동의한다는 표시로 고개를 끄덕였다.

"그럼 다음은 이제 이야기를 나누는 거겠군? 안녕 여러분, 스페스에 오신 걸 환영합니다?"

"지금까지는, 그 사람들에게 가까이 다가가면 그냥 사라져버려. 하지만 점점 더 가까이 다가갈 수 있게 되는 중이야." 라레인이 무척이나 진지하게 답했다.

"라레인." 아이크가 말했다. "네가 무슨 말을 하는지는 아는 거야? 로드? 들어봐, 만약 내가 너에게 가서 이렇게 말하면 어쩔 거야. '어이, 있잖아, 머리가 셋 달린 외계인이 비행접시에서 빛을 타고 이곳으로 날아왔어. 왜 그러는 거야? 안 보여? 안 보이는 거야, 라레인? 안 보여, 로드? 안 보여? 하지만 난 보여! 그리고 너도 보이지, 그렇지 할? 머리 셋 달린 외계인이 보이지?"

"보여." 할이 말했다. "꼬맹이 녹색 벌레처럼 생겼네."

"우리가 말하는 걸 믿을 거야?"

"아니." 라레인이 말했다. "너희는 거짓말을 하는 거잖아. 하지만 우리는 아니야."

"그럼 너흰 미친 거겠군."

"나와 다른 사람들이 본 걸 부정하는 거, 그게 바로 미친 거야."

"이봐들, 이거 정말 흥미로운 존재론적 논쟁이기는 해." 할이 말했다. "하지만 우리가 지금 엔진 명세서 보고에 25분 정도 늦은 상태라서 말이지."

그날 저녁 아이크는 늦게까지 자기 큐브에서 일을 하며 부드러운 정전기 같은 것이 팔과 등을 따라 이는 느낌, 북적이는 느낌, 가청 주파수 영역 아래에서 뭔가가 중얼거리는 듯한 느낌, 땀 또는 사향 또는 인간 숨 냄새가 나는 듯한 느낌을 받았다. 아이크는 잠시 두 손으로 머리를 감쌌다가 고개를 들고 쇤펠트 스크린에게 이야기라도 하려는 듯이 그것을 바라보며 말했다. "이런 일이 일어나게 두고 볼 수는 없어. 이 세계는 우리에게 남은 유일한 희망이야."

큐브는 텅 비어 있었고, 조용한 공기에는 아무 냄새도 배어 있지 않았다.

아이크는 한동안 일을 했다. 침대로 온 아이크는 깊게, 조용히 잠든 아내 옆에 누웠다. 수전은 다른 행성만큼이나 아이크에게서 멀어져 있었다.

그리고 에스더는 영원한 어둠 속에 갇혀 병원 침대에 누워 있었다. 아니, 영원하지는 않았다. 일시적이었다. 치유되는 어둠이었다. 에스더는 보게 될 터였다.

"뭐 하는 거야, 노아?"

소년은 세면대 앞에 서서 물이 반쯤 찬 세면기를 뚫어져라 바라보고 있었다. 열중한 표정이었다. 노아가 말했다. "금붕어를 보고 있어요. 수도꼭지에서 나왔어요."

"질문은, 환각이라는 개념을 어디까지 적용해야 상호작용이 포함된 공유 경험을 설명하는 데 유용한가 하는 겁니다."

"음." 제이미가 말했다. "상호작용 자체가 환각일 수 있습니다. 잔다르크와 잔다르크가 들은 목소리가 그 예죠." 하지만 제이미의 목소리에는 확신이 없었다. 이어서 긴급위원회의 주도권을 넘겨받은 듯해 보이는 헬레나가 밀어붙였다. "우리 손님들 중 일부를 이 회의에 초대하는 건 어떨까요?"

"잠깐만요." 아이크가 말했다. "여러분들은 '공유한 경험'에 대해 이야기하지만 그건 공유한 경험이 아닙니다. 저는 그 경험을 공유하지 않았습니다. 그리고 저 말고 그런 사람들이 더 있고요. 그렇다면 그것이 공유되었다고 주장하는 근거는 무엇입니까? 만약 이 환각, 이 '손님들'을 만질 수도 없고 여러분들이 접근할 때 사라지며, 들을 수도 없다면, 이들은 손님이 아니라 유령입니다. 여러분들은 이 문제를 이성적으로 접근하려는 그 어떤 시도도 하지 않……."

"아이크, 미안합니다만 당신이 느낄 수 없다는 이유만으로 그 사람들의 존재를 부정할 수는 없습니다."

"그들의 근거를 부정하는 데 그보다 더 정당한 근거가 어디 있다는 겁니까?"

"하지만 당신은 그 사람들의 존재를 부정하는 데 있어 다른 사람들이 그 존재를 받아들이는 바로 그 근거를 쓰고 있습니다."

"환각의 결핍은 다른 사람들이 환각을 인지한다고 판단하는 근거가 될 수 있습니다."

"그렇다면 그걸 환각이라고 하죠." 헬레나가 말했다. "저는 유령이 더 맘에 들지만요. 사실 '유령'이라는 표현이 꽤 정확할 거예요. 하지만 우리는 유령과 어떻게 공존하는지를 모릅니다. 그에 대해서 아무런 훈련도 받지 못했으니까요. 이제부터 겪어 가면서 그 방법을 배워나가야만 합니다. 그리고, 제 말을 믿으세요, 우리는 그래야만 합니다. 유령들이 사라지지는 않을 겁니다. 유령들은 여기 있고, '여기' 있는 것들 역시 바뀌고 있습니다. 아마도 당신은 우리에게 아주 유용한 존재가 되었을 겁니다. 당신이 그럴 마음만 있었다면 말이에요, 아이크. 하지만 그렇지 못했죠. 단지 당신이 우리 손님들의 존재와 변화를 인지하지 못했기 때문에요. 하지만 인지할 수 있는 우리는 그들이 어떤 존재인지를, 그리고 왜 이곳에 있는지를 알아야만 합니다. 그들의 존재를 당신이 계속 부정하면 우리가 하려는 일에 방해가 됩니다."

"신들은 벌하고 싶은 자를 먼저 미치게 만든다."* 아이크는 말하고 회의 석상에서 일어났다. 다른 사람들은 아무 말을 하지 않았다. 모두 당황한 표정으로 시선을 내렸다. 아이크는 조용히

*헨리 워즈워스 롱펠로의 시 〈판도라의 가면극〉에서 프로메테우스가 한 말.

회의실을 나섰다.

CC 복도에서 사람들이 떼로 뛰어다니며 큰 소리로 웃고 있었다. "길을 비켜요!" 비행 엔지니어링 파트의 덩치 큰 스티어넨이 앞에 무리나 군중 같은 게 있다는 듯이 팔을 흔들며 외쳤고, 한 여인이 소리쳤다. "들소예요! 들소! 들소들이 C 복도를 지나가게 길을 비켜주세요!" 아이크는 앞을 똑바로 바라보고 곧장 걸어갔다.

"현관문에 덩굴이 자라고 있어." 아침식사를 하며 수전이 말했다. 그 목소리가 너무도 만족스러운 듯이 들려서 아이크는 잠시 그 말의 의미는 생각지도 않은 채 수전이 평소처럼 말한다는 사실에 기쁘기만 했다.

이윽고 아이크가 말했다. "수전……."

"내가 어떻게 할까, 아이크? 당신은 내가 어떻게 했으면 좋겠어? 거짓말을 하거나, 아무 말도 하지 않거나, 덩굴이 자라지 않는 척할까? 하지만 자라고 있어. 자홍색 깍지콩 같아 보여. 자라고 있다고."

"수전, 덩굴은 흙에서 자라잖아. 지구에서. 스페스에는 흙이 없어."

"그건 나도 알아."

"어떻게 그걸 알면서 동시에 부정할 수 있지?"

"되돌아가고 있어요, 아빠." 노아가 전에 들어보지 못한 살짝 쉰 목소리로 말했다.

"뭐가?"

"음, 처음에는 사람들이었어요. 이상하게 생긴 할머니며 몸이 불편한 사람들이었는데, 그다음에는 온갖 종류의 사람들이 되었어요. 그리고 동물들이 나타나기 시작했고, 이제는 식물들이 나타나고 있어요. 저수지에서 사람들이 고래를 본 거 아세요, 엄마?"

수전이 소리 내어 웃었다. "난 공동구역에서 말만 보았단다."

"정말 예쁘더라고요." 노아가 말했다.

"나는 보지 못했어." 아이크가 말했다. "나는 공동구역에서 말을 본 적이 없어."

"엄청나게 많았어. 하지만 가까이 다가오게는 안 하더라. 야생마인가봐. 어떤 놈들은 정말 예쁜 점박이 무늬가 있었어. 니나 말로는 애팔루사 종이라던데."

"나는 말을 보지 못했어." 아이크가 말하고는, 두 손으로 얼굴을 감싸고 울기 시작했다.

"아빠." 아이크의 귀에 노아의 목소리가 들렸고 이어서 수전의 목소리가 들렸다. "괜찮아, 노아. 괜찮아. 학교에 가렴. 괜찮아, 얘야." 문이 쉬익 소리를 냈다.

수전의 두 손이 아이크의 머리를 부드럽게 어루만졌고, 어깨를 쓰다듬은 후 부드럽게 그를 흔들었다. "괜찮아, 아이크……."

"아니, 그렇지 않아. 괜찮지 않아. 전혀 괜찮지 않아. 모든 게 미쳤어. 모든 게 망가지고, 망가지고, 낭비되고, 잘못되었어. 잘못되었다고."

수전은 한참 동안 말없이 아이크의 어깨를 토닥이고 어루만졌다. 마침내 수전이 말했다. "그걸 생각하면 두려워, 아이크. 뭔가 초자연적인 것처럼 보이지만 정말로 초자연적인 것은 전혀 아니라고 생각해. 하지만 그런 단어로 생각하는 대신, 그냥 보고 있노라면, 그 사람들과 말과 문가의 덩굴을 보고 있노라면, 이치에 닿아. 어째서 우리는 그냥 훌훌 털고 떠나올 수 있을 거라고 생각했던 걸까? 우리는 우리가 누구라고 생각한 걸까? 그 모든 것은, 우리가, 우리가 가져온 거야……. 말, 고래, 노파, 아픈 아기들 모두. 그 모든 것은 우리고, 우리는 그 모든 것이야. 그것들은 여기에 있어."

아이크는 한동안 아무 말도 하지 않았다. 마침내 그가 길게 숨을 들이마셨다. 아이크가 말했다. "그러니 대세를 따라가야겠지. 설명할 수 없어도 그냥 받아들이고. 믿을 수 없기 때문에 그것을 믿도록 해야겠지. 이해가 되는지 마는지가 무슨 상관이야? 이해할 필요가 뭔데? 대상에 대해 그냥 생각을 하지 않는 편이 훨씬 더 말이 되는 상황이니까. 어쩌면 우리 모두 뇌절제술을 받고 정말로 단순한 삶을 사는 게 나을지도 모르겠어."

수전은 아이크의 어깨에서 손을 떼고 물러섰다.

"뇌절제술을 받은 다음에는 전자 두뇌를 이식할 수 있겠지." 수전이 말했다. "음파 탐지 헤드밴드도. 그러면 유령과 부딪치진 않을 거야. 하지만 수술이 우리의 문제에 모든 답을 줄 수 있을까?"

아이크는 몸을 돌렸지만 수전은 그에게서 돌아서 있었다.
"난 병원에 가봐야겠어." 수전이 말하고 집을 나섰다.

"어이! 조심해!" 사람들이 외쳤다. 아이크는 자신이 어디로 걸어가기에 사람들이 그런 반응을 보이는지 알 수 없었다. 양 떼인지, 벌거벗고 춤추는 야만인 병사들인지, 삼나무 늪지인지 알 수 없었다. 상관없었다. 그는 공동구역들을, 복도들을, 큐브들을 보았다.

노아가 옷을 갈아입으러 집에 왔다. 노아 말로는 공동구역의 인조 잔디를 뒤덮은 흙에서 약식 풋볼을 하다가 진흙이 묻었다고 했다. 하지만 아이크는 먼지와 세균이 없는 공기를 마시며 플라스틱 잔디 위를 걸었다. 아이크는 높이 20미터가 되는 커다란 느릅나무와 밤나무들을, 나무들 사이가 아니라, 관통해 걸어갔다. 아이크는 승강기 쪽으로 걸어가 버튼을 누르고 보건 센터로 갔다.

"아, 하지만 에스더는 오늘 아침에 퇴원했는걸요!" 간호사가 웃으며 말했다.

"퇴원을 했다고요?"

"네. 아침 일찍, 조그만 흑인 여자아이가 부인의 쪽지를 가져왔어요."

"그 쪽지를 봐도 될까요?"

"그럼요. 에스더 파일에 있어요. 잠시만요……." 간호사가 쪽지를 건넸다. 수전이 보낸 쪽지가 아니었다. 그건 에스더의 구불거리는 글씨였으며, 아이작 로즈에게 보낸다고 적혀 있었다. 그가 쪽지를 펼쳤다.

저는 잠시 산에 가 있을래요.

사랑을 담아,

에스더

보건 센터 밖에서 아이크는 복도를 바라보았다. 복도는 왼쪽, 오른쪽, 앞으로 쭉 뻗어 있었다. 높이 2.2미터에 폭 2.6미터였고, 옅은 황갈색으로 칠해졌으며 회색 바닥에는 유색 선들이 그려져 있었다. 파란선은 보건 센터 문에서 끝났고, 또는 시작했다. 시작일 수도 끝일 수도 있었지만, 파란 선을 따라 3미터마다 하얀 화살표가 보건 센터에서 멀어지는 쪽이 아닌, 가까워지는 쪽을 가리키고 있었다. 따라서 선은 아이크가 서 있는 그곳에서 끝나는 게 맞았다. 유색 선들을 빼면 바닥은 옅은 회색이었고, 완벽하게 매끄러웠으며, 비록 8구역에서는 스페스의 굴곡을 살짝 감지할 수 있었지만 바닥은 거의 평평했다. 복도 천장 패널들에서 5미터 간격으로 조명들이 빛났다. 아이크는 모든 간격을, 모든 규격을, 모든 재질을, 모든 관계를 알았다. 그 모든 것을 마음속으로 그릴 수 있었다. 아이크는 오랫동안 그것들에 대해 생각해왔다. 그것들을 이성적으로 생각해왔다. 그가 그것들을 계획했다.

스페스에서는 그 누구도 길을 잃지 않았다. 모든 복도는 알고 있는 곳으로 연결되었다. 화살표와 유색 선들을 따라가면 아는 곳에 도착했다. 어떤 복도를 따라가고 어떤 승강기를 탄다 할지라도 결코 길을 잃는 법 없이 자신이 출발한 곳으로 늘 안전하게 돌아왔다. 결코 비틀거릴 일도 없었다. 모든 바닥은 매끈하게 광을 낸 금속으로 되어 있었고, 밝은 회색칠이 되어 있었으며, 유색 선들과 하얀 화살표가 원하는 목적지로 안내했기 때문이다.

아이크는 두 걸음을 내딛고는 비틀거렸고, 앞으로 세게 넘어졌다. 손 아래 뭔가 거칠고, 불규칙하고 고통스러운 것이 잡혔다. 바위, 돌멩이였다. 매끄러운 금속 바닥을 뚫고 삐죽 튀어나와 있었다. 진갈색 기운이 도는 회색 돌 사이로 여기저기 하얀 실금들과 얼룩이 보였다. 그가 손을 디딘 바닥 근처에 노란색 이끼류가 물때 끼듯 자라 있었다. 오른손 손바닥이 아팠다. 아이크는 일어나 손바닥을 살폈다. 넘어지면서 돌에 피부가 스쳐 벗겨져 있었다. 아이크는 찰과상 때문에 엷게 밴 피를 핥았다. 그는 그곳에 쪼그리고 앉아 바위를 보았고, 이윽고 바위를 지나쳤다. 아이크 눈에는 복도만 보였다. 에스더를 발견하기 전까지는 이 바위 말고 아무것도 보지 못할 터였다. 바위와 자기 피의 맛. 아이크는 일어났다.

"에스더!"

아이크의 목소리가 복도에 희미하게 울려 퍼졌다.

"에스더, 난 볼 수가 없어. 어떻게 보는지 알려줘!"

아무 답이 없었다.

아이크는 조심스레 바위를 빙 돌아, 신중하게 앞으로 나아가기 시작했다. 긴 거리였고, 자신이 길을 잃지 않았다는 확신이 전혀 들지 않았다. 여기가 어디인지 확신할 수 없었다. 오르막길은 더 가팔라지고 힘들어지고 공기는 아주 옅어지고 차가워졌다. 아이크는 어머니 목소리를 들을 때까지 그 무엇도 확신할 수 없었다. "아이작, 얘야, 깨어 있는 거니?" 어머니가 다소 날카로운 목소리로 물었다. 아이크는 몸을 돌렸고, 가파른 흙길 옆의 화강암 노두 위에서 어머니가 에스더 옆에 앉아 있는 걸 보았다. 그 뒤로는 거대한 심연 너머로 저 위에서 내려오는 밝은 빛 아래 눈 덮인 봉우리들이 우뚝 솟아 있었다. 에스더가 아이크를 보았다. 에스더의 눈은 맑았지만 또한 어두웠다. 에스더가 말했다. "이제 우리는 내려갈 수 있어요."

A FISHERMAN OF THE INLAND SEA

북면 등반

러브조이 1번가 탐험을 나선 사이먼 인터스웨이트의 일지에서

2.21. 로버트가 셔벗 다섯과 함께 베이스캠프에 도착했다. 지난 달 〈타임스〉를 몇 부 가져와서, 우리는 그것을 한 글자도 빼놓지 않고 열심히 읽었다. 우리 팀은 이제 완벽하다. 내일은 선발대가 떠난다. 날씨는 좋다.

2.22. 선발대와 함께 '베란다' 아래쪽 마루까지 갔다가 돌아왔다. 시속 40마일의 돌풍이 불었지만 날씨는 좋았다. 오늘 밤 피터가 베란다 캠프에 모두 무사히 도착했다는 무전을 보내왔다.
셔벗들은 모닥불을 피워놓고 둘러앉아 노래하고 있다.

2.23. 준비 작업. 고셀들을 단단히 묶었다. 날씨는 좋다.

2.24. 하루 등반으로 베란다 캠프에 쉽게 도착했다. 격자와 곶과 홈이 있는 곳이 어려웠지만 선발대가 로프를 남겨두었고, 우리는 큰 어려움 없이 돌출부에 오를 수 있었다. 오무 바는 점프하듯 뛰어올라, 다른 대원들보다 일찍 도착했다. 창의적이기는 하지만 규율을 지키지 않는다. 다른 셔벗들에게 나쁜 예가 된다. 베란다 캠프는 평평하고, 습기가 없고, 지붕이 있으며, 베이스캠프보다 훨씬 더 안락하다. 끝없는 철쭉밭을 빠져나와 기쁘다. 밤에 눈이 왔다.

2.25. 눈 때문에 이동 불가.

2.26. 상동.

2.27. 상동. 〈타임스〉의 마지막 장(광고 페이지)을 끝마쳤다.

2.28. 데릭, 나이절, 콜린, 나는 앞이 안 보이는 눈보라를 뚫고 코스를 답사하고 피길을 박았다. 시계視界가 엉망이었다. 나이절이 흐느껴 울었다.

정오에 돌아와 오후 3시에 베란다 캠프에 도착했다.

2.29. 혹독한 비와 바람. 오무 바는 27일 이후부터 취해 있다. 뭘

로? 스토브 알코올이 줄어 있는 걸 발견했다. 창의적이기는 하지만 규율을 지키지 않는다. 이런 상황에서는 질책을 하기가 어렵다.

2.30. 로버트가 북동쪽 돌출부까지 로프를 쳤다. 셔벗들이 거주인들을 무서워하는 바람에 어쩔 수 없이 돌아와야만 했다. 이겨낼 수 없는 미신이다. 그쪽 루트에 대한 계획을 버리고 '배수관'까지 곧장 가야겠다. 복닥거리는 이 캠프에서 신문도 없이 더는 오래 버틸 수 없다. 우리 텐트에는 여섯 명이 있을 공간이 없으며, 셔벗 열여섯이 자기들 텐트에서 싸워대는 소리가 끊임없이 들린다. 비록 몇 명은 키가 157센티미터가 채 안 되었지만 셔벗이 필요 이상으로 많다는 것을 깨달았다. 정선해서 열 명만 골랐어도 충분했으리라. 하루 종일 시계 0. 눈, 비, 바람.

2.31. 우박, 진눈깨비, 안개. 셔벗 셋이 실종되었다.

3.1. 보브릴*이 떨어졌다. 데릭이 아주 의기소침해졌다.

3.4. 강한 눈보라 때문에 입구를 놓쳤다. 오늘은 해가 밝게 빛나고 바람은 없다. 낮은 고도에서는 눈 때문에 눈이 부시다. 여기서는 고지가 보이지 않는다. 셔벗들이 이유 없이 사라졌다가 오

*쇠고기 양념 상표.

발틴*을 가지고 돌아왔다. 사기가 높아졌다. 내일 있을 등반(두 그룹)을 위한 탐사와 준비로 하루를 보냈다.

3.5. 성공! 우리는 '베란다 지붕' 위에 있다! 경치가 압도적이다. 오르지 못한 2618 번지의 정상이 남동쪽으로 또렷하게 보인다. 제2팀(피터, 로버트, 셔벗 여덟 명)은 아직 여기에 없다. 바람이 불고 가파른 경사에 야영지가 노출되었다. 비와 진눈깨비 때문에 지붕널이 미끄럽다.

3.6. 나이절과 셔벗 둘이 제2팀을 만나기 위해 '북쪽 가장자리'로 내려갔다. 오후 4시에 돌아왔지만 제2팀을 보지는 못했다. 베란다 캠프에서 지체된 게 분명하다. 불안하다. 무전기는 조용하다. 바람이 심해진다.

3.7. 콜린이 로프를 타고 '창문'을 오르다가 어깨를 삐었다. 멍청하고, 유치한 짓거리다. 거주인이 있든 없든 간에, 셔벗은 그 사람들을 방해하지 않으려 무척이나 애를 쓴다. 제2팀은 아무 소식도 없다. KWJJ 컨트리 음악 방송이 내는 전파에 계속 방해를 받는 바람에 무전 신호는 해독을 할 수가 없다. 바람은 불었지만 맑은 날씨가 계속되었다.

*코코아 분말 상표.

3.8. 날씨가 허락한다면 내일 위로 올라가기로 결정했다. 도글을 고치고 낡은 피길 홀더를 바꿨다. 셔벗은 어떻게 할지 언질을 주지 않았다.

3.9. '높은 지붕'에 나 홀로 있다.

다른 이들은 계속 등반하려 하지 않았다. 콜린과 나이절은 베란다 지붕 캠프에서 사흘 동안 나를 기다리기로 했다. 데릭과 셔벗 네 명은 베이스캠프로 내려가기 시작했다. 나는 셔벗 두 명과 오전 5시에 출발했다. 오전 7시 04분에는 동쪽에서 멋진 일출이 있었다. 하루 종일 꾸준히 올랐다. 마지막 돌출부에서 약간 어려움이 있었다. 셔벗들은 아주 대담했다. 로프에 매달려 흔들리면서 오무 바는 말했다. "경치가 끝내주는군요!" 높은 지붕 캠프에 도착했을 때는 지쳤지만 미리 와 있던 셔벗 셋이 텐트를 쳐 놓았고, 오발틴을 타놓고 우리를 기다렸다. 이곳 경사는 너무나 가팔라서 자다가 굴러 떨어질 것만 같다!

셔벗들은 자기 텐트에서 노래를 하고 있다.

내 위로 날카로운 '정상'과 '굴뚝'이 별을 배경으로 우뚝 솟아 있다.

이것이 사이먼 인터스웨이트가 쓴 일기의 마지막이다. '높은 지붕 캠프'에 있던 셔벗 다섯 명 가운데 네 명은 사흘 뒤 베이스캠프로 돌아왔다. 그들은 일기, 깨끗한 조끼 둘, 멸치 반죽 튜브 두 개를 가지고 돌아왔다. 사이먼의 운명에 대한 그들의 보고서는 논리성이 결여되어 있다. 인터스웨이트 팀은 러브

조이 스트리트 2647번지의 북면을 오르려는 시도를 포기하고 캘커타로 돌아왔다.

1980년에 이즈츠가 이끄는 일본인 등반대가 셔벗 가이드 네 명을 고용해 북면 루트를 따라 정상에 올랐고, 서재 창문을 가로지르며 현수 강하를 했고, 처마에 피톤을 고르게 박았다. 거주인들이 항의했지만 소용없었다.

'굴뚝'을 등반한 이는 아직까지 아무도 없다.

A FISHERMAN OF THE INLAND SEA

상황을 바꾼 돌

부라는 이름의 누어오블은 어느 날 동료와 함께 오블링 대학의 바윗더미에서 일을 하다가 상황을 바꾼 돌을 발견했다.

오블들이 사는 곳은 바위가 많은 강가다. 바위, 큰 돌, 작은 돌, 조약돌, 자갈 등이 강둑을 따라 몇 마일에 걸쳐 쌓이고 흩어져 있다. 오블이 사는 마을들은 돌로 지어졌다. 오블들은 고기를 거하게 먹기 위해서 바위너구리 사냥을 한다. 그들의 누어오블은 돌나물과 이끼를 모아 끼니를 간소하게 해결하고, 집과 대학을 짓고, 그곳들을 깨끗이 유지한다. 하나라도 제대로 정돈이 되어 있지 않으면 오블들이 초조해하고 성질을 부리기 때문이다.

오블 마을의 심장부는 대학이며, 각 대학들은 높은 석조 건물에서 강을 향해 나 있는 테라스를 자신의 자존심으로 여긴다. 테라스의 돌은 크기에 따라 정렬되어 있다. 바위는 바깥쪽 벽을 이루고, 안쪽으로는 커다란 돌들이 줄지어 있고, 그 안으로는 작은 돌들이 쌓여 있고, 마지막으로 테라스의 안쪽에는 조약돌과 자갈이 정교한 모자이크와 패턴을 이룬다. 따뜻하고 낮이 긴 날에는 오블들이 테라스를 산책하고, 앉아서 비누돌로 만든 파이프에 타잎을 재어 담배를 피우고, 역사, 자연사, 철학, 형이상학에 대해 토론을 한다. 바위들이 모양과 크기에 따라 정열되어 있고, 패턴들이 깨끗하고 깔끔하게 유지되어 있으면 오블들은 마음의 평화를 누리며 깊이 생각에 잠길 수 있다. 테라스에서 대화가 끝나면 가장 현명하고 나이 든 오블들은 대학으로 들어가 도서관 서가에 깔끔하게 보관된 《기록의 서》에 자신들이 생각하고 말한 것 가운데 최고의 내용을 적는다.

이른 봄, 강물이 불어 테라스까지 수위가 올라오고, 바위를 넘어뜨리고, 자갈을 씻어 내리고 테라스를 엉망진창으로 만들면 오블들은 대학 안에 머무른다. 그곳에서 오블들은 《기록의 서》를 읽고, 토론하고, 주석을 달고, 테라스들을 어떻게 디자인할지에 대해 새로이 계획을 짜고 푸짐한 고기 만찬을 즐기고, 담배를 피운다. 누어들은 요리하고, 만찬 시중을 들고, 대학의 방들을 깔끔하게 정돈한다. 홍수가 끝나면 곧바로 누어들은 바위들을 분류하고 테라스를 정돈한다. 누어들은 서둘러 그 일을 마친다. 왜냐하면 홍수로 인한 혼란 상황이 계속되면 오블들은 아주 심기가 불편해지고, 심기가 불편할 때면 누어들을 평소보다 더 세게 때리고 더 거칠게 겁탈하기 때문이다.

올해의 봄 홍수는 오블링 마을의 바위 벽을 무너뜨렸고, 테라스 안에 나뭇가지와 유목과 다른 쓰레기들을 남겼으며, 여러 가지 패턴들을 흐트러뜨리고 무너뜨렸다. 오블링 대학의 테라스들은 조약돌이 이루는 완벽한 순서와 복잡한 아름다움으로 유명하다. 유명한 오블들은 패턴을 디자인하고 돌을 고르느라 거의 평생을 보내다시피 했다. 그 가운데 유명한 디자이너인 아크네그니는 자신의 완벽한 창조물을 위해 손수 일을 했다고 전해진다. 만약 그러한 디자인에서 조약돌이 하나라도 빠진다면, 누어오블들은 그것을 대체할 수 있는 정확히 같은 크기와 모양의 조약돌을 찾아 바윗더미를 몇날 며칠이고 뒤져야 한다. 부라는 이름의 누어오블은 그 임무를 맡아 동료들과 함께 바윗더미에서 일을 하다가 상황을 바꾼 돌을 발견하게 된 것이다.

돌을 교체해야 할 때면, 바윗더미 누어들은 테라스 모자이크에서 교체할 돌의 모양을 적당히 모사한다. 조약돌을 가지고 안쪽 테라스까지 가서 직접 맞추어보지 않고도 그 조약돌이 맞는지 확인하기 위해서다. 부는 이런 식으로 시험용 패턴에 돌을 하나 놓았고, 크기와 모양이 완벽히 맞는지 확인하기 위해 유심히 살펴보다가 자신이 이전까지 전혀 알아차리지 못했던 돌의 특성을 발견하고는 큰 충격을 받았다. 바로 색깔이었다. 이 디자인의 이 부분을 이루는 조약돌은 모두가 폭은 손바닥 하나와 4분의 1이고 길이는 손바닥 하나와 2분의 1인 커다란 타원형이다. 부가 방금 시험용 패턴에 맞춰본 돌은 완벽한 '4분의 1과 2분의 1' 타원형이었으며 따라서 패턴에 딱 맞았다. 하지만 다른 돌들은 대부분 색이 까맣고 결이 고운 청회색인 데 비해, 방금 집어 든 돌은 생생한 청록색이었으며, 그보다 옅은 옥록색 반점들이 있었다.

물론 부는 바위의 색깔은 진정한 패턴과 아무런 상관이 없는 하찮고 사소한 성질이라는 사실을 잘 알았다. 하지만 동시에, 자신이 이 청록색 돌을 무척이나 흐뭇해하며 보고 있다는 사실을 깨달았다. 부는 이내 생각했다. "이 돌은 아름다워." 그녀는 전체적인 디자인을 살펴보아야 했지만 그러는 대신 돌 하나만을 집중해 보고 있었다. 그 돌의 색 때문에 다른 돌들의 색채가 탁해 보였다. 부는 이상하게 감동을 받았다. 그리고 이상한 생각이 떠올랐다. "이 돌에는 의미가 있어. 뜻이 담겨 있어. 단어가 담겨 있어." 부는 돌을 집었고, 시험용 패턴을 살펴보는 동안 내내 쥐고 있었다.

테라스에 있는 원래 디자인은 학장의 디자인이라 불렸다. 대학의 학장인 페스틀이 테라스의 이 부분을 설계했기 때문에 그 이름을 딴 것이었다. 부는 시험용 패턴에 청록색 돌을 다시 넣었고, 그 돌은 여전히 부의 눈길을 사로잡았다. 부는 패턴에 집중하는 대신 그 돌을 눈여겨보았지만 그 돌에 무슨 의미가 있는지는 전혀 알 수 없었다.

부는 청록색 돌을 바윗더미의 수석 누어에게 가져가 돌에 뭔가 이상하거나 잘못되거나 특별한 점이 있는지 물었다. 수석 누어는 그 돌을 한참 동안 살펴보았고, 마침내 눈을 크게 떴다. 아무 문제 없다는 뜻이었다.

부는 그 돌을 들고 안쪽 테라스로 가 진짜 패턴에 넣었다. 그 돌은 학장의 디자인에 꼭 들어맞았다. 모양과 크기가 완벽했다. 하지만 패턴을 살펴보기 위해 뒤로 물러섰을 때, 부는 학장의 디자인을 거의 알아차릴 수 없었다. 새로운 돌이 디자인을 바꾼 것은 아니었다. 단지 그 돌은 그전까지 부가 알아차리지 못했던 패턴을 완성시켰을 뿐이었다. 그것은 색의 패턴으로, 학장의 디자인이 보이는 모양과 크기의 조화로움과는 거의 또는 아무런 관계가 없었다. 새로운 돌은 페스틀의 디자인 중앙에 '4분의 1과 2분의 1' 타원들이 서로 맞물려 이룬 장사방형 부분에서 청록색 돌들의 소용돌이무늬를 완성시켰다. 청록색 돌들 대부분은 지난 몇 년간 부가 넣은 것들이었다. 하지만 소용돌이무늬는 부가 승진을 해 학장의 디자인을 담당하기 전에 다른 누어가 시작한 것이었다.

바로 그때 페스틀 학장이 봄햇살을 받으며 산책을 하고 있었다. 그는 녹슨 총을 어깨에 메고, 입에는 파이프를 물고, 홍수로 인해 난잡했던 테라스가 다시 말끔히 수리된 걸 보고 흐뭇해했다. 학장은 상냥하고 나이 든 오블로, 비록 가끔 부를 만지기는 했지만 겁탈한 적은 한 번도 없었다. 부는 눈을 가리고 용기를 내어 말했다. "학장님, 학장님! 학장님은 많이 아시니까 방금 제가 수리한 진짜 패턴의 이 부분이 의미하는 언어를 제게 설명해 주시면 안 될까요?"

페스틀 학장은 멈칫했다. 아마도 명상을 방해받아 살짝 불쾌한 듯했다. 하지만 젊은 누어가 겸손하게 웅크리고 눈을 가린 것을 본 학장은 어른다운 태도로 그녀를 만지작거리며 말했다.

"그러고말고. 내 디자인의 여기 이 부분은 가장 간단히 말하자면 '나는 돌들을 아름답게 놓았다' 또는 달리 말해서 '나는 돌들을 훌륭한 순서로 배치했다' 정도로 해석할 수 있지. 물론, 훨씬 고차원적인 의미도 담겨 있으며, 말로 형용할 수 없는 수수께끼들도 담겨 있어. 하지만 그런 걸 생각하느라 네 작고 귀여운 머리로 골머리를 앓을 필요는 없단다!"

누어는 고분고분한 목소리로 물었다. "돌들의 색깔에서 의미를 찾는 것도 가능한가요?"

학장은 다시 싱긋 웃으며 누어의 몸 여기저기를 만지작거렸다. "누어들이 무슨 생각을 하는지는 아무도 모르겠구나! 색이라니! 색깔의 의미라니! 이제 그만 가거라, 꼬마 누어아지야. 여기 일을 아주 잘 마쳤구나. 아주 깔끔하고, 아주 훌륭해." 그리고 학장은 파이프를 뻐끔거리고 봄햇살을 즐기며 다시 산책을 했다.

부는 돌들을 정돈하기 위해 바윗더미로 돌아왔지만 정신이 혼란스러웠다. 그녀는 밤새 청록색 돌 꿈을 꾸었다. 꿈에서 그 돌이 말을 했고, 패턴에 있는 그 돌들 주위의 돌들도 말을 하기 시작했다. 잠에서 깬 부는 돌들이 한 말을 기억할 수 없었다.

해는 아직 뜨지 않았지만, 누어들은 일어나 있었다. 그리고 부는 오블아지들을 먹이고 씻긴 다음 차가운 이끼 튀김으로 서둘러 아침을 먹었고, 그동안 보금자리 동료들과 직장 친구들에게 이야기를 했다. "오블들이 올라가기 전에 나랑 같이 테라스로 가자. 너희에게 보여줄 게 있어."

부는 친구가 많았고, 누어 여덟아홉 정도가 그녀를 따라 테라스로 갔다. 일부는 자신들이 돌보고 먹이는 영유아 오블아지들을 함께 데리고 갔다. "이번에는 부가 무슨 생각을 하는 걸까 모르겠네!" 누어들이 깔깔거리며 서로에게 말을 했다.

모두가 페스틀 학장이 디자인한 안쪽 테라스의 그 부분에 도착했을 때 부가 말했다. "자, 봐. 패턴들을 봐. 그리고 돌들의 '색깔'을 봐."

"색은 아무 의미가 없어." 한 누어가 말했다. 그리고 다른 누어가 말했다. "색은 패턴의 일부가 아니야, 부."

"하지만 만약 일부라면?" 부가 말했다. "그냥 봐봐."

누어들은 침묵과 복종에 익숙했기에 부가 시킨 대로 살펴보았다.

"와." 잠시 뒤 한 명이 말했다. "멋지다!"

"저걸 봐!" 부의 가장 친한 친구인 코가 말했다. "청록색 소용돌이가 학장의 디자인 전체를 수놓고 있어! 그리고 저기 노란 사암 주위의 적철광 다섯 개가…… 마치 꽃처럼 놓여 있어."

"여기 갈색 현무암들이 있는 부분을 봐. 이게 진짜 패턴을 가로지르고 있어, 안 그래?" 꼬마 가가 말했다.

"그게 다시 패턴을 만들어. 다른 패턴을 말이야." 부가 말했다. "아마도 그건 말로는 표현할 수 없는 함의의 패턴을 만드는 거 같아."

"어이쿠, 부, 관둬." 코가 말했다. "네가 뭐 교수라도 되냐?"

다른 누어들이 웃었지만, 부는 너무나 흥분해 자신이 놀림을 당하는 것도 몰랐다. "아닌 거 알아." 부가 진지하게 말했다. "하지만 봐. 저기 청록색 돌 말이야. 저거. 소용돌이의 마지막에 있는 거."

"사문암이네." 코가 말했다.

"그래, 나도 알아. 하지만 만약 학장의 디자인이 뭔가를 의미한다면—학장님은 저 부분이 '나는 돌들을 아름답게 놓았다'라는 의미라고 말했는데—어쩌면 저 청록색 돌이 다른 단어를 뜻할 수도 있지 않을까? 다른 의미를 말이야."

"무슨 의미?"

"모르겠어요. 전 아저씨가 알지도 모른다고 생각했어요." 부는 기대에 부푼 눈으로 초로의 누어인 운을 바라보았다. 운은 젊은 시절 바위사태가 났을 때 다쳐 다리를 절었지만 패턴 유지관리 능력이 워낙 뛰어났기에 오블들은 그를 살려두었다. 운은 그 청록색 돌을, 그리고 청록색 돌들이 이루는 곡선을 물끄러미 바라보았고, 마침내 천천히 말했다. "어쩌면 '누어가 돌들을 놓았다'라고 말하는 걸지도 몰라."

"어떤 누어요?" 코가 물었다.

"부." 꼬마 가가 말했다. "부가 이 돌을 놓았잖아."

부와 운 모두 눈을 휘둥그렇게 떴다. '아니야'라는 뜻이었다.

"패턴이 누어에 대한 의미를 담을 수는 없어!" 코가 말했다.

"색으로 이루어진 패턴이라면, 어쩌면 가능할지도 몰라." 흥분해 눈을 아주 빠르게 깜빡이며 부가 말했다.

"누어." 코가 세 개의 눈을 모두 동원해 청록색 곡선을 살피며 말했다. "'누어가 아름답게 돌들을 놓아 제어할 수 없는 고리를 그렸다'라니. 맙소사! 이게 전부 다 무슨 소리야?" 그는 곡선을 따라 읽었다. "'제어할 수 없는 고리를 그렸다. 그것은 목격한 바의……' 다음은 뭐라고 하는 거야? 아, '전조다.'"

"계시." 운이 넌지시 말했다. "뭐에 대한 계시인지 그 앞 단어는 모르겠어."

"모두 지금 돌들의 색깔에서 그게 보이는 거야?" 가가 깜짝 놀라 물었다.

"색깔의 패턴에서 보이는 거야." 부가 대답했다. "이건 우연이 아니야. 의미가 없지도 않아. 항상 우리는 돌들을 여기 패턴에 배치했어. 오블들이 디자인한 패턴뿐 아니라 새로운 패턴을, 새로운 뜻이 담긴 누어의 패턴들을 우리가 만든 거야. 봐, 저것들을 봐!"

침묵과 복종에 익숙했기에, 그들은 모두 서서 오블링 대학의 안쪽 테라스에 있는 패턴들을 살펴보았다. 조약돌과 더 큰 돌들의 모양과 크기가 정사각형, 직사각형, 삼각형, 십이각형, 지그재그, 직선을 이루며 크고 질서 정연한 아름다움과 의미를 담았는지를 보았다. 그리고 색깔로 인해 돌들의 배열이 또 다른 디자인을, 덜 완벽하고 종종 단순히 개략적인 모습만을 띤 원과 소용돌이와 타원 그리고 미로처럼 복잡한 곡선과 거대하고 예측할 수 없는 아름다움과 의미를 담은 미궁을 만드는 것을 알아차렸다. 그래서 하얀 석영암이 이루는 길다란 고리는 손바닥 4분의 1 길이의 돌들이 이루는 이중 직선을 가로질렀고, 손바닥 2분의 1 크기의 장사방형 사암으로 이루어진 부분은 창백한 노란색의 긴 초승달 모양 일부처럼 보였다.

두 패턴 모두 그곳에 있었다. 하나가 다른 하나를 지운 것일까 아니면 각 패턴이 다른 패턴의 일부인 것일까? 둘 모두를 한꺼번에 보기는 어려웠지만 불가능한 것은 아니었다.

한참 뒤에 꼬마 가가 물었다. "하는 줄도 모르면서 우리가 저걸 다 한 거야?"

"나는 늘 돌들의 색깔을 살펴왔어." 운이 아래를 내려다보며 낮은 목소리로 말했다.

"저도 그래요. 그리고 결과 질감도요." 코가 말했다. "저는 저기 '수정각'의 물결 부분을 작업하고 있어요." 코는 저 위대한 오홀로슬이 디자인한, 테라스의 아주 오래되고 유명한 부분을 가리켰다. "작년에 마지막 홍수가 난 뒤에 저 디자인에서 많은 부분이 망가졌어요, 기억나죠? 전 우비 동굴에서 자수정을 잔뜩 구했어요. 전 보라색이 정말 좋거든요!" 코의 목소리에는 반항하는 기운이 담겨 있었다.

부는 서로 맞물린 직사각형들 한쪽 구석에 박힌 작고 매끄러운 터키석들이 이루는 원을 바라보았다. "나는 청록색이 좋아." 부가 속삭였다. "나는 청록색이 좋아. 코는 보라색을 좋아하고. 우리는 돌들의 색깔을 보고 있어. 우리는 패턴을 만들어. 아름다운 패턴을 만들어."

"교수들에게 말해야 한다고 생각해?" 꼬마 가가 흥분해서 물었다. "교수들이 우리에게 음식을 더 줄지도 몰라."

초로의 운이 모든 눈을 휘둥그레 떴다. "교수들에게는 입도 뻥긋해선 안 돼! 그자들은 패턴이 바뀌는 걸 좋아하지 않아. 너희도 잘 알잖아. 패턴이 바뀌면 그자들은 안절부절못해. 괜히 신경질을 부리며 우리를 혼낼 거야."

"우린 두렵지 않아요." 부가 속삭였다.

"교수들은 이해하지 못할 거야." 코가 말했다. "색깔을 보지 못할 거야. 교수들은 우리 말을 듣지 않잖아. 그리고 설사 듣는다 해도, 자신들에게 말하는 게 단지 누어에 불과하고, 따라서 아무런 의미도 없다고 생각할 거야. 안 그래? 이제 나는 동굴로 돌아가 자수정을 좀 더 구해 저기 물결 부분을 마쳐야겠어." 코는 간신히 수리를 시작한 '수정각'을 가리키며 말했다. "교수들은 저걸 보지조차 않을 거야."

가가 돌보는 장난꾸러기 꼬마 아지인 엔들 교수의 아들이 '우수한 삼각형'에서 조약돌을 빼내다가 한 대 맞았다. "휴." 가가 한숨을 쉬었다. "완전 장난꾸러기 오블아지라니깐! 저 애를 어떻게 다뤄야 할지 도무지 모르겠어."

"내년에 학교에 들어가잖아." 운이 건조하게 말했다. "학교에서는 다루는 법을 알 거야."

"하지만 저 아이가 없으면 전 어쩌고요?" 가가 말했다.

이제 해는 높이 떠 있었고, 교수들은 자기 침실 창문을 통해 테라스를 볼 수 있었다. 교수들은 누어들이 어슬렁거리는 걸 좋아하지 않을 터이며, 또한 오블아지들이 대학 담장 안쪽에 있는 건 당연히 절대 금지였다. 부와 다른 이들은 서둘러 보금자리와 일터로 돌아갔다.

그날 코는 우비 동굴에 갔고, 부도 함께 갔다. 둘은 아름다운 자수정 한 부대를 캐 왔고, '수정각'을 유지 보수하면서 며칠에 걸쳐 그 안에 있는 물결 부분을 완성했다. 둘은 그 부분을 '보라색 파동'이라 이름 붙였다. 코는 그 작업을 하며 행복해했고, 노래를 하고 농담을 했고, 밤이 되면 부와 사랑을 나누었다. 하지만 부는 계속해 딴데 정신이 팔려 있었다. 그녀는 테라스들의 색깔 패턴을 계속 살펴보았고, 점차 더 많은 패턴들을 발견했고, 또한 그 안에 담긴 더 많은 뜻과 사상을 찾아냈다.

"모두가 누어에 대한 것들이야?" 초로의 운이 물었다. 그는 관절염 때문에 테라스에 가지 못했지만, 부는 날마다 자신이 발견한 것을 운에게 알려주었다.

"아니요." 부가 말했다. "대부분은 오블과 누어 모두에 대한 것들이에요. 그리고 오블아지들도요. 하지만 그것들을 만든 이는 누어지요. 그러니 달라요. 오블의 패턴에는 누어에 대한 게 전혀 없어요. 오로지 오블 그리고 오블이 생각하는 것에 대한 것뿐이에요. 하지만 우리가 색을 읽게 되자 우리는 그 색들이 굉장히 흥미로운 것들을 말한다는 걸 깨달았어요!"

부가 너무나 흥분했고 그 주장을 설득력 있게 펼쳤기 때문에 오블링의 다른 누어들도 색이 이루는 패턴들을 살펴보았고, 그 안에 담긴 뜻을 어떻게 읽는지 배우기 시작했다. 그리고 그런 행동은 다른 보금자리에도 퍼져갔고, 곧 다른 마을에도 퍼졌다.

얼마 지나지 않아, 강 상하류의 모든 누어들은 자신들의 테라스가 색깔 있는 돌들로 된 격정의 디자인들로 가득하고, 그 패턴들에는 오블과 누어와 오블아지에 대한 놀라운 메시지가 담겨 있는 걸 깨달았다.

하지만 많은 누어들은 색깔 패턴이라는 개념에 격앙했고, 색깔에서 패턴 찾기를 줄기차게 거부했으며, 또한 돌의 색깔에 뭔가 의미가 담겨 있다는 것을 절대로 인정하지 않았다. 이런 누어들은 말했다. "오블들은 우리가 뭔가를 바꾸길 바라지 않아. 우리는 오블의 누어오블이야. 오블은 우리가 자신들의 패턴을 깔끔하게 보존하고, 오블아지들을 조용히 시키고, 질서를 유지하기를 바라. 그래야 자신들은 중요한 일에 집중할 수 있으니까. 하지만 만약 우리가 새로운 의미를 만들고, 상황을 바꾸고, 패턴을 흐트러뜨리기 시작한다면 그 결과가 어떻게 될 거 같아? 그건 오블들에게 공평하지 않아."

하지만 부는 이러한 주장에 전혀 흔들리지 않았다. 그녀는 자신이 발견한 것에 몰두해 있었다. 부는 더는 조용히 듣고만 있지 않았다. 부는 말을 했다. 작업장들을 다니며 말을 했다. 그리고 어느 날 저녁, 용기를 낸 부는 자신이 자아석自我石이라 이름 붙인, 완벽하게 연마된 터키석을 끈에 달아 목에 걸고 테라스로 올라갔다. 부는 놀란 교수들 사이로 테라스를 가로질러 애슬 총장이 사는 모자이크 관사로 갔다. 유명한 학자인 애슬은 낡은 라이플총을 등에 메고 홀로 명상을 하며 산책을 하고 있었고, 그녀가 문 파이프에서 피어오른 연기가 뒤로 길게 꼬리를 그리며 맴돌고 있었다. 이렇게 신성한 시간에는 심지어 정교수조차 총장을 방해하지 않으려 했다. 하지만 부는 그녀에게 곧장 가서 몸을 웅크리고 눈을 가린 채, 떨리지만 맑은 목소리로 말했다. "총장님! 고귀하신 총장님! 부디 제 질문에 친절히 대답해주지 않으시렵니까?"

총장은 이렇게 예정에 없는 행동으로 방해를 받아 정말로 불쾌했고 화가 났다. 그녀는 가장 가까운 교수에게 돌아서서 말했다. "이 누어는 미쳤군요. 당장 치우세요."

부는 열흘 동안 감옥에 갇히는 벌을 받았고, 그 기간 동안 학생들은 원할 때면 언제든 부를 겁탈할 수 있다는 허락을 받았다. 그리고 감옥에서 나온 부는 100일 동안 판석 채석장으로 보내졌다.

부가 보금자리로 돌아왔을 때, 그녀는 감옥에서의 겁탈로 임신을 했으며, 채석장에서의 노동으로 무척이나 야위었지만, 여전히 터키석 목걸이를 하고 있었다. 보금자리 동료와 직장 친구들은 반가이 부를 맞이했고, 테라스의 색깔 패턴에 담긴 의미를 모아 만든 노래를 불렀다. 코는 그날 밤 부드러운 사랑으로 부를 위로했으며, 부의 아이는 자기의 아이이며 부의 보금자리는 자신의 보금자리가 될 거라고 말했다.

그리고 여러 날이 지나지 않았을 때, 그녀는 (부엌을 통해) 대학으로 들어갔고, (시중 누어들의 도움을 받아) 규율 대사제의 개인실까지 갔다.

오블링 대학의 규율 대사제는 형이상학적 언어학에 조예가 깊은 걸로 유명했다. 대사제는 평소 아침에 천천히 잠에서 깨었다. 그날 아침, 그는 천천히 잠에서 깨면서 어리둥절한 눈으로 시중 누어를 바라보았다. 그 누어는 방 커튼을 열고 아침식사를 가져온 게 분명했다. 하지만 평소와 다른 누어 같아 보였다. 대사제는 총을 찾아 손을 뻗을까 했으나 그러기에는 너무나도 졸렸다.

"어이." 대사제가 말했다. "새로 온 아이로구나, 그렇지?"

"답을 듣고 싶은 질문이 있어요." 누어가 말했다.

대사제는 좀 더 일어나 이 놀라운 생물을 뚫어져라 보았다. "최소한 네 눈들을 가릴 정도의 예의는 차려야지, 누어!" 대사제가 말했다. 하지만 사실 그리 크게 화가 나지는 않았다. 대사제는 너무나 늙었기에 패턴이 무엇인지 더는 확신하지 못했으며, 따라서 패턴에 변화가 생긴다 할지라도 그에게는 예전처럼 큰 문제가 아니었다.

"다른 누구도 저에게 대답을 해줄 수가 없어요." 누어가 말했다. "그러니 제발 답해주세요. 혹시 패턴에 있는 청록색 돌에 단어가 담겨 있을까요?"

"오, 그럼, 그렇지." 대사제가 정신을 차리며 말했다. "물론 색이 의미하는 것들은 이제 모두가 아주 오래되었어. 이제 그런 건 나같이 시대에 뒤처지고 낡은 골동품 수집가들이나 흥미로워할 만한 거야. 색채 단어는 아주 오래된 패턴들에조차 담겨 있지 않아. 오로지 가장 오래된 《기록의 서》에만 있을 뿐이야."

"무슨 뜻인가요?"

대사제는 자신이 꿈을 꾸는 건 아닐지 생각해보았다. 아침식사도 하기 전에 누어와 역사적 언어학에 대해 토론을 하다니! 하지만 흥미로운 꿈이었다. "네가 지금 장식품으로 건 듯한 돌의 청록색 색채는 패턴 안에서 형용사적 형체로 존재하며 속박 없는 의지의 특성을 의미하지. 명사로서 그 색이 의미하는 바는…… 음, 뭐라고 해야 할까? 억압의 부재, 통제의 결여, 자율 결정의 조건……."

"자유." 누어가 말했다. "그건 자유를 의미하는 건가요?"

"아니란다, 얘야." 대사제가 말했다. "전에는 그걸 의미했지. 하지만 이제는 아니야."

"왜요?"

"왜냐하면 그 단어는 이제 쓸모가 없어졌거든." 대사제가 말했다. 그는 이 납득이 안 가는 대화가 슬슬 지겨워지기 시작했다. "이제 착한 누어가 되어 여기서 나가, 내 하인들에게 아침식사를 가져오라고 말해주렴."

"창밖을 보세요." 누어가 눈을 크게 뜨고 말했다. 그 목소리에 담긴 열정이 너무나도 강렬했기에, 대사제는 무척이나 놀랐다. "창밖 테라스를 보세요! 돌의 색깔을 보세요! 누어들이 만든 색깔을, 우리가 만든 디자인을, 우리가 쓴 뜻을 보세요! 자유를 찾아보세요! 오, 제발 좀 봐주세요!"

그리고 마지막 간청과 함께 놀라움을 선사했던 유령은 사라졌다. 대사제는 침실 문을 뚫어져라 바라보았다. 그리고 다음 순간 문이 열렸다. 평소 자신을 시중들던 나이 든 누어가 돌나물

차와 김이 모락모락 나는 뜨거운 훈제 이끼가 담긴 아침식사가 놓인 쟁반을 들고 들어왔다. 하녀가 기운차게 말했다. "안녕히 주무셨어요, 대사제님! 벌써 깨신 거예요? 아름다운 아침이네요!" 그리고 침대 곁에 쟁반을 놓고 커튼을 활짝 열었다.

"방금 전 여기에 젊은 누어가 들어왔었나?" 대사제가 다소 초조한 목소리로 물었다.

"천만에요, 대사제님. 적어도 제가 아는 한은 아니에요." 하녀 누어가 말했다. 하지만 대사제는 하녀가 그렇게 말을 하며 한순간 일부러 자신을 똑바로 바라보았다고 생각했다. 하지만 감히 하녀에게 그런 용기가 있단 말인가? 대사제는 절대로 그럴 리 없다고 생각했다. "오늘 아침 테라스가 참 예쁘네요." 하녀가 계속 말했다. "대사제님도 한번 보셔야 해요."

"나가, 나가." 대사제가 으르렁대듯 말했고, 누어는 눈을 가리고 예절 바르게 무릎 굽혀 인사한 뒤 방을 나갔다.

대사제는 침대에서 아침식사를 한 뒤 일어났다. 그는 창문으로 가 아침 햇살이 비치는 대학 테라스를 내다보았다.

한순간, 그는 자신이 다시 꿈을 꾸고 있다고 생각했다. 자신이 평생 동안 그 테라스에서 보아왔던 패턴들이 완전히 다르게 보였기 때문이다. 곡선과 선, 놀라운 문구와 직설적인 의미, 뜻과 아름다움이 보이는 훌륭한 참신성으로 이루어진, 대담한 디자인들이 보였기 때문이다. 이윽고 그는 모든 눈을 크게, 아주 크게 뜨고 깜박였다. 그리고 다음 순간 그것은 사라졌다. 아침 햇살 속에, 평소 보아온 낯익은 테라스에 규칙적인 패턴들이 또렷하고 고르게 보였다. 그리고 다른 것은 보이지 않았다. 대사제는 창문에서 등을 돌리고 책을 펼쳤다.

그래서 대사제는 누어오블들이 보금자리와 작업장에서 길게 줄을 지어 오블아지들을 데리고 바위 벽 아래에 모여드는 것을, 춤을 추며 모여드는 것을, 춤을 추고 노래를 하며 테라스를 가로지르는 것을 보지 못했다. 그는 노랫소리를 들었지만 의미 없는 소음으로만 여겼을 뿐이었다. 하지만 창을 통해 첫 번째 돌멩이가 날아들었고, 그는 고개를 들고 격분해 외쳤다. "이게 대체 무슨 뜻이야?"

OF THE
INLAND SEA

케라스천

이것을 발명한 러셀 사전트에게

무두장이로 이루어진 작은 카스트는 고귀한 계급이었다. 땜장이나 조각장이가 무두장이가 준비한 음식을 먹기 위해서는 1년 동안 재계를 해야만 했으며, 심지어 상인들처럼 권력이 조금 있는 카스트조차 가죽 제품들을 다룬 뒤에는 밤 내내 목욕재계를 해 몸을 깨끗이 해야만 했다. 추모는 다섯 살 때부터 무두장이였으며, '노래하는 모래'에서 밤새 버드나무들이 속삭이는 소리를 들었다. 그녀는 입증의 날을 통과했으며, 그 후로 버드나무 물레로 짠, 무두장이를 뜻하는 진홍색과 푸른색이 들어간 리넨 셔츠와 상의를 입었다. 추모는 자신의 걸작을 만들었고, 그 덕분에 무두장이 명인만이 할 수 있는, 이중 선과 이중 원이 새겨진 말린 바우티 덩이줄기를 목에 걸고 다녔다. 그렇게 입고 그렇게 장식한 그녀는 매장터 옆 버드나무들과 함께 서서, 법을 어기고 카스트를 배반한 남동생의 장례 행렬이 지나가기를 기다리고 있었다. 그녀는 꼿꼿하게 서서 아무 말 없이 강가의 마을을 물끄러미 바라보며 북소리에 귀를 기울였다.

추모는 생각하지 않았다. 생각하고 싶지 않았다. 하지만 추모는 남동생인 크와테와가 강가 갈대밭에서 자기 쪽으로 달려오는 모습을 보았다. 카스트를 가지기에는 너무 어리고, 또한 신성한 자들에 의해 오염되기에는 너무 어린 크와테와, 열중하기 좋아하는 꼬마가 키 큰 갈대밭에서 추모에게 달려들며 외쳤다.

"나는 퓨마다!"

진지한 소년은 강물이 흐르는 것을 보며 물었다. "강물이 멈춘 적 있어? 왜 저건 멈추지 않는 거야, 추모?"

다섯 살짜리 아이는 '노래하는 모래'에서 돌아와 둥그런 얼굴에 환하고, 진지하고, 열렬한 기쁨을 가득 채우고 곧장 그녀에게 다가왔다. "추모! 모래가 노래하는 걸 들었어! 들었어! 난 조각장이가 될 거야, 추모!"

추모는 가만히 서 있었다. 그녀는 팔을 뻗지 않았었다. 그리고 그녀에게 달려오던 아이는 멈추어 가만히 섰고, 얼굴에서 환한 기운이 사라졌다. 소년에게 추모는 단지 같은 자궁에서 태어난 누나일 뿐이었다. 소년에게는 이제 진정한 형제자매가 생길 터였다. 소년과 소녀는 다른 계급이었다. 둘은 서로 다시는 만지지 못할 터였다.

그날로부터 10년 뒤, 추모는 마을 사람 대부분과 함께 크와테와의 입증의 날에 참석하기 위해 '거대한 평원'으로 갔다. 조각장이들이 자신의 예술을 행하는 '거대한 평원'에 크와테와가 만들어놓은 모래 조각을 보기 위해서였다. 크와테와가 만든 〈아마쿠모의 몸〉에는 당당한 기백과 자신감이 가득했고, 아직 바람의 숨결이 닿지 않은 덕분에 날카로운 모서리와 아름다운 곡선은 무뎌지지 않고 그대로 남아 있었다. 그녀는 크와테와의 진짜 형제와 진짜누이들 얼굴에 감탄과 부러움이 담긴 걸 보았다. 신성한 카스트들 사이에 서서, 추모는 조각장이들의 대변인이 크와테와의 입증의 날 작품을 아마쿠모에게 봉납한다고 발표하는 내용을 들었다. 그리고 사막의 북쪽에서 아마쿠모의 바람이 불어와 그의 목소리가 묻혔고, 바람이 되어 나타난 창조주이자 어머니인 아마쿠모는 조각된 자신의 몸에 달려들어, 자신의 몸을, 자기 자신을 먹기 시작했다. 사람들이 지켜보는 동안, 바람은 크와테와의 조각을 파괴했다. 곧 입증의 땅에는 형체 없는 덩어리만 남았고, 하얀 모래만이 흩날렸다. 아름다움은 어머니에게 돌아갔다. 조각이 그렇게나 빨리, 그토록 철저히 파괴된 것은 창조주에게 커다란 영광을 돌리는 일이었다.

장례 행렬이 다가오고 있었다. 추모의 귀에 북소리가, 심장 소리처럼 부드러운 북소리가 들렸거나 또는 들렸다고 상상했다.

추모가 자신의 입증의 날에 만든 것은 무두장이 여자들이 전통적으로 만들던 북가죽이었다. 장례식용 북이 아닌 춤출 때 쓰는 북으로, 크고 화려하며 붉은 칠이 되어 있고 붉은 술이 달린 것이었다. "너의 북가죽, 너의 처녀막!" 추모의 진짜오빠동생들은 그것을 그렇게 부르며 지독한 농담을 해댔지만, 그녀는 그 말을 듣고도 얼굴을 붉히지 않았다. 무두장이는 얼굴을 붉히지 않았다. 무두장이들에게는 부끄러울 일이 없었다. 그것은 아주 훌륭한 북이었고, 입증의 땅에서 즉시 연륜 있는 음악가에게 선택이 되었으며, 그는 그 북을 무척이나 많이 쳤기 때문에 밝은 색칠이 벗어지고 붉은 술도 떨어져 나갔다. 하지만 북가죽은 겨울을 버텨냈고, 로피 의식 때 달 아래에서 밤새 춤을 추며 북을 치는 도중에 마침내 찢어졌다. 추모와 카르와가 처음으로 자신들의 손목끈을 엮던 날이었다. 추모는 겨울 내내 자신이 만든 북이 크고 청명하게 울리며 춤추는 땅을 가로질러 울려 퍼지는 소리를 들을 때마다 자부심에 찼으며, 북이 갈라지고 자신을 '어머니'에게 바쳤을 때도 자부심에 찼다. 하지만 추모가 크와테와의 조각들에서 느낀 것은 자부심과는 아무런 상관이 없었다. 왜냐하면 만약 잘된 작품이고, 강력한 힘이 깃들어 있는 작품이라면, 그것은 어머니의 소유이기 때문이다. 어머니는 그것을 원할 터였다. 어머니는 그것이 주어지기를 기다리는 대신 쟁취할 터였다. 그래서 어릴 때 죽은 아이들은 '어머니의 아이'로 불렸다. 모든 것 가운데 가장 성스러운 것, 즉 아름다움은 어머니의 것이었다. 어머니의 몸은 모든 것 가운데 가장 아름다웠다. 그래서 어머니의 형상을 본떠 만든 모든 것은 모래로 만들어졌다.

네 작품을 간직하려 하다니, 그것을 너를 위해 간직하려 했다니, 어머니로부터 몸을 빼앗으려 했다니, 크와테와! 어떻게 그렇게 할 수 있니, 네가 어떻게, 내 동생이여? 추모의 심장이 말했다. 하지만 추모는 그 질문을 침묵으로 되돌리고 그녀의 카스트가 신성시하는 버드나무들과 함께 조용히 서서, 장례 행렬이 아마들판 사이로 오는 모습을 지켜보았다. 그것은 크와테와의 수치이지, 추모의 수치가 아니었다. 무두장이가 부끄러울 까닭은 없었다. 그녀가 느낀 것은 자부심이었다. 왜냐하면 새로운 유령을 육신이 누울 무덤으로 안내하기 위해 장례 행렬에 앞서 걷는 음악가 다스튜에가 손에 들고서 입술로 가져가는 것이 그녀가 만든 걸작이었기 때문이다.

그 악기, 케라스천을 만든 것은 추모였다. 장례식에서만 연주하는 피리. 케라스천은 가죽으로 만들어졌으며, 그 가죽은 인간의 피부를 무두질한 것이고, 그 피부는 죽은 자의 자궁어머니 또는 여자 선조의 것이었다.

추모와 크와테와의 자궁어머니인 웨쿠리가 두 겨울 전에 죽었을 때, 무두장이 추모는 자신의 권리를 주장했다. 웨쿠리의 장례식에서는 그녀의 선조 할머니들로부터 물려 내려온 낡디낡은 케라스천이 연주되었다. 하지만 음악가는 연주를 마친 뒤 그 케라스천을 무덤 안의 천으로 쌓인 웨쿠리 옆에 놓아두었다. 전날 밤, 추모가 시체의 왼팔 가죽을 벗겼기 때문이다. 추모는 그 작업을 하며 자기 카스트의 권능의 노래를 불렀다. 죽은 어머니에게 자신의 목소리를, 노래를 그 악기에 불어넣어주길 부탁하는 노래였다. 추모는 정성껏 그 가죽 조각을 처리했다. 가죽 조각을 비밀 보존제로 문지르고, 진흙통에 둥그렇게 말아두어 단단하게 한 뒤, 진흙이 가루가 되고 튜브에서 떨어져 나올 때까지 수분과 기름 처리를 하고, 모양을 잡고 다시 모양을 가다듬었다. 그런 다음 다시 깨끗하게 닦아 문지르고 기름을 먹이고 마무리를 했다. 무두장이 가운데 가장 능력 있고 가장 진정으로 부끄러움이 없는 자만이 어머니의 가죽으로 케라스천을 만들 수 있는 특권이 있었다. 추모는 두려움이나 의심 없이 그 권리를 주장했다. 추모는 작업을 하는 동안, 음악가가 그 피리를 불며 그녀 자신의 영혼을 무덤으로 인도하고 장례식을 이끄는 모습을 수없이 상상했다. 추모는 어떤 음악가가 장례식을 이끌지, 그녀의 장례식에 누가 참석해 걸을지 궁금했다. 자신의 장례식에 앞서 크와테와의 장례식을 위한 연주가 있으리라고는 단 한 번도 생각해본 적이 없었다. 자신보다 훨씬 어린 크와테와가 먼저 죽으리라는 것을 어찌 상상이나 할 수 있단 말인가?

크와테와는 수치심을 못 이기고 자살했다. 돌을 자를 때 쓰는 도구를 써서 팔목의 정맥을 끊었다.

죽음 자체는 수치가 아니었다. 죽음 말고 크와테와가 달리 할 수 있는 일이 없었기 때문이다. 그가 한 일에 대해서는 벌금도, 재계도, 정화도 없었다.

목양자들은 크와테와가 돌을 저장해두던 동굴을 발견했고, 그 동굴 벽에는 그가 했던 모래 조각들이 거대한 대리석 조각이 되어 옮겨져 있었다. 지점至點과 하리바에게 바치는 자신의 신성한 작품이었다. 하지만 영속성이 있는 돌로 조각하는 것은 어머니 몸의 신성을 더럽히는 혐오스러운 모독 행위였다.

크와테와가 속한 카스트 사람들은 망치로 그것들을 파괴해 먼지와 모래로 부순 뒤 모래를 강으로 쓸어 넣었다. 추모는 크와테와가 그들을 따라갔으리라고 생각했지만, 그는 그날 밤 동굴로 가서 날카로운 도구로 손목을 가른 뒤 피가 흐르게 두었다.

왜 저건 멈추지 않는 거야, 추모?

추모가 매장지 근처 버드나무들과 함께 서 있는 동안, 음악가는 이제 그녀 옆에 와 있었다. 다스튜에는 나이 들고 숙련된 음악가였다. 그의 느릿느릿 춤추는 듯한 걸음은 북의 부드러운 박동과 리듬에 맞춰 땅 위를 둥둥 떠 있는 것처럼 보였다. 음악가는 영혼과, 그리고 카스트 없는 네 명이 든 사인교에 실린 육신을 인도하며 케라스천을 연주했다. 그의 입술이 가죽으로 된 부분에 가볍게 닿았고, 연주를 하며 손가락이 가볍게 움직였지만, 아무런 소리도 들리지 않았다. 케라스천에는 지공이 없었고, 양쪽 끝은 청동 원판으로 막혀 있었다. 그것으로 연주되는 음악은 살아 있는 이의 귀로는 들을 수 없었다. 추모는 북소리와 버드나무 잎들 사이로 불어오는 북풍의 속삭임에 귀를 기울였다. 오로지 들것 위, 풀잎으로 짠 수의를 입은 크와테와만이 음악가가 그를 위해 연주하는 걸 들을 수 있었고, 오직 그만이 그것이 수치의 음악인지, 아니면 슬픔의 음악인지 또는 환영의 음악인지 알 수 있었다.

A FISHERMAN OF THE INLAND SEA

쇼비 이야기

그들은 처음 같이 비행을 하기 한 달도 더 전에 베 항구에서 만났고, 대부분의 승무원들이 그러하듯 자신들을 자신이 탈 우주선 이름으로, 즉 '쇼비'라고 불렀다. 그들이 처음으로 합의해 내린 결정은, 음이온들이 제대로 효과를 발휘할 수 있는 헤인의 연안 마을인 리덴에서 이스예예를 보내는 것이었다.

리덴은 8만 년의 역사와 400명의 인구를 가진 어항이었다. 이곳의 어부들은 만의 비옥한 여울물로 생선 양식을 했고, 잡은 생선을 내해에서 여러 도시로 수송하고, 피서객과 여행자와 이스예예(헤인어로, '시작을 함께함' 혹은 '함께하기 시작함' 혹은 엄밀하게는 '무리가 형성되려고 할 때, 그 무리가 형성되는 동안의 시간과 공간'를 뜻하는 말로, 신혼여행은 두 사람이 하는 이스예예다)에 오른 풋내기 우주선 승무원들을 위해 리덴 리조

트를 운영했다. 리덴의 남녀 어부들은 유목처럼 풍파에 찌들었고 또한 유목만큼이나 과묵했다. 여섯 살 난 아스텐은 살짝 오해를 해 그중 한 명에게 그들 모두가 8만 살이냐고 물었다. "아니." 여자 어부가 말했다.

다른 우주선의 승무원들과 마찬가지로, 쇼비들도 헤인어를 공용어로 썼다. 그리고 헤인 승무원 한 명은 이름이 '달콤한 오늘'이었는데, 그 이름을 이루는 단어 자체의 뜻 때문에, 처음엔 몸집이 좋고 키가 크고 육중한 50대 후반의 여자를 이렇게 부르려니 우습긴 했다. 게다가 그녀는 위엄이 있었고 거의 마을 사람들만큼이나 입이 무거웠다. 하지만 달콤한 오늘은 겉으론 말이 없어도 실은 굉장히 편안하고 재치 있는 사람이었으며 침묵해야 할 때는 침묵하는 사람이었기에, 사람들은 그 이름이 그녀에게 아주 잘 어울린다고 여기게 되었다. 달콤한 오늘에겐 가족이 있었고—헤인인은 모두 가족이 있었다—온갖 촌수의 친척, 손자손녀와 교차사촌, 결혼으로 생긴 친척들이 에큐멘 전역에 흩어져 있었지만, 이 승무원들 중에는 그녀의 친척이 없었다. 달콤한 오늘은 리그와 아스텐과 베턴에게 자신이 할머니가 되어주면 어떻겠냐고 제안했고, 아이들은 그 제안을 받아들였다.

달콤한 오늘보다 나이 많은 쇼비는 테라인인 리디뿐이었는데, 리디는 지구 표준년으로 72세였지만 할머니가 되는 일엔 관심이 없었다. 리디는 50년째 우주선을 탔고, 이제 NAFAL* 우

*'Not As Fast As Light'의 약자로, 여기서는 아광속 우주비행을 뜻한다.

주선에 대해서라면 모르는 게 없었다. 단지 가끔씩 이 우주선이 '쇼비'란 걸 까먹고 '소소'나 '알테라'라고 부를 때가 있었다. 그리고 리디가 쇼비에 대해 모르는 게 있으면, 다른 승무원 그 누구도 몰랐다.

인간들이 으레 그러하듯, 그들은 자신들이 모르는 것에 대해 이야기를 나눴다.

저녁식사를 마친 뒤 해변에서 유목으로 피운 모닥불에 둘러앉아 보내는 저녁 시간엔, 처튼 이론이 대화의 주제였다. 물론 어른들은 실험 비행 임무에 자원하기 전에 처튼 이론에 대해 구할 수 있는 건 뭐든 읽은 상태였다. 그베테르는 다른 이들보다 최근 정보들을 더 알았고 아마도 그것들을 더 잘 이해했지만, 쉽게 정보를 내놓으려 하지 않았다. 그베테르는 겨우 스물다섯 살이었고, 승무원 중 유일한 세티인이었으며, 다른 이들보다 훨씬 털이 많았고, 언어에 재능이 없었고, 방어적 자세를 취하느라 많은 시간을 썼다. 세티 성계의 아나레스 출신이기에 그는 다른 사람들보다 더 능숙하게 서로의 이익을 위해 행동하고 협력해야 했고, 또한 다른 행성 사람들이 지적 재산권에 지나치게 집착한다고 잔소리를 늘어놓아야 마땅했다. 하지만 오히려 그는 자신이 아는 지식에 집착했다. 그 지식 덕에 자신에게 생기는 이득이 필요했던 것이다. 한동안 그베테르는 부정적으로만 이야기했다. 그걸 처튼 '엔진'이라고 부르지 마라, 그건 엔진이 아니다, 그걸 처튼 '효과'라고 부르지 마라, 그건 효과가 아니다. 그럼 뭔데? 기나긴 설교가 이어졌고, 설교는 쉐벡주의자들이 일군 시간주의를 간격주의자들이 개정한 이후 세티인 물리학이 어떻게 부활했는가에서 시작해서, 처튼의 일반적 개념의 골격으로 끝났다. 모두들 아주 주의 깊게 들었고, 마침내 달콤한 오늘이 조심스레 입을 열었다. "그래서, 우주선이 '아이디어'에 의해 움직일 거라는 말이야?"

"아니, 아니, 아니, 아니." 그베테르는 말했다. 하지만 하도 오랫동안 다음 말을 하지 않고 주저해서 드디어 카르스가 질문을 던졌다. "음, 넌 사실 아직 물리적이고 물질적인 사건이나 효과에 대해서는 전혀 얘기한 게 없는데." 질문은 말하는 사람의 성정처럼 아주 우회적이었다. 카르스와 오레스는 게센인으로, 아이가 둘 있고 승무원들의 정서적 무게중심(게센식 표현으로는 정서의 '화로')이었으며, 이론적인 면에 강하지 않은 하위문화 출신이었고, 자신들도 그것을 알았다. 그베테르는 자신의 세티인식 물리학적-철학적-기술적-재잘거림으로 이 둘을 압도할 수 있었다. 그래서 곧바로 그렇게 했다. 그베테르의 악센트 때문에 설명은 더욱 알아듣기 어려웠다. 그는 조화와 메타-간격에 대해 계속 말했고, 마침내 절망스럽다는 몸짓을 하며 힘주어 말했다. "어떡해야 헤인어로 알아듣기 쉽게 말할 수 있을까? 아니! 그건 물리적이지 않아. 절대 절대로 물리적이지 않아. 이것들은 우리 정신이 반드시 완전하게 버려야 할 범주들이야, 이게 핵심이라고!"

"부스-부스-부스-부스-부스-부스." 넓고 어슴푸레한 해변에서 유목으로 피운 모닥불 주위에 반원형으로 모여 앉은 어른들 뒤로 지나가며 아스텐이 나지막이 말했다. 리그가 뒤에서 따라오며 역시, 그러나 좀 더 큰 소리로 말했다. "부스-부스-부스-부스." 모래 언덕 주위를 돌아다니는 자세와 말하는 내용으로 미루어볼 때 둘은 지금 우주선 놀이를 하고 있었다. "항법사! 궤도를 유지해!" 그러나 둘이 흉내 내고 있는 소리는 리덴의 작은 고기잡이 배들이 통통거리며 바다로 나갈 때 내는 소리였다.

"추락했다!" 리그가 모래 속에서 팔다리를 버둥거리며 외쳤다. "도와달라! 도와달라! 추락했다!"

"기다려라, 2호선!" 아스텐이 외쳤다. "내가 구해주겠다! 숨 쉬지 마라! 오, 오, 처튼 엔진에 문제가 생겼다! 부스-부스-으악! 으악! 브르르릉-으악-으악-으악-르릉-릉릉, 부스-부스-부스……."

둘은 지구 나이로 여섯 살과 네 살이었다. 그동안 타이의 열한 살 난 아들 베턴은 어른들과 함께 유목 모닥불 주위에 앉아 있었지만, 금방이라도 2호선을 구하러 가겠다는 표정으로 리그와 아스텐을 지켜보았다. 어린 게센인 둘은 행성보다 우주선에서 더 많은 시간을 보냈고, 아스텐은 "사실상 쉰여덟 살"이라고 으스대길 좋아했지만, 베턴에게는 이것이 승무원으로서 첫 항해였고, NAFAL 비행은 테라에서 헤인까지 가본 게 전부였다. 베턴과 그의 생모인 타이는 테라의 개척 공동체에서 살았었다. 타이가 에큐멘 복무에 뽑혀 우주선 임무를 위한 훈련을 하게 되었을 때, 베턴은 타이에게 자신을 가족으로 데려가달라고 부탁했다. 타이는 동의했다. 그러나 훈련을 받자, 타이는 이 시험 비행에 자원하면서 베턴을 단념시키거나 계속 훈련 과정에 남게 하거나 집에 돌아가게 하려고 애썼다. 베턴은 그러려 하지 않았다. 그 둘과 함께 훈련했던 샨은 다른 이들에게 이 일에 대해 말했다. 모자지간의 긴장을 다른 승무원들이 이해해야만 단체 생활을 꾸려갈 때 이에 효과적으로 대처할 수 있기 때문이다. 베턴은 오겠다고 했고, 타이는 굴복했지만, 마음속 깊이에서부터 찬성을 한 건 아니었다. 타이가 아들을 대하는 태도는 차갑고 형식적이었다. 샨은 베턴을 아버지 같고 형 같은 따뜻함으로 감쌌지만, 베턴은 샨의 호의를 냉정하고 건성으로 받아들였고, 샨을 포함해 누구와도 같은 승무원으로서의 연대감을 맺으려 하지 않았다.

2호 우주선은 구조되고 있었고, 사람들 관심은 다시 토론으로 돌아왔다. 리디가 말했다. "좋아. 우리가 알기론, 뭔가 빛보다 빠르게 가는 게 있다면, 즉 물질/비물질 카테고리에서 빛보다 빨리, 순간이동을 하는 게 있다면 그건 매질에서 메시지를 분리하는 방법을 통해서라고 알고 있어. 그게 바로 앤서블을 가능케 하는 방식이고. 그렇다면, 만약 우리 승무원들이 메시지가 되어 여행을 할 거라면, 나는 우리가 '어떻게' 메시지가 될 수 있는지를 이해하고 싶어."

그베테르는 머리를 쥐어뜯었다. 뜯을 머리털은 차고 넘쳤다. 가는 머리털이 빽빽하게 나서 머리가 완전히 갈기 수준이었고, 팔다리와 몸은 털가죽을 보는 듯했으며, 손과 얼굴에는 은색 후광이 빛나는 듯했다. 두 발의 잔털에는 모래가 잔뜩 붙어 있었다. "어떻게라고!" 그베테르가 외쳤다. "어떻게인지 내가 말해 주려 애쓰고 있잖아! 메시지, 정보, 아냐 아냐 아냐, 그건 낡았어, 그건 앤서블 기술이야. 이건 순간이동이야! 왜냐하면 필드는 가상 필드로 그려지고, 그 필드에서 비현실적 간격이 미디어리 동조를 통해 실제적으로 효과를 발휘하는 거야. 무슨 말인지 모르겠어?"

"모르겠어." 리디가 말했다. "무슨 말인지 도통 못 알아듣겠어. 미디어리가 무슨 뜻이야?"

해변에서 모닥불을 몇 번 더 피우고 나자, 사람들은 처튼 이론은 세티인의 시간물리학을 아주 깊이 공부한 사람만이 이해할 수 있다고 의견의 일치를 보았다. 그리고 그들은 쇼비 호의 처튼 설비를 만든 기술자들도 작동 원리를 완벽하게 이해하진 못했다고 확신했지만 그 말은 상대를 가려가며 했다. 혹은, 좀 더 정확히 말해서, 작동하니까 됐다는 식이었다. 작동하는 것은 확실했다. 쇼비는 처튼 시험 비행을 한 네 번째 우주선으로, 이들 전에는 로봇 승무원을 썼다. 지금까지 62번의 순간여행, 즉 순간이동을 했으며 400킬로미터에서 27광년까지 다양한 거리에서 성공을 했다. 그베테르와 리디는 이게 기술자들이 자신들이 하는 일에 대해 완벽하게 꿰뚫고 있다는 증거이며 다른 사람들이 이론을 어려워하는 것은 정말로 새로운 개념을 이해하는 과정에서 인간의 정신이 겪는 어려움일 뿐이란 생각을 확고하게 견지했다.

"혈액 순환과 비슷해." 타이는 말했다. "사람들은 심장박동의 이유를 이해하게 될 때까지 오랜 세월 동안 계속 딴소리를 해댔잖아." 타이는 자기가 한 유추가 맘에 안 드는 표정이었고, 그때 샨이 "심장이 뛸 땐 다 이유가 있어, 그 이유가 뭔진 모를지라도"라고 말하자 기분이 상해 보였다. "미신이야." 타이는 마치 동행에게 길에 개똥이 있다고 경고하는 어조로 대꾸했다.

"확실히 이 과정에서 이해 '불가'인 건 없어." 오레스는 다소 주저하며 말했다. "이해할 수 없고 재생 불가능한 건 없다고."

"그리고 정량화할 수 없는 것도." 그베테르가 단호히 말했다.

"하지만, 설사 사람들이 그 과정을 이해한다 해도, 그 과정에 인간이 어떻게 반응할지는 아무도 몰라. 그것을 '경험'한 적이 없잖아. 안 그래? 그래서 우리는 그에 대해 보고를 하기로 되어 있는 거고."

"왜 그건 그냥 더 빠른 NAFAL 비행과 같지 않은 건데요?" 베턴이 물었다.

"왜냐하면 완전히 다르니까." 그베테르가 말했다.

"우리에게 무슨 일이 일어날까요?"

어른들 중 몇 명은 가능한 일들에 대해 토론한 적이 있었고, 그들 모두는 가능한 일들에 대해 생각해본 적이 있었다. 카르스와 오레스는 아이들과 함께 적절한 수준의 말로 그에 대해 이야기하기도 했다. 그러나 분명 베턴은 그런 토론에 포함된 적이 없었다.

"우린 몰라." 타이가 날카롭게 말했다. "내가 처음부터 그렇게 말했잖아, 베턴."

"십중팔구는 NAFAL 비행과 비슷할 거야." 산이 말했다. "하지만 NAFAL을 처음으로 한 사람들은 그게 어떤 경험일지에 대해 몰랐고, 그 물리적, 정신적 영향을 스스로 알아내야 했어……."

"최악의 경우는." 달콤한 오늘이 느리고 편안한 목소리로 말했다. "우리가 죽는 거겠지. 다른 살아 있는 생명체들이 시험 비행에 몇 번 탔었어. 귀뚜라미들. 그리고 마지막 두 번의 쇼비 호 시험에 탔던 지능이 있는 번제용 동물들. 그 동물들은 모두 괜찮았어." 달콤한 오늘로선 정말 길게 말한 것이었고, 그에 비례해 말도 더 무게감 있게 들렸다.

"NAFAL에서와 달리, 처튼에는 시간 재배열이 필요 없다고 우린 거의 확신해." 그베테르가 말했다. "그리고 질량은 소위 중심 질량 쪽에만 관련이 돼. 앤서블 전송에서처럼 말이야. 그러니 아마 임신한 사람도 순간이동을 할 수 있을걸."

"임신한 사람은 우주선에 못 타요." 아스텐이 말했다. "그랬다간 배 속의 아기가 죽는다고요."

아스텐은 오레스의 무릎을 베고 반쯤 누워 있었다. 리그는 엄지손가락을 입에 문 채 카르스의 무릎에서 잠들어 있었다.

아스텐은 일어나 앉으며 계속 말했다. "우리가 원블린 호에 탔을 때, 번제용 동물들이 승무원들과 함께 있었어요. 물고기와 테라의 고양이들 약간, 그리고 헤인산 고올이 잔뜩 있었어요. 우린 그것들과 놀곤 했죠. 그리고 고올 한 마리가 리소바이러스 테스트에 쓰였는데, 우리는 고맙다는 뜻으로 그 고올에게 특별히 잘해줬어요. 그 고올은 죽지 않았어요. 샤피를 물었죠. 고양이들은 우리와 함께 잤어요. 하지만 한 마리가 케메르 기간이 되어 임신을 했고, 그래서 원블린은 헤인으로 가야 했어요. 고양이는 낙태를 해야 했죠. 안 그러면 배 속에 있는 새끼들이 모두 죽고 고양이까지 죽고 말았을 테니까요. 그 고양이에게 그걸 어떻게 설명해야 하는지, 그 방법을 아는 사람은 아무도 없었어요. 하지만 전 고양이에게 특별식을 좀 먹였어요. 그리고 리그는 울었고요."

"내가 아는 다른 사람들도 울었어." 카르스는 아이의 머리를 쓰다듬으며 말했다.

"좋은 이야기였어, 아스텐." 달콤한 오늘이 말했다.

"그럼 우린 일종의 번제용 인간들이네요." 베턴이 말했다.

"자원자들이지." 타이가 말했다.

"실험자들이야." 리디가 말했다.

"경험자들이야." 샨이 말했다.

"탐험가들이야." 오레스가 말했다.

"도박꾼들이야." 카르스가 말했다.

소년은 이 사람 저 사람을 바라보았다.

샨이 말했다. "알다시피, 예전의 연맹 시대에는, NAFAL 비행 초기에는, 사람들이 정말로 먼 성계로 우주선들을 보냈어. 모든 걸 탐험하려 애썼지. 승무원들은 수백 년 동안 돌아오지 않곤 했어. 어쩌면 그중 일부는 아직도 저 밖에 있을지 몰라. 하지만 일부는 400년, 500년, 600년이 지난 뒤 돌아왔고, 모두 미쳤어. 미쳤다고!" 샨은 잠시 극적으로 말을 멈췄다. "하지만 그 사람들은 출발할 당시부터 모두 미쳐 있었어. 불안정한 사람들이었지. 그런 시간 지연이 있는 항해에 자원하다니 미쳤던 게 분명해. 승무원 고르는 방법으로 끝내주지 않아?" 샨이 껄껄 웃었다.

"우린 안정적인가?" 오레스가 말했다. "난 불안정한 게 좋아. 난 이 직업이 좋아. 그 위험성이 좋고, 위험을 '함께' 무릅쓰는 게 좋아. 위험은 크지만 그만큼 보상도 크지! 그게 이 일의 장점이고, 달콤한 부분이야."

카르스는 아이들을 내려다보고 웃음 지었다.

"맞아. 함께." 그베테르가 말했다. "당신은 미치지 않았어. 당신은 좋은 사람이야. 사랑해. 우린 암마리야."

"암마르*라니까." 다른 이들이 이 돌연한 고백에 동의하며 말했다. 청년은 기쁨에 얼굴을 찡그리고 벌떡 일어나더니 셔츠를 훽 벗었다. "나 수영하고 싶어. 가자, 베턴. 수영하러 가자!" 그베테르는 말했고, 모닥불의 붉은 아지랑이 너머에서 부드럽게 물결치는 시꺼멓고 광대한 바다로 달려갔다. 소년은 잠시 망설이다 셔츠와 샌들을 벗고 따라갔다. 샨은 타이를 끌어당겨 일으켰고, 그들도 따라갔다. 마침내 나이 든 두 여자도 바지를 걷어 올리고 서로 깔깔대며 밤과 부서지는 파도 속으로 들어갔다.

게센인들에게, 설령 그게 따뜻한 여름 세계의 따뜻한 여름밤이라 해도, 바다는 절대 친구가 아니다. 게센인들이 머무는 곳

*아나레스의 언어인 프라어로, '형제자매'를 뜻한다.

에는 늘 불이 있었다. 오레스와 아스텐은 카르스에게 다가가 불길을 지켜보고, 희미하게 빛나는 파도에서 희미하게 들려오는 목소리들에 귀 기울였다. 그들은 가끔씩 조용하게 자기네 언어로 이야기했고, 그동안 어린 자매형제는 계속 잤다.

리덴에서 여유롭게 30일을 보낸 뒤, 쇼비들은 내륙에서 도시로 가는 생선 기차를 탔고, 기차역으로 마중 나온 착륙선이 그들을 베의 우주항으로 데려갔다. 베는 헤인에서 가장 가까운 우주항이 있는 행성이었다. 그들은 그곳에서 휴식하고 햇볕에 몸을 그을리고 유대감을 강화하고 출발할 준비를 했다.

달콤한 오늘의 오촌 친척 한 명이 베 항구에서 앤서블 임무를 맡고 있었다. 그녀는 쇼비들을 설득해 우라스와 아나레스에 있는 처튼 발명가들에게 처튼 작동에 대해 어떤 질문이든 묻게 만들었다. "이번 시험 비행의 목적은 이해야." 달콤한 오늘은 주장했다. "그리고 우리가 지적으로 완전하게 참여하는 게 필수적이고. 그 사람들은 그 점에 대해 무척이나 기대가 커."

리디는 콧방귀를 뀌었다.

"번제 의식을 위한 시간이로군." 태양을 향한 투명버블 안의 앤서블실로 가면서 샨이 말했다. "이제 그 사람들은 자신들이 뭘 할 거고, 그것을 왜 하는가에 대해 동물들에게 설명할 거고, 그런 뒤 동물들에게 도와달라고 부탁할 거야."

"동물들은 이해 못 해요." 베턴이 특유의 차갑고 천사 같은 고음으로 말했다. "그냥 인간들이 마음 편하자고 하는 거죠."

"인간들은 이해하고?" 달콤한 오늘이 물었다.

"우린 모두 서로를 이용해." 오레스가 말했다. "번제에서는 이렇게 말하지. '우린 그렇게 할 권리가 없다. 따라서 우린 우리가 초래한 고통에 대해 책임을 진다.'"

베턴은 이 말을 듣고 생각에 잠겼다.

그베테르가 먼저 30분 정도 앤서블을 썼다. 주로 프라어로 말했으며, 수학에 대한 내용이었다. 마침내, 그는 사과하며 그리고 살짝 당황한 모습으로, 다른 이들에게도 앤서블을 쓰라고 권했다. 잠시 침묵이 흘렀다. 리디가 앤서블을 활성화했고, 자신을 소개하고 말했다. "우린 그베테르 외엔 우리 중 누구도 처튼의 원리들을 이해할 이론적 배경이 없다고 의견의 일치를 보았습니다."

22광년 멀리에서 과학자 한 명이 헤인어로 대답했다. 자동통역기를 거쳤기 때문에 다소 단조롭기는 했지만, 명백히 희망에 찬 어조였다. "쉽게 말해서, 처튼은 순간이동의 경험성의 관점에서 인과관계의 일관성을 실현하기 위해 가상 필드를 이동하는 걸로 볼 수 있습니다."

"그렇군요." 리디가 말했다.

"아시다시피, 물질적 효과는 전혀 없었고, 지능이 낮은 지성체들에 대한 부정적인 효과 역시 전무했습니다. 그러나 처튼 과정에 지능이 높은 이들이 참여하면 어떻게든 변위에 영향을 줄 가능성이 있다고 여겨집니다. 그리고 이러한 변위는 상호적으로 참여자에게 영향을 줄 것입니다."

“우리의 지능 수준이 처튼이 어떻게 기능하는지와 무슨 관계가 있죠?” 타이가 물었다.

침묵. 대화자는 적당한 단어를 찾으려고, 어떻게든 대답을 하려고 애쓰고 있었다.

“우린 ‘지능’이란 단어를 인류의 심리적 복잡성과 문화적 의존성의 약어로 사용해왔습니다.” 마침내 통역기 목소리가 말했다. “지각이 있는 정신이 갑자기 순간이동을 하는 경우는 실험해보지 않은 인자입니다.”

“하지만 만약 과정이 순간적이라면, 어떻게 우리가 그걸 지각할 수 있죠?” 오레스가 물었다.

“정확히 말해서.” 앤서블이 대답했고, 잠시 침묵했다가 계속 말했다. “실험자가 실험의 한 요소이듯이, 우리는 순간이동자도 순간이동의 한 요소 혹은 대상일 수 있다고 추정합니다. 이 때문에 우리는 한두 명의 자원자가 아니라 승무원 전체에게 그 과정을 시험해달라고 부탁했습니다. 사회적 유대감이 생성된 그룹의 정신적인 상호 균형은 정신적인 붕괴나 이해할 수 없는 일을 경험하지 않도록 최소한의 방어막 역할을 해줄 것입니다. 또한, 그룹 구성원들 각자의 관측은 서로 간에 상호 인가될 것입니다.”

“이 통역기 프로그램 누가 짠 거야?” 샨이 작은 소리로 으르렁거렸다. “상호 인가라니! 제길!”

리디가 다른 사람들을 둘러보며 질문하라고 권했다.

“그 여행은 실제로 얼마나 오래 걸릴까요?” 베턴이 물었다.

"오래 걸리지 않습니다." 통역기 목소리가 말했고, 곧 스스로 대답을 수정했다. "시간이 걸리지 않습니다."

또다시 침묵.

"고맙습니다." 달콤한 오늘이 말하자, 베 항구에서 시간 팽창 여행으로 22년 거리의 행성에 있는 과학자가 대답했다. "여러분의 비범한 용기에 감사드리며, 여러분께 희망을 겁니다."

일행은 앤서블실에서 곧장 쇼비 호로 갔다.

그리 공간을 차지하지 않는 처튼 장비와 기본적으로 전원 스위치로 이루어진 조종장치들은 NAFAL 동력원들과 에큐멘 선단의 일반 성간 우주선 제어장치 옆에 설치되어 있었다. 쇼비 호는 400년쯤 전에 헤인에서 건조되었고, 32년 되었다. 초기엔 주로 헤인-치페와르 승무원들이 쇼비를 타고 탐사를 나갔다. 이렇게 탐사를 나가면 행성계의 궤도에서 오랜 세월을 보내게 될지도 몰랐기 때문에 헤인인과 치페와르인들은 하루하루를 견뎌내는 것보단 제대로 사는 게 낫다고 느껴, 쇼비를 아주 크고 아주 편안한 집처럼 꾸며놓았다. 쇼비의 거주 모듈 중 세 개는 분리되어 베의 격납고에 남겨졌지만, 그럼에도 열 명밖에 안 되는 승무원들용으론 여전히 공간이 충분하고도 남았다. 테라에서 갓 온 타이와 베턴과 샨, 아나레스에서 온 그베테르는 최저 생활 조건이 간신히 맞춰진 세계의 막사들과 궁핍한 공동생활에 익숙해져 있었기에, 쇼비를 성큼성큼 돌아다니며 이런저런 꼬투리를 잡았다. 그베테르가 투덜거렸다. "똥이네." 타이는 조롱했다.

"사치야!" 우주선 안의 생활 시설에 좀 더 익숙한 달콤한 오늘과 리디와 게센인들은 바로 적응했고 편안하게 지냈다. 그베테르와 그보다 나이가 적은 테라인들은 쇼비의 널찍하고 천장이 높고 가구가 잘 갖춰지고 살짝 낡은 거실들과 침실들, 서재들, 고중력과 저중력 체육관들, 식당, 도서관, 주방, 선교를 편안한 마음으로 즐겼다. 선교의 카펫은 진짜 헨엔카울릴이었고, 헤인에서 보이는 하늘의 별자리가 부드러운 남색과 보라색 실로 수놓여 있었다. 명상 체육관에는 크고 건강한 테라의 대나무 숲이 있었고, 이는 우주선의 자체완결적 식물/호흡 시스템의 일부였다. 향수가 일 경우를 대비해 모든 방의 창문은 애비네이, 신 카이로 또는 리덴의 해변 경치로 프로그램이 가능했고, 그냥 깨끗이 비워둬서 점점 더 가까워지거나 멀어지는 태양들과 태양들 사이의 암흑을 내다볼 수도 있었다.

리그와 아스텐은 승강기 말고도 리셉션 홀에서 도서관까지 올라가는, 구부러진 난간이 있는 웅장한 계단을 찾아냈다. 둘은 난간을 타고 내려오며 비명을 질러댔고, 결국 샨은 국부 중력장을 적용해 난간을 타고 올라가게 만들겠노라고 위협했지만, 아이들은 오히려 제발 그렇게 해달라고 애원했다. 베턴은 이 꼬맹이들을 거만한 눈으로 지켜보다가 승강기를 탔다. 그러나 이튿날 난간을 타고 내려왔고, 속도도 리그와 아스텐보다 훨씬 빨랐다. 더 세게 난간을 밀 수 있었고, 질량도 더 컸기 때문이다. 하마터면 꼬리뼈가 부러질 뻔도 했다. 쟁반 타고 내려오기 경주를 만든 건 베턴이었지만, 승리는 대부분 리그에게 돌아갔다. 계단을 다 내려갈 때까지 떨어지지 않고 쟁반에 남아 있을 만큼 몸집이 작았기 때문이다. 해변에서 지내던 동안 아이들은 수영과 쇼비되는 법을 배웠을 뿐, 달리 아무것도 배우지 않았다. 그러나 베 항구에서 예상치 않게 닷새를 머무르면서 그베테르는 베턴에게 물리학을 가르치고 도서관에서 세 아이 모두에게 매일 수학을 가르쳤으며, 세 아이는 샨과 오레스와 역사를 공부하고 저중력 체육관에서 타이와 춤을 추었다.

타이는 춤을 출 때 밝아지고 자유로워지고 소리 내어 웃었다. 리그와 아스텐은 그때 타이를 사랑했고, 타이의 아들은 어머니와 함께 망아지처럼, 아이처럼, 어색하고 행복에 가득 차 춤을 추었다. 샨은 종종 그들의 춤판에 끼었다. 샨은 검고 우아한 춤꾼이었고, 타이는 샨과 함께 춤을 추긴 했지만, 그럴 때조차도 수줍었고 손을 대려 하지 않았다. 타이는 베턴을 낳은 뒤로 계속 독신이었다. 타이는 샨의 끈기 있고 절박한 욕구를 원하지 않았고, 그 욕구에, 샨에 대처해야 할 상황을 만들고 싶지 않았다. 타이는 샨에게서 베턴에게로 몸을 돌리곤 했고, 아들과 어머니는 완전히 몰입하여 함께 섬세한 스텝을 밟으며 춤을 추었다. 시험 비행 전의 오후, 그들을 지켜보며 달콤한 오늘은 눈물을 훔치기 시작했고, 웃음 지었지만 한 마디도 하지 않았다.

"삶은 좋은 거야." 그베테르가 아주 진지하게 리디에게 말했다.

"그렇게 될 거야." 리디가 말했다.

여성 케메르에서 막 벗어나던 오레스가 카르스의 남성 케메르를 유발했고, 예기치 못하게 빨리 시작된 이런 일들로 인해 지난 닷새 동안 시험 비행이 지연되었던 것이다. 모두에게 유쾌한 닷새였다. 리그의 아버지였던 오레스는 리그가 자신이 낳은 아스텐과 춤추는 모습을 지켜보았고, 그들을 지켜보는 카르스를 지켜보며 카르히데어로 말했다. "내일이야……." 휴가의 끝물은 참으로 달콤했다.

인류학자들은 모든 행성에 거주하는 모든 인간들에게 동일한 '문화적 상수'를 적용하면 안 된다는 점에 엄숙하게 동의한다. 하지만 특정한 문화적 특성이나 기대치는 어디에나 있는 듯하다. 항구에서의 마지막 밤 저녁식사 전, 샨과 타이는 테라 에큐멘의 검은색과 은색 제복을 입고 나타났다. 제복은 값이 꽤 나가서—테라 역시 아직도 화폐경제였다—반년치 급여가 들었다.

아스텐과 리그는 당장 자기들도 똑같이 위엄 있는 옷을 입게 해달라고 큰 소리로 졸라댔다. 카르스와 오레스는 파티복을 입으면 어떻겠냐고 제안했고, 달콤한 오늘은 은색 레이스 스카프를 꺼내 왔지만, 아스텐은 부루퉁해졌고, 리그는 그런 아스텐을 따라 했다. 아스텐은 어른들에게 말하길, 제복이 제복인 것은 바로 그 '동질성'에 있다고 말했다.

"왜?" 오레스가 물었다.

나이 많은 리디가 날카롭게 대꾸했다. "그래야 누구도 책임지지 않으니까."

그리고 리디는 자리를 떠나 검은 벨벳 야회복으로 갈아입었다. 비록 제복은 아니지만 덕분에 타이와 샨만 어색하게 눈에 확

띄지 않을 수 있었다. 리디는 열여덟 살의 나이에 테라를 떠났고 한 번도 돌아가거나 돌아가길 바라지 않았지만, 타이와 샨은 리디의 동료 승무원이었던 것이다.

카르스와 오레스는 좋은 생각이 떠올랐다. 그들은 자신들이 가진 것 중에 가장 좋은 옷인 털장식이 달린 히에브를 입었고, 아이들에게는 카르스가 대대로 물려받은 육중한 금 장신구들을 파티복에 걸칠 수 있게 해 기분을 풀어주었다. 달콤한 오늘은 순백색 로브를 입고 나타나면서, 사실 그건 순백색이 아니라 자외선색이라고 주장했다. 그베테르는 사자 갈기 같은 머리털을 땋았다. 베턴은 제복은 없지만 필요하지도 않았고, 탁자를 앞에 두고 어머니 옆에 앉아 자부심이 가득한 표정을 짓고 있었다.

항구의 조리부에서 보내오는 음식들은 아주 좋았고, 이번 것은 정말 훌륭했다. 총 일곱 가지 소스가 곁들여진 섬세한 맛의 헤인산 이얀위가 나오고, 그다음엔 테라산 초콜릿의 풍미를 더한 푸딩이었다. 생기 넘치는 저녁은 도서관의 커다란 벽난로 앞에서 조용히 끝을 맺었다. 통나무는 물론 가짜였지만, 훌륭한 가짜였다. 사실 우주선에는 벽난로가 있을 필요가 없었고, 그 안에서 플라스틱을 태울 필요도 없었다. 네오셀룰로스 통나무와 불쏘시개는 제대로 된 냄새를 냈고, 처음에는 치지직거리고 불꽃을 일으키고 연기를 내며 불이 잘 붙지 않다가 마침내 환하게 타올랐다. 오레스가 섶을 쌓아 불을 일으킬 준비를 했고, 카르스가 불을 붙였다. 다들 둥글게 모여 앉았다.

"잠자기 전에 재밌는 이야기 해주세요." 리그가 말했다.

오레스는 케름 랜드의 얼음 동굴에 대해 이야기했다. 큰 배가 거대한 푸른 바다동굴 안으로 들어가서 사라졌는데, 보트들이 그 배를 찾으러 동굴로 들어갔지만 다시는 찾을 수 없었어. 그런데 70년 뒤, 그 배는 케름에서 육로로 1천 마일이나 떨어진 오셈에트의 해안 근처에서 떠돌다 발견되었어. 배에는 살아 있는 자가 하나도 없었고, 그 사람들이 어떻게 되었는지에 대한 흔적도 전혀 없었지…….

또 다른 이야기는요?

리디는 아내를 잃고 아내를 찾으러 죽은 자의 땅으로 간 작은 사막 늑대 이야기를 해주었다. 늑대는 그곳에서 죽은 자들과 춤추는 아내를 찾았고, 산 자의 땅으로 거의 데려올 뻔했지만, 삶으로 완전히 돌아오기 전에 아내를 만지려 해서 일을 그르치고 말았고, 아내는 사라졌어. 늑대는 미친 듯이 찾아보고 짖고 울었지만, 죽은 자들이 춤추는 곳으로 가는 길을 두 번 다시 찾을 수 없었어…….

더 해주세요!

샨은 거짓말을 할 때마다 몸에 깃털이 자라 결국 그 아이가 살던 마을 사람들이 그 아이를 먼지털이개로 써야 했던 이야기를 해주었다.

또요!

그베테르는 글룬이라 불리는 날개 달린 사람들 이야기를 했다. 글룬은 어찌나 멍청한지 공중에서 서로 계속 정면 충돌하다가 죽었다. 그베테르는 양심적으로 한 마디 덧붙였다. "진짜가 아냐. 그냥 이야기일 뿐이야."

또요……. 안 돼. 이제 잘 시간이야.

리그와 아스텐은 평소처럼 모두에게 잘 자라며 포옹을 했고, 이번에는 베턴도 그렇게 했다. 그러나 타이 앞에선 멈추지 않았는데, 타이는 누가 만지는 걸 싫어했기 때문이다. 하지만 타이는 손을 내밀었고, 베턴을 끌어당겨 뺨에 뽀뽀해주었다. 베턴은 기뻐하며 재빨리 자리를 떴다.

"이야기." 달콤한 오늘이 말했다. "내일이면 우리의 이야기가 시작돼, 안 그래?"

명령체계는 설명하기 쉽다. 응답 네트워크는 그렇지 않다. 상호 동등한 권리를 인정하며 사는 이들에게는 복잡하면서도 폭넓게 해석할 수 있는 '명확하지 않은' 설명이 정상적이고 이해 가능하지만, 계층적 통제가 유일한 모델인 이들에게 그런 설명은 그것이 설명하는 것과 함께 난장판, 무질서로 보인다. 누가 여기 책임자지? 이 사소한 세부 사항들은 모조리 없애버려. 이 배엔 사공이 얼마나 많은 거야? 이제 이걸 완벽하게 깨끗하고 분명하게 만들자고. 날 너희 대장에게 데려가!

나이 든 항법사는, 당연히, NAFAL 콘솔에 있었고, 그베테르는 자그마한 처튼 콘솔에 있었다. 오레스는 AI에 연결되어 있었다. 타이, 샨, 카르스는 각각 그들의 조수였고, 달콤한 오늘은 (이 용어가 계층적인 의미를 포함하지 않는 의미에서) 관리 또는 감독을 했다. 어쩌면 상호 감독 또는 관리를 받았다고 할 수도 있다. 리그와 아스텐은 언제나 우주선 도서관에서 이것저것 '내플'을 했다(리그의 표현을 빌리자면 그랬다). 광속에 가까운 속도로 지루하고 방향을 종잡을 수 없는 여행을 경험하는 동안, 도서관에서 아스텐은 사진을 보거나 음악을 들을 수 있었고, 리그는 털이 보송거리는 담요에 폭 싸인 채 몸을 말고 누워 자곤 했다. 항해 중 승무원으로서 베턴의 임무는 아이들 돌보기였다. 베턴은 꼬맹이들과 함께 있으면서 구토 주머니를 꼭 가지고 다녔는데, 그는 NAFAL 비행을 하면 속이 느글거리는 부류였다. 베턴은 또한 리디와 그베테르에게 인터비디오의 초점을 맞춤으로써 그들이 하는 일을 지켜볼 수 있었다.

그렇게 그들은 NAFAL 비행과 관련해 자신들이 뭘 하고 있는지 모두 알았다. 처튼 과정에 관해선, 처튼을 통해 자신들이 시간 지체 없이 베 항구에서 17광년 떨어진 태양계로 순간이동하게 될 거란 정도만 알았다. 그러나 이것이 실제로 어떤 과정을 거치는지는 어디의 그 누구도 알지 못했다.

그래서 리디는 실내악단에게 첫 화음을 맞추자고 활을 들어 보이는 바이올린 연주자처럼 주위를 둘러보고 눈을 깜박이며 다른 이들과 눈을 맞췄고, 이윽고 쇼비를 NAFAL 모드로 보냈다. 그와 동시에 그베테르는, 화음을 내기 위해 활을 긋는 첼로 연주자처럼 쇼비를 처튼 모드로 보냈다. 그들은 시간이 없는 상태에 들어갔다. 그들은 처튼했다. 앤서블이 말했던 것처럼 오래 걸리지 않았다.

"왜 그래?" 샨이 속삭였다.

"젠장!" 그베테르가 말했다.

"뭐지?" 리디가 눈을 깜박이고 고개를 흔들며 말했다.

"저거야." 타이는 말하고, 깜박이는 데이터 정보를 읽었다.

"저건 A-60-뭐시기인가가 아닌데." 리디는 여전히 눈을 깜박이고 있었다.

달콤한 오늘은 동료들을, 열 명 모두를 한꺼번에 게슈탈트하고 있었다. 선교의 일곱 명과, 인터비디오를 통해 도서관의 세 명이었다. 베턴은 이미 창문을 깨끗하게 닦아두었고, 아이들은 창의 반을 채운 흐릿한 갈색의 구형을 내다보고 있었다. 리그는 더러운 털 담요를 꼭 쥐고 있었다. 카르스는 오레스의 양쪽 관자놀이에서 전극을 떼어내 AI 링크를 중지시켰다. "간격은 전혀 없었어." 오레스가 말했다.

"우린 어디에도 있지 않아." 리디가 말했다.

"간격은 전혀 없었어." 그베테르는 얼굴을 찡그린 채 콘솔에 대고 되풀이했다. "그건 맞아."

"아무 일도 일어나지 않았어." 카르스는 AI 비행 기록을 훑으며 말했다.

오레스는 일어나 창문으로 갔고, 밖을 내다보며 가만히 서 있었다.

"저거야. M-60-340-놀로." 타이가 말했다.

하지만 그들이 내뱉는 단어들은 공허했고, 가짜 소리 같았다.

"와! 우리가 해냈어, 우리 쇼비들이!" 샨이 말했다.

아무도 대답하지 않았다.

"앤서블로 베 항구에 연락해." 샨은 무척이나 즐거워하며 말했다. "우리는 몸 성하게 모두 여기 있다고 전해."

"모두 어디에 있다고?" 오레스가 물었다.

"응, 물론 그래야지." 달콤한 오늘은 말했지만, 아무 행동도 취하지 않았다.

"좋아." 타이는 우주선의 앤서블로 가며 말했다. 타이는 필드를 열었고 베에 중심을 맞춘 뒤 신호를 보냈다. 우주선 앤서블들은 영상 모드에서만 작동했다. 타이는 스크린을 지켜보며 기다렸다. 타이는 다시 신호를 보냈다. 모두 스크린을 지켜보고 있었다.

"신호가 전혀 안 가는데." 타이가 말했다.

아무도 타이에게 중심 좌표가 베를 제대로 가리키는지 확인해보라고 하지 않았다. 네트워크 시스템에선 누구도 그렇게 쉽게 걱정을 드러내지 않는다. 타이는 좌표를 확인했다. 그리고 신호를 보냈다. 재확인하고, 재설정하고, 다시 신호를 보냈다. 필드를 열고 아나레스의 애비네이에 중심을 맞춘 뒤 신호를 보냈다. 앤서블 스크린은 텅 비어 있었다.

"작동 여부를……." 샨은 말하다가 입을 다물었다.

"앤서블이 작동하지 않아." 타이는 승무원들에게 공식적으로 보고했다.

"기능 불량인 거야?" 달콤한 오늘이 물었다.

"아니. 작동하지 않는 거야."

"우린 이제 돌아갈 거야." 리디는 NAFAL 콘솔 앞에 여전히 앉은 채 말했다.

리디의 말, 어조가 그들을 뒤흔들었고, 안정을 잃게 했다.

"아니, 우린 안 돌아갈 거예요!" 베턴이 인터비디오에서 말했고, 거의 동시에 오레스가 말했다. "어디로 돌아가?"

리디의 조수인 타이는 마치 리디가 NAFAL 엔진을 활성화하지 못하게 막으려는 듯이 리디에게로 다가갔지만, 이윽고 급히 앤서블로 돌아와 그베테르가 앤서블에 가지 못하게 했다. 그베테르는 발을 멈추고 뒤로 물러나 말했다. "어쩌면 처튼이 앤서블 기능에 영향을 미친 게 아닐까?"

"'내'가 확인 중이야." 타이가 말했다. "하지만 그럴 이유가 없잖아? 로봇으로 조작되는 앤서블 전송은 모든 시험 비행에서 작동했어."

"AI 기록은 어디 있어?" 샨이 캐묻듯 물었다.

"말했잖아, 전혀 없다고." 카르스가 날카롭게 대꾸했다.

"오레스가 접속해 있었어."

오레스는 여전히 창가에 서서 고개도 돌리지 않고 말했다. "아무 일도 없었어."

달콤한 오늘이 게센인 옆으로 왔다. 오레스는 그녀를 보고 천천히 말했다. "맞아. 달콤한 오늘. 우린…… 이걸 할 수 없어. 내 생각엔. 아니, 난 생각할 수 없어."

샨은 또 다른 창문에서 영상을 지웠고, 그 창문으로 밖을 내다보며 일어났다. "추해." 샨이 말했다.

"뭐가?" 리디가 말했다.

그베테르는 마치 에큐멘에서 제작한 지도를 읽는 듯이 말했다. "밀도가 높고 안정된 대기, 생명이 간신히 살 수 있을 정도의 저온. 미생물들. 박테리아 구름, 박테리아 산호초."

"세균의 온상이군." 샨이 말했다. "우릴 보내기 아주 좋은 사랑스러운 곳이네."

"그러니까, 만약 우리가 중성자탄이나 블랙홀 같은 것처럼 거창하게 도착했다 할지라도, 우린 고작 박테리아를 가져갈 수 있을 뿐이란 거네." 타이가 말했다. "하지만 우린 안 했어."

"뭘 안 해?" 리디가 말했다.

"도착 안 했다고?" 카르스가 물었다.

"저기요." 베턴이 말했다. "다들 선교에 남아 있을 거예요?"

"저도 거기로 갈래요." 리그가 작은 파이프를 통해 말했고, 이윽고 아스텐이 분명하지만 떨리는 목소리로 말했다. "마바*, 전 지금 리덴으로 돌아가고 싶어요."

"진정하렴." 카르스가 말하고는 아이들을 데리러 갔다. 오레스는 창에서 몸을 돌리지 않았고, 아스텐이 다가와 오레스의 손을 잡았을 때조차도 가만히 있었다.

"뭘 보고 있어요, 마바?"

"저 행성을 보고 있단다, 아스텐."

"무슨 행성이요?"

그러자 오레스가 아이를 바라보았다.

*카르히데어로, '엄마아빠'에 가까운 뜻. 양성 구분이 없는 게센인들이 부모님을 부르는 말이다.

"아무것도 없는데요." 아스텐이 말했다.

"저 갈색, 저게 행성의 표면이고 대기야."

"갈색 같은 건 없어요. 저기엔 '아무것도' 없어요. 전 리덴으로 돌아가고 싶어요. 시험 비행이 끝나면 돌아갈 수 있댔잖아요."

오레스는 마침내 주위를, 다른 사람들을 둘러보았다.

"인지 혼동이군." 그베테르가 말했다.

"내 생각엔." 타이가 말했다. "우리가 지금 여기에 있고, 여기에 도착했고, 여기에 도착할 거란 걸 입증해야 해."

"그 말은, 돌아가자는 거군요." 베턴이 말했다.

"측정값들은 전혀 문제 없어." 리디는 양손으로 의자 가장자리를 잡고 아주 명료하게 말했다. "모든 좌표가 정연해. 저기 보이는 게 M-60-어쩌고라고. 더 이상 뭘 바라? 박테리아 샘플?"

"응." 타이가 말했다. "기계의 기능이 영향을 받았고, 그러니 우린 기계의 기록들에 의존할 수 없어."

"아, 제길!" 리디가 말했다. "이게 무슨 바보짓이야! 좋아. 우주복 입고, 내려가서 찐득거리는 것 좀 담아서 여기서 나가자고. 집으로 가. NAFAL로."

"NAFAL로?" 샨과 타이가 따라 말했다. 그리고 그베테르가 말했다. "하지만 우린 베 시간으로 17년을 보내게 될 거고, 왜인지 설명해줄 앤서블도 없어."

"왜 그래, 리디?" 달콤한 오늘이 물었다.

리디는 이 헤인 여자를 물끄러미 바라보았다. "넌 다시 처튼을 하고 싶어?" 리디는 쉰 목소리로 캐물었다. 리디는 모두를 돌아보았다. "너희는 돌로 만들어졌어?" 리디의 얼굴은 잿빛이고 쭈글거렸으며 시들었다. "벽을 관통해 볼 수 있는 게 모두들 마음에 걸리지 않는 거야?"

아무도 말을 하지 않았다. 이윽고 샨이 조심스레 말했다. "무슨 말이야?"

"난 벽을 관통해 별들을 볼 수 있어!" 리디는 다시 사람들을 매섭게 돌아보며 별자리가 수놓인 카펫을 가리켰다. "너흰 안 보여?" 아무도 대답이 없자, 리디의 턱이 살짝 경련을 일으켰다. "좋아. 좋다고. 난 비번이야. 미안. 내 방에 있을게." 리디가 일어났다. "아마도 날 방에 가둬 둬야 할 거야."

"말도 안 돼." 달콤한 오늘이 말했다.

"혹시라도 내가 떨어지면……." 리디는 입을 열었지만 말을 끝맺지 않았다. 리디는 마치 짙은 안개를 헤치고 가듯 뻣뻣하고 조심스럽게 문으로 걸어갔다. 리디는 뭐라고 덧붙여 말했지만, "왜냐면" 혹은 어쩌면 "왜 나만"이라고 말했지만, 사람들은 그 말을 이해하지 못했다.

달콤한 오늘이 리디를 따라갔다.

"저도 별들을 볼 수 있어요!" 리그가 선언했다.

"쉿." 카르스는 한 팔로 아이를 안으며 말했다.

"볼 수 있다고요! 사방에서 별을 다 볼 수 있어요. 그리고 전베 항구도 볼 수 있어요. 제가 원하는 건 뭐든 볼 수 있어요!"

"그래, 물론이야, 하지만 지금은 조용히 하렴." 어머니는 속삭였지만, 그 말을 듣자 아이는 몸부림쳐 어머니에게서 벗어난 뒤 발을 구르며 새된 소리로 외쳤다. "볼 수 있어요! 저도 볼 수 있다고요! '모든 걸' 볼 수 있어요! 그리고 아스텐은 못 봐요! 그리고 저기에 행성이 있어요, 행성도 있다고요! 아뇨, 절 잡지 마세요! 놔요! 놔주세요!"

단호하게, 카르스는 소리치는 아이를 번쩍 들고 숙소로 데려갔다. 아스텐은 몸을 돌려 리그 뒤에 대고 외쳤다. "어떤 행성도 없어! 넌 그냥 막 지어내는 거야!"

단호하게, 오레스가 말했다. "우리 방으로 가렴, 아스텐."

아스텐은 왈칵 눈물을 쏟고 오레스의 말에 따랐다. 오레스는 다른 이들에게 사과의 눈길을 보내며, 흐느끼는 키 작은 녀석을 따라 선교를 가로지르고 복도로 나갔다.

선교에 남은 네 명은 조용히 서 있었다.

"우리는 카나리아에 불과해."* 샨이 말했다.

"환각인가?" 그베테르는 차분하게 말했다. "민감한 생명체에게 처튼이 미치는 영향, 그런 걸까?"

타이는 고개를 끄덕였다.

"그럼 앤서블이 작동을 안 하는 거야, 아니면 작동을 안 한다고 우리가 환각을 겪는 거야?" 샨이 잠시 후 물었다.

그베테르는 앤서블로 갔다. 이번에 타이는 앤서블에서 물러나 그에게 자리를 내주었다. "난 내려가고 싶어." 타이가 말했다.

"안 될 이유 없겠지." 샨이 열의 없이 말했다.

*19세기에는 광산 속의 유독가스 여부를 알기 위해 카나리아를 먼저 들여보냈다.

"될 이유는 또 뭐고?" 그베테르가 어깨 너머로 돌아보며 물었다.

"그게 우리가 여기 온 목적이니까, 안 그래? 그게 우리가 하겠다고 자원한 거잖아? 시간이 걸리지 않는, 순간이동이 가능하다는 것을 증명하기 위해서였고, 여기에 왔잖아! 앤서블이 안 되면, 우리의 무선 신호를 베가 받을 때까지 17년은 걸려!"

"그냥 처튼해서 베로 돌아가 그들한테 말해주면 돼." 샨이 말했다. "지금 그렇게 하면, 우린…… 여기에…… 약 8분 있었던 거야."

"말한다고? 뭐라고 말해? 무슨 증거가 있어야 하잖아?"

"이야기를 해주면 되지." 조용히 선교로 돌아온 달콤한 오늘이 말했다. 그녀는 커다란 배처럼 움직였고 인상적일 만큼 조용했다.

"리디는 괜찮아?" 샨이 물었다.

"아니." 달콤한 오늘이 대답했다. 그녀는 리디가 앉았던 NAFAL 콘솔 앞에 앉았다.

"행성에 내려가는 것에 대해 모두의 의견을 구하겠어." 타이가 말했다.

"내가 다른 사람들에게 물어볼게." 그베테르가 말하고 나갔다가 곧 카르스와 함께 돌아왔다. "원하면 내려가." 게센인이 말했다. "오레스는 잠깐 아이들과 있어. 아이들이…… 우리는 극도로 혼란스러워."

"나는 내려가겠어." 그베테르가 말했다.

"저도 가도 돼요?" 베턴은 거의 속삭이듯 물었고, 어느 어른에게도 눈을 들어 시선을 주지 않았다.

"아니." 타이가 말했고, 동시에 그베테르도 말했다. "응."

베턴은 재빠르게 어머니를 흘끗 보았다.

"왜 안 되지?" 그베테르가 타이에게 물었다.

"어떤 위험성이 있는지 모르잖아."

"이 행성은 이미 조사된 곳이야."

"로봇 우주선이 말이지……."

"우린 우주복을 입을 거야." 그베테르는 정말로 당혹해했다.

"난 그 책임을 지고 싶지 않아." 타이는 이를 드러내며 말했다.

"왜 그게 당신 책임이야?" 그베테르는 더욱 당혹해하며 물었다. "우리 모두 나누는 거야. 베턴도 승무원이잖아. 난 이해를 못 하겠어."

"네가 이해 못 한다는 거 알아." 타이는 말하고 둘 다에게 등을 돌리고 나갔다. 어른 남자와 소년은 멍하니 서 있었고, 그베테르는 타이의 등을, 베턴은 카펫을 물끄러미 바라보았다.

"미안해요." 베턴이 말했다.

"그러지 않아도 돼." 그베테르가 소년에게 말했다.

"무슨…… 무슨 일이 벌어지고 있는 거지?" 샨이 불안감을 가까스로 억누른 목소리로 물었다. "왜 우리가, 우린 계속 교차하고 있어, 우린 계속, 오고 가고……."

"처튼 경험으로 인한 혼란 상태야." 그베테르가 말했다.

달콤한 오늘이 콘솔에서 몸을 돌리며 말했다. "내가 막 조난 신호를 보냈어. 난 NAFAL 시스템을 조종하지 못해. 무선 통신은……." 달콤한 오늘이 목청을 가다듬었다. "무선 통신은 불규칙하게 기능하는 거 같아."

침묵이 흘렀다.

"이건 일어나지 않은 일이야." 샨이, 혹은 오레스가 말했지만, 오레스는 우주선의 다른 곳에 아이들과 함께 있었고, 그러니 지금 말한 게 오레스일 순 없었다. "이건 일어나지 않은 일이야." 샨이었던 게 분명했다.

연속되는 인과관계는 설명하기 쉽다. 불연속적인 인과관계는 설명하기 쉽지 않다. 시간 속에서 사는 사람들에겐 연속성이 기준이자 유일한 모델이고, 동시성은 무질서, 난장판, 어쩔 도리가 없는 혼란 상태이며, 이런 혼란의 묘사는 절망적으로 혼란스럽다. 승무원 네트워크의 구성원들이 네트워크를 더 이상 꾸준하게 인식하지 않고 자신들의 인식을 서로 이야기할 수 없기 때문에, 개개인의 인식이 자신들의 혼란스러운 미로를 헤치고 나갈 유일한 실마리다. 그베테르는 샨, 달콤한 오늘, 베턴, 카르스, 타이와 함께 선교에 있는 자신을 인식했다. 그는 자신이 우주선의 시스템들을 체계적으로 확인하는 것을 인식했다. NAFAL이 작동을 안 하며, 무선 통신은 불규칙하게 분출하고 작동했으며, 우주선의 내부 전기 및 기계 시스템들은 모두 정상인 것을 알게 되었다. 그베테르는 착륙선을 무인으로 내보냈다가 돌아오게 했고, 착륙선이 정상적으로 기능한다고 인식했다. 그는 행성에 내려가겠다고 결심한 타이와 토론하는 자신을 인식했다. 자신이 우주선의 어떤 기계적 측정값도 믿기 꺼려함을 인정했기에, 오직 물질적 증거만이 그들이 실제로 목적지, 즉 M-60-340-놀로에 도착했음을 보여줄 거란 타이의 지적도 인정해야 했다. 만약 그들이 진짜 시간 속에서 베로 돌아가며 앞으로 17년을 보내야 한다면, 가서 보여줄 게 뭐라도 있는 게 나았다. 그게 한 줌의 끈적이는 진흙뿐이라 해도.

그베테르는 이 토론이 완벽하게 이성적이라고 인식했다.

하지만 승무원들에게 평소 나타나지 않던 이기적 행동들이 폭발적으로 드러나며 토론이 중단되었다.

“갈 거면 어서 가버려!” 샨이 말했다.

“나한테 명령하지 마.” 타이가 말했다.

“누군가는 여기 남아 우주선을 관리해야 해.” 샨이 말했다.

“그게 남자들은 아니지!” 타이가 말했다.

“테라인들도 아니지.” 카르스가 말했다. “너희들은 자존심도 없어?”

“스트레스 탓이야.” 그베테르가 말했다. “진정해, 타이, 베턴, 괜찮아, 가자, 괜찮아?”

착륙선에서 그베테르에게는 모든 것이 명료했다. 원래 그래야 하는 식으로 한 가지 일이 발생하고, 또 다른 일이 생겼다. 착륙선 조종은 아주 단순하고, 그베테르는 베턴에게 사람들을 내려달라고 부탁했다. 소년은 그렇게 했다. 타이는 언제나처럼 바짝 긴장하고 앉아 있었고, 힘센 주먹은 꽉 쥔 채 무릎에 놓았다. 베턴은 침착하게 작은 우주선을 조작했고, 역시 긴장하긴 했으나 당당한 모습으로 등받이에 몸을 기댔다. "착륙했어요." 베턴이 말했다.

"아니, 그렇지 않아." 타이가 말했다.

"우주선이, 우주선이 접촉했다고 말하는데요." 베턴이 확신을 잃으며 말했다.

"훌륭한 착륙이었어." 그베테르가 말했다. "착륙하는 걸 느끼지조차 못했어." 그는 평소처럼 검사를 수행하고 있었다. 모든 것이 정상이었다. 밖에서는 갈색을 띤 우울한 암흑이 착륙선 현장을 짓눌렀다. 베턴이 밖으로 빛을 비추었지만, 빛은 시꺼먼 안개 같은 대기 때문에 흩어져 쓸모없이 번쩍이기만 했다.

"테스트는 모두 관측 기록과 부합해." 그베테르가 말했다. "나갈 거야, 타이, 아니면 서보를 쓸 거야?"

"나갈 거야." 타이가 말했다.

"나갈 거예요." 베턴이 따라 말했다.

그베테르는 조수가 하는 일상적인 역할을 맡았다. 즉 누군가가 밖으로 나가는 경우 헬멧을 잠가주고 우주복 소독을 해주는 일이었다. 그베테르가 밖으로 나갈 때면 다른 누군가가 그에게 해줄 일이었다. 그는 해치들을 차례로 열어주었고, 그들이 바깥쪽 해치에서 내려가는 모습을 현창에서 비디오로 지켜보았다. 베턴이 먼저 갔다. 희끄무레한 우주복 때문에 더욱 길어진 가냘픈 몸이 약한 불빛 속에서 빛났다. 베턴은 우주선에서 몇 걸음 걸어가 몸을 돌려 기다렸다. 타이는 사다리에서 내리고 있었다. 키가 아주 작아진 듯 보였다. 무릎을 꿇은 건가? 그베테르는 현창에서 비디오 스크린을 보았다가 다시 현창을 보았다. 타이가 줄어들고 있나? 아니, 가라앉고 있었다. 타이는 표면 속으로 가라앉고 있는 게 분명했다. 그렇다면 표면이 단단하지 않고 수렁이거나 혹은 모래늪 같은 부유 현상인 듯했다. 하지만 베턴은 그 위를 걸어갔었고, 지금도 타이에게로 걸어서 돌아오고 있었다. 두 걸음, 세 걸음. 베턴이 걷는 땅은 그베테르에겐 제대로 보이지 않았지만 단단한 게 분명했고, 베턴을 위로 떠받치고 있음이 확실했다. 베턴이 더 가벼워서 그래. 하지만, 아니, 타이는 구멍 속에, 도랑 같은 것에 발을 디딘 게 분명했다. 이제 타이가 상반신만 보였던 것이다. 다리는 시꺼먼 수렁 혹은 안개 속에 숨겨져 있었다. 하지만 타이는 움직이고 있었고, 재빠르게 움직이며 착륙선에서 그리고 베턴에게서 멀어지고 있었다.

"저 둘을 도로 데려와." 샨은 말했고, 그베테르는 우주복 인터콤에 대고 말했다. "베턴, 타이, 어서 착륙선으로 돌아와." 베턴은 곧장 사다리를 다시 오르기 시작했고, 이윽고 고개를 돌려 어머니를 찾았다. 착륙선에서 나오는 가득한 빛 너머에서 타이의 헬멧일 듯한 흐릿한 얼룩이 갈색 암흑 속에 보였다.

"제발 들어와, 베턴. 제발 돌아와, 타이."

희끄무레한 우주복이 보였다 말았다 하며 사다리를 올라왔고, 인터콤으로 베턴의 간청하는 목소리가 들렸다. "엄마, 엄마, 돌아와. 그베테르, 내가 타이를 쫓아가야 할까요?"

"아니. 타이, 제발 지금 당장 착륙선으로 돌아와."

소년은 선원으로서 상급자의 명령을 들었다. 베턴은 사다리를 올라와 착륙선으로 들어왔고, 바깥쪽 해치에서 지켜보았다. 그동안 그베테르는 현창에서 지켜보았다. 타이는 영상에서 이미 사라지고 없었다. 창백한 얼룩은 형태 없는 암흑 속으로 빠져들었다.

그베테르는 행성 표면에 접촉한 뒤로 착륙선이 이미 3.2미터 가라앉았으며 계속해 점점 더 빠른 속도로 가라앉고 있다고 우주선의 계기들이 기록하고 있음을 인식했다.

"표면이 뭐지, 베턴?"

"진창 같은 거예요. 엄마는 어딨어요?"

"제발 당장 돌아와, 타이!"

"모두 쇼비로 돌아와, 1호 착륙선과 모든 승무원." 우주선 인터콤이 말했다. 타이의 목소리였다. "난 타이야." 목소리가 말했다. "당장 우주선으로 돌아와, 착륙선과 모든 승무원."

"계속 우주복을 입고 있어, 연락을 끄지 마, 베턴." 그베테르가 말했다. "난 해치를 밀폐할 거야."

"하지만…… 알았어요." 소년의 목소리가 말했다.

그베테르는 착륙선을 이륙시켰고, 그러면서 도중에 우주선과 베턴의 우주복에서 오염을 제거했다. 그베테르는 베턴과 샨이 자신과 함께 연속해 있는 해치를 통과해 쇼비로 들어간 다음, 복도를 따라 선교로 가고, 또한 선교에 카르스, 달콤한 오늘, 샨, 타이가 있음을 인식했다.

베턴은 어머니에게로 달려가 멈춰 섰다. 그는 어머니에게 두 손을 내밀지 않았다. 베턴의 얼굴은 밀랍이나 나무로 만들어진 것처럼 한 가지 표정으로 굳어 있었다.

"무서웠어?" 타이가 물었다. "저 아래에서 무슨 일이 벌어졌지?" 그리고 타이는 설명을 요구하는 얼굴로 그베테르를 보았다.

그베테르는 아무것도 인식하지 못했다. 길이가 없는 비시간에서, 그는 일어나지 않은 일이 일어나지 않고 있다/일어나지 않았다는 사실을 인지하는 데 전혀 시간이 걸리지 않았다. 잃었어, 그베테르가 더듬거렸다. 그는 그 단어를, 미리 준비했던 단어를 찾았다. "당신……." 그베테르가 말했다. 혀가 무디고, 둔했다. "당신이 우릴 불렀어."

타이는 부정하는 듯이 보였지만, 그건 중요하지 않았다. 무엇이 중요하지? 샨이 말하고 있었다. 샨은 말할 수 있었다. "아무도 부르지 않았어, 그베테르." 샨은 말했다. "너와 베턴은 나갔어. 난 조수였고. 착륙선을 안정시킬 수 없다는 걸 깨닫고, 저 표면이 뭔가 이상하다는 걸 깨닫고, 난 너희를 착륙선으로 도로 불러들였고, 우린 올라왔어."

그베테르가 할 수 있는 말은 이뿐이었다. "실제가 아니야……."

"하지만 엄마가……." 베턴은 말하려다 말았다. 그베테르는 소년이 어머니의 부인하는 손길에서 몸을 빼는 걸 인식했다. 뭐가 중요하리?

"아무도 내려가지 않았어." 달콤한 오늘이 말했다. 잠시 침묵이 흐른 뒤, 그리고 침묵이 흐르기 전에, 달콤한 오늘은 말했다. "내려갈 곳이 전혀 없어."

그베테르는 다른 단어를 찾으려 애썼으나, 없었다. 그는 주 현창 밖에서 갈색이 도는 흐릿한 구름 인식했고, 정신을 집중해서 보자 그 사이로 작은 별들이 반짝이는 게 보였다.

이윽고 그베테르는 단어를 하나 찾았으나, 잘못된 단어였다. "잃었어." 그는 말했고, 입 밖으로 나온 그 단어가 우주선의 불빛들이 갈색빛 도는 암흑 속에 들어갈수록 서서히 흐려지다가 희미해지고 어두워지고 사라지는 것을 인식했다. 그동안 우주선 기계들의 부드럽게 윙윙대는 소리와 분주함은 언제나 그곳에 있는 진짜 정적 속으로 잠잠해졌다. 그러나 그곳엔 아무것도 없었다. 아무 일도 일어나지 않았었다. 우린 베 항구에 있어! 그베테르는 온 힘을 다해 말하려 애썼지만, 말할 수 없었다.

태양들이 내 살 속으로 타들어가, 리디가 말했다.

난 태양들이야, 달콤한 오늘이 말했다. 내가 아니고, 모두가.

숨 쉬지 마! 오레스가 외쳤다.

그건 죽음이야, 샨이 말했다. 내가 두려워했던 것은, 무無야.

무, 그들은 말했다.

숨을 쉬지 않으면서, 유령들은 갈색 안개의 세계, 비현실의 행성 근처를 떠다니는 차갑고 깜깜한 유령 선체 안에서 휙휙 날고 이리저리 돌아다녔다. 그들은 말했지만, 목소리는 없었다. 진공 안에는 소리가 없고, 비시간에도 소리가 없다.

외로이 혼자 선실에서, 리디는 중력이 우주선 중심 질량의 절반으로 가벼워진 것을 느꼈다. 리디는 벽과 선체, 침구와 자신의 몸이 이룬 어둑하고 엷은 안개를 통해 그들, 즉 가깝고 먼 태양들이 타오르는 것을 보았다. 가장 밝은 태양, 즉 이 항성계의 태양이 리디의 배꼽 바로 아래에서 움직였다. 리디는 이 태양의 이름을 몰랐다.

난 태양들 사이의 암흑이야, 한 명이 말했다.

난 무야, 한 명이 말했다.

난 너야, 한 명이 말했다.

너, 한 명이 말했다, 너…….

그리고 숨 쉬었고, 손을 내밀었고, 말했다. "들어봐!" 나머지 사람에게, 나머지 사람들에게 외쳤다. "들어봐!"

"우린 늘 여길 알고 있었어. 여긴 우리가 늘 있던 곳이고, 우리가 늘 있을 곳이야. 화롯가에, 중심에. 결국, 두려워할 건 아무것도 없어."

"난 숨을 못 쉬겠어." 한 명이 말했다.

"난 숨을 쉬지 않고 있어." 한 명이 말했다.

"숨을 쉴 게 아무것도 없어." 한 명이 말했다.

"너는, 너는 숨 쉬고 있어, 제발 숨을 쉬어!" 다른 사람이 말했다.

"우린 여기 있어, 화롯가에." 다른 사람이 말했다.

오레스는 불 땔 준비를 했었고, 카르스가 불을 붙였다. 불이 붙자 둘 다 카르히데어로 부드럽게 말했다. "또한 빛을 찬미하고, 끝나지 않은 창조를 찬미하라."*

불은 불똥을 튀기고 탁탁거리다가 갑자기 확 타올랐다. 불은 꺼지지 않았다. 계속 탔다. 나머지 사람들이 둥그렇게 모여들었다.

*르 귄의 장편소설 《어둠의 왼손》에 나오는 한다라교의 기도문 "어둠을 찬미하고, 끝나지 않은 창조를 찬미하라"의 대구.

그들은 현실이 아닌 곳에 있었지만, 함께였다. 우주선은 고장 났지만, 그들은 우주선 안에 있었다. 고장 난 우주선은 상당히 빠르게 식지만, 곧바로는 아니다. 문을 닫고, 불가로 모여. 자러 가기 전까지 추운 밤을 함께 피하자.

카르스는 리그와 함께 가서 리디에게 별이 총총한 아치형 방에서 나오라고 설득했다. 항법사는 일어나려 하지 않았다. "내 잘못이야." 리디는 말했다.

"자아도취하지 마." 카르스가 부드럽게 말했다. "어떻게 그게 당신 잘못이야?"

"몰라. 난 여기 있을래." 리디는 웅얼거렸다. 이윽고 카르스는 리디에게 간청했다. "아, 리디, 혼자 있지 마!"

"그럼 어쩌라고?" 늙은 여인은 차갑게 물었다.

그러나 리디는 곧 자신이 내뱉은 말에 부끄러움을 느꼈고, 그렇게 화를 낸 것에도 부끄러워져, 투덜거렸다. "아, 알았어." 리디는 끙 하고 일어나 몸에 담요를 감고, 카르스와 리그를 따라갔다. 아이는 작은 생체조명을 들었다. 생체조명은 검은 복도에서 빛을 냈고, 그 순간 호기성 탱크의 식물들이 물질대사를 해 산소를 만들었다. 빛은 리디 앞에서 별들 사이의 별처럼 움직이며 암흑 속을 나아가 책으로 가득 찬 방까지 갔고, 방에는 돌로 된 벽난로 속에서 불이 타올랐다. "안녕, 애들아." 리디는 말했다. "우리는 여기서 뭘 할 거지?"

"이야기." 달콤한 오늘이 대답했다.

샨은 손에 작은 음성 녹음 노트북을 가지고 있었다.

"그거 작동해?" 리디는 물었다.

"작동하는 거 같아. 우린…… 무슨 일이 벌어졌는지 서로 얘기할 거라 생각했어." 샨은 말하며 가늘고 검은 얼굴의 가늘고 검은 눈을 난로 불빛 때문에 더욱 가늘게 떴다. "한 명씩 말이야. 우리 눈에, 그게 어떻게 보였는지, 보이는지. 그래서……."

"기록 삼아서, 응. 만약의 경우가 있으니……. 하지만, 그게, 네 노트북이 작동한다니 웃기지. 다른 건 전혀 작동을 않는데 말이야."

"이건 목소리에 의해 활성화돼." 샨은 멍하니 말했다. "자. 어서 해, 그베테르."

그베테르는 행성 표면으로 탐사 갔던 이야기를 자신의 버전으로 모두 풀어냈다. "우린 샘플조차 안 가져왔어." 그는 이야기를 끝맺었다. "샘플 생각은 하지도 못했어."

"샨은 너랑 함께 갔어, 내가 아니고." 타이는 말했다.

"엄마는 갔어요, 저도 갔고." 소년은 확신을 가지고 말했고, 그래서 타이는 말을 멈췄다. "그리고 우린 밖으로 나갔어요. 샨과 그베테르가 착륙선에서 조수였어요. 그리고 전 샘플을 채취했어요. 샘플들은 정체停滯 저장실에 있어요."

"샨이 착륙선에 있었는지 난 모르겠어." 그베테르는 괴로운 듯이 이마를 문지르며 말했다.

"착륙선은 어디로 갔었을까?" 샨이 말했다. "저 밖에는 아무것도 없는데, 우린 현실이 아닌, 시간 밖에 있어. 그게 내가 생각할 수 있는 전부야. 하지만 너희 중 한 명이 자신이 본 걸 얘기하면, 정말로 그랬다고 보여. 그렇지만 곧 다음 사람이 이야기를 바꾸고, 그리고 난…….”

오레스는 몸을 떨며 불로 더 가까이 갔다.

“난 이 빌어먹을 것이 잘될 거라곤 한 번도 믿지 않았어.” 담요로 만든 깜깜한 동굴 속 곰처럼 앉아서 리디가 말했다.

“처튼이 뭔지 제대로 이해를 못 한 게 문제였어.” 카르스는 말했다. “그게 어떻게 작동할지 우리 중 누구도 이해하지 못했어. 그베테르조차도. 그게 사실 아냐?”

“맞아.” 그베테르는 말했다.

“만약 우리의 정신이 그것과 상호작용하면서 그 과정에 영향을 미쳤다면…….”

“혹은 상호작용 자체가 그 과정이거나.” 달콤한 오늘이 말했다. “우리에 관한 한은.”

“그 말은.” 리디가 존재론적 혐오가 가득한 목소리로 말했다. “그걸 작동하게 하려면 우리가 그걸 ‘믿어야’ 한다는 거야?”

“뭐든 행동하려면 일단 자신을 믿어야 하잖아, 안 그래?” 타이가 말했다.

“아니.” 항법사가 말했다. “절대 아냐. 난 나를 믿지 않아. 난 어떤 것들을 ‘알아’. 그 정도면 행동하기에 충분해.”

“유추를 하자면.” 그베테르가 제안했다. “일단의 승무원이 효과적인 행동을 할 수 있느냐는 자신을 승무원으로 인식하는 일원들에게 달려 있어. 우린 그걸 승무원을 믿는다고 부를 수 있고, 혹은 그냥 그게 ‘된다’고도 할 수 있지. 그렇지? 그러니 어쩌면 우리, 그러니까 의식적인 존재인 우리가 처튼에 성공할 수 있느냐 여부는, 의식적으로 우리 자신을…… 순간이동을 할 수 있다고 인식하는 거, 다른 장소, 목적지에 지금 있다고 인식하는 것에 달려 있는 게 아닐까?"

"우린 팀워크를 잃었어, 확실히, 한동안은. 지금 한동안이라는 말이 가능한 건가?" 카르스는 말했다. "우린 산산조각 났어."

"우리는 끈을 잃었어." 샨은 말했다.

"잃었어." 오레스는 생각에 잠겨 말하면서 육중하지만 반쯤 무게가 없는 통나무를 하나 더 벽난로에 집어넣었고, 불똥이 잇따라 빠르게 굴뚝 속으로, 느린 별들 속으로 튀었다.

"우리가 잃었다고? 뭘?" 달콤한 오늘이 물었다.

한동안 누구도 대답하지 않았다.

"내가 카펫을 뚫고 태양을 볼 수 있을 때……." 리디는 말했다.

"저도 볼 수 있어요." 베턴이 아주 낮은 목소리로 말했다.

"전 베 항구를 볼 수 있어요." 리그가 말했다. "그리고 모두 다요. 전 제가 뭘 볼 수 있는지 여러분께 말씀드릴 수 있어요. 전 리덴을 볼 수 있어요. 그리고 원블린 호의 제 방을 볼 수 있어요. 그리고……."

"우선, 리그." 달콤한 오늘이 말했다. "무슨 일이 일어났는지 우리에게 말해주렴."

"좋아요." 리그는 기꺼이 말했다. "절 더 꽉 잡아주세요, 마바, 제 몸이 둥둥 뜨기 시작해요. 음, 저희는 도서관으로 갔어요, 저랑 아스텐이랑 베턴이요. 베턴은 우릴 돌봐야 했으니까요. 어른들은 선교에 있었고, '내플' 비행을 할 때면 언제나 그랬던 것처럼 저는 자러 가려던 참이었어요. 하지만 눕기도 전에 갈색 행성과 베 항구와 두 태양과 다른 모든 곳들이 있었고, 모든 것을 관통해 볼 수 있었어요. 하지만 아스텐은 볼 수 없었죠. 하지만 전 볼 수 있었어요."

"우린 '어느 곳에도' 가지 않았어요." 아스텐이 말했다. "리그는 항상 이야기를 꾸며내요."

"우리 모두는 항상 이야기를 한단다, 아스텐." 카르스가 말했다.

"리그처럼 멍청한 이야기를 하진 않잖아요!"

"더 멍청하지." 오레스는 말했다. "우리에게 필요한 건…… 우리에게 필요한 건……."

"우린 알아야 해." 샨이 말했다. "순간이동이 뭔지. 그리고 우린 몰라, 전에 한 번도 안 해봤으니까, 해본 사람이 누구도 없었으니까."

"살아서는 아니었지." 리디는 말했다.

"우린 뭐가 진짜인지, 무슨 일이 일어났는지 알아야 해, 어떤 일이 '일어나기라도' 했든 아니든……." 타이가 그들 주위를 둥글게 밝힌 벽난로 불빛과 그 너머의 어둠을 손짓했다. "우린 어디에 있지? 우리가 여기에 있나? 여긴 어디야? 어떻게 된 일이야?"

"우린 그걸 말해야 해." 달콤한 오늘이었다. "자세히 이야기해. 말해…… 리그처럼. 아스텐, 이야기는 어떻게 시작하지?"

"천 번의 겨울 전에, 천 마일 떨어진 곳에." 아이가 말했다. 그리고 샨이 웅얼거렸다. "옛날 옛날에……."

"쇼비란 이름의 우주선이 있었어." 달콤한 오늘이 말했다. "시험 비행에서 처튼을 시도했고, 승무원은 열 명이었지. 그들의 이름은 리그, 아스텐, 베턴, 카르스, 오레스, 리디, 타이, 샨, 그베테르, 달콤한 오늘이었어. 그리고 그 사람들은 한 명씩 돌아가며, 그리고 함께 각자의 이야기를 풀어놓았어……."

침묵이 흘렀고, 침묵은 언제나 이곳에 있었다. 탁탁 소리를 내며 타는 장작 소리, 숨 쉬는 작은 소리, 그들이 움직이는 소리만이 들렸다. 그러다 한 명이 마침내 입을 열어 이야기를 했다.

"소년과 소년의 엄마." 밝고 깨끗한 목소리가 말했다. "둘은 그 세계에 발을 디딘 첫 인간들이었다."

다시 침묵. 그리고 다시 목소리.

"그러나 여자는 바랐어…… 그게 작동하지 않길 자신이 정말로 바랐다는 걸 깨달았어. 그 때문에 자신의 기술, 모든 삶이 시대에 뒤처지게 될 테니까…… 그럼에도 가능하다면 그 사용법을 진심으로 배우고 싶기도 했지. 그걸 배우기에 자신이 너무 늙은 게 아니라면……."

심장이 한 번 부드럽게 고동치는, 긴 순간이 지나고, 또 다른 목소리.

"그 사람들은 세계에서 세계로 돌아다녔고, 매번 자신들이 떠난 세계를 잃어버리고, 시간 팽창에서 그것을 잃고, NAFAL 비행을 하는 동안 그 사람들의 친구들은 늙어가고 죽었어. 자신의 원래 시간을 살면서 세계들을 돌아다닐 방법이 있었다면, 그들은 그렇게 해보길 원했어…….”

“거기에 모든 걸 걸었어.” 다음 목소리가 이야기를 넘겨받았다. “왜냐하면 우리가 우리의 영혼을 바친 것 외엔 아무것도 효과가 없고, 우리가 위태롭게 만든 것 외엔 아무것도 안전하지 않거든.”

한동안, 짧은 한동안. 그리고 목소리.

“그건 게임과 비슷했어. 우리가 아직 베 항구의 쇼비 호에서 NAFAL 비행에 들어가게 되기만 기다리던 것과 비슷했어. 하지만 저 갈색 행성에 있던 것과도 비슷했어. 동시에 말이야. 그리고 하나는 그냥 그런 척이었고, 나머지 하나는 그런 척이 아니었지만, 어느 쪽이 어느 건지 난 몰랐어. 그래서 그건 게임에서 그런 척을 할 때와 비슷했어. 하지만 난 게임하고 싶지 않았어. 어떻게 하는 건지도 몰랐어.”

또 다른 목소리.

“만약 처튼 원리가 지각이 있는 생명체의 실제 순간이동에 적용 가능하다고 증명되면, 그건 사람들의 정신에 거대한 사건이 될 거였어. 모든 사람들에게 말이야. 새로운 이해. 새로운 협력관계. 우주에 존재하는 새로운 방법. 더 넓은 자유……. 그 사람은 그걸 아주 간절히 원했어. 처음으로 그 협력관계를 형성하는 승무원 중 한 명, 이 생각을 할 수 있는, 그리고 그걸 얘기할 수 있는 첫 번째 사람들 중 한 명이 되고 싶었어. 하지만 물론 두렵기도 했어. 어쩌면 그건 진짜 관계가 아니었고, 어쩌면 가짜였고, 어쩌면 그냥 꿈인지도 몰랐어. 그는 알 수 없었어.”

그들은 불 앞에 모여 앉아 있었기에 등 뒤가 그렇게 춥지 않았고, 그렇게 어둡지도 않았다. 모래에 밀려오던 게 리덴의 파도였나?

또 다른 목소리.

"그 여자도 자신의 사람들에 대해 많이 생각했어. 죄, 속죄, 그리고 희생에 대해. 그 여자는 사람들에게 더 많은 자유를 줄 수도 있는 이 비행에 끼길 간절히 원했어. 하지만 실제는 생각했던 것과 달랐지. 무슨 일이 생겼나…… 무슨 일이 '생겼는지'는 중요하지 않았어. 중요한 건 그 여자가 자신에게 자유를 준 사람들과 함께 있게 되었다는 거였어. 죄책감 없이. 그 여자는 다른 사람과 함께 머무르고 싶었고, 함께 승무원이 되고 싶었어……. 자신의 아들과도 함께. 아들은 미지의 세계에 발을 디딘 첫 번째 인간이었어."

긴 침묵. 그러나 깊은 침묵은 아니었고, 우주선 기계들의 부드러운 쿵쿵 소리만큼만 깊은 침묵이었으며, 온몸을 도는 피처럼 한결같으면서 무의식적인 침묵이었다.

또 다른 목소리.

"그들은 머릿속의 생각들이었어. 거기 말고 어디에 또 있었겠어? 그래서 그들은 베에도, 갈색 행성에도 있을 수 있었고, 육체와 정신을 통째로 갈망했고, 환각이면서 동시에 현실이었어. 늘 그랬지. 이 점을 기억하자, 그는 더는 혼란과 공포를 느끼지 않았어. 그들이 길을 잃을 수 없다는 걸 알았으니까."

"그들은 길을 잃었어. 하지만 결국 길을 찾았어." 또 다른 목소리가 말했다. 우주선 기계의 웅웅 소리와 파도 소리보다 살짝 큰 정도의 부드러운 목소리가, 단단한 벽과 선체 안의 따뜻하고 신선한 공기와 빛 속에서 들렸다.

오직 아홉 개의 목소리만이 이제까지 얘기했고, 이제 그들은 열 번째 목소리를 찾았다. 그러나 열 번째는 이미 엄지손가락을 입에 물고 잠이 들었다.

"그 이야기는 이미 했고 이제 할 거야." 어머니가 말했다. "계속해. 난 리그와 함께 여기에서 처튼할게."

그들은 둘만 벽난롯가에 남기고 일어나 선교로 갔고, 다시 해치로 가서 베 항구와 에큐멘의 걱정에 휩싸인 과학자들과 공학자들과 관리들 한 떼를 우주선에 들였다. 그들의 장비는 쇼비 호가 44분 전에 사라져 무존재로, 망각으로 없어졌다고 확실하게 알렸었다. "어떻게 된 거죠?" 그들이 물었다. "어떻게 된 거예요?" 그리고 쇼비들은 서로를 보며 말했다. "음, 이야기가 길어요……."

A FISHERMAN OF THE INLAND SEA

가남에 맞춰 춤추기

"힘은 위대한 북소리입니다." 아케타가 말했다. "천둥. 전기를 만드는 폭포의 소리. 그 소리는 당신을 꽉 채워서 더는 무엇도 못 들어가게 만듭니다."

케트는 땅에 물을 몇 방울 떨어뜨리며 중얼거렸다. "마셔요, 여행자." 그녀는 꽃가루를 땅에 뿌리며 중얼거렸다. "먹어요, 여행자." 그녀는 이야나남, 즉 힘의 산을 올려다보았다. "어쩌면 그 사람은 그저 천둥소리만 들었고, 다른 건 못 들었던 건지도 몰라요." 케트는 말했다. "자신이 뭘 하려는 건지 그 사람이 알았다고 생각해요?"

"자기가 뭘 하려는 건지 알았다고 생각합니다." 아케타는 말했다.

비록 문제점들이 있기는 했지만 M-60-340-놀로란 이름의 불결한 작은 행성에 쇼비 호가 순간이동을 성공한 후로, 베 항구의 모든 역량은 처튼 기술 개발에 집중되었다. 아나레스의 처튼 이론 창시자들과 우라스의 순간이동 기술자들은 베의 이론가들 및 기술자들과 앤서블로 빈번히 통신을 했다. 베의 이론가들과 기술자들은 우주선과 승무원들이 전혀 시간이 걸리는 일 없이 우주의 한 곳에서 다른 곳으로 갔을 때 실제로 무슨 일이 발생했는지 알아내기 위해 실험과 조사를 하고 있었다. "'갔다'라고는 말할 수 없습니다. '발생했다'는 말도 할 수 없습니다." 세티인들이 주의를 주었다. "어느 순간 그건 여기이고 거기가 아니고 동시에 그건 거기이고 여기가 아닙니다. 우리 언어로는 비간격을 처튼이라 합니다."

헤인 심리학자들은 지적 생물들이 처튼을 경험했을 때 실제로 어떤 일들이 발생했는지에 대해 조사하고 토론했고, 세티 시간학자들은 그런 헤인 심리학자들과 교류를 했다. "'실제로'라는 말은 할 수 없습니다. '경험했다'라고도 말할 수 없습니다." 그들은 주의를 주었다. "처튼 승무원에게 '도착'의 실제점은 상호 인식-비교와 조정에 의해 획득되고, 따라서 생각하는 존재들에게 사건 구축은 효과적인 순간이동에 필수적입니다." 그리고 기타 등등, 기타 등등. 헤인인들은 백만 년 동안 쉬지 않고 이야기를 한다 해도 절대 지치지 않았기 때문이다. 그러나 헤인인들은 듣는 것 또한 좋아했고, 쇼비의 승무원들이 그들에게 해야 했던 말들에 귀 기울였다. 그리고 댈줄 사령관이 도착하자, 그들은 그의 말에 귀 기울였다.

“당신들은 한 사람만 홀로 보내야 합니다.” 댈줄 사령관은 말했다. “문제는 간섭입니다. 쇼비에는 열 명이 있었습니다. 한 사람만 보내십시오. 절 보내십시오.”

“엄마는 샨과 함께 가야 해요.” 베턴이 말했다.

베턴의 어머니는 고개를 흔들었다.

“가지 않는 건 완전 바보짓이에요!”

“그 사람들이 널 원하지 않는다면, 그 사람들은 나도 얻을 수 없어.” 타이가 말했다.

소년은 현명했기에 어머니를 안지도, 계속 우기지도 않았다. 하지만 소년은 평소에는 거의 안 하는 것을, 즉 농담을 했다. “시간이 전혀 안 걸리고 바로 돌아오시게 될 거예요.”

“아, 그 이야기는 이제 그만하자꾸나.” 타이가 말했다.

샨은 헤인인은 제복을 입지 않으며 ‘사령관’처럼 지위를 나타내는 용어를 쓰지 않는다는 걸 알았다. 하지만 샨은 자신이 가진 테라 에큐멘의 검은색과 은색 제복을 입고 댈줄 사령관을 만나러 갔다.

테라가 에큐멘의 일원이던 초기에 앨버타의 병영에서 태어난 댈줄은 우라스의 아-이오 대학에서 시간물리학으로 학위를 받았고, 헤인에서 스테빌들과 함께 훈련을 받다가 에큐멘 모빌이 되어 고향 행성에 돌아갔다. 그가 광속에 가까운 속도로 67년간 여행하는 동안, 골치 아픈 종교적 움직임은 점차 독선교 혁명의 참사로 발전했다. 댈줄은 날카로운 통찰력과 책략을 써서 몇 달 만에 사태를 통제했고, 이로써 자신이 속한 곳 사람들에게선 존경을 받고, 자신의 적들에게선 숭배를 받게 되었다. 독선교 사제들이 그를 신이라고 결론지었기 때문이다. 불신자에 대한 세계적 학살은 세계적인 새로운 계시 경배의 9일 기도로 계승되었고, 이윽고 주로 서로를 죽이기에 전념하는 당파들과 파벌들로 바뀌었다. 그리고 댈줄은 타락의 시기 이후로 신권정치 폭력이 다시 유행하는 최악의 사태를 미리 막았다. 그는 우아함과 재치, 인내와 신뢰와 탄력과 교활함, 뛰어난 유머 감각, 그리고 에큐멘이 가장 존경하는 모든 방법을 쓰고 발휘해 행동했었다.

신격화된 탓으로 테라에서는 일할 수 없었기에, 댈줄은 눈에 띄진 않지만 중요한 행성들에서 눈에 띄진 않지만 중요한 임무들을 받았다. 그중 하나가 오린트였는데, 에큐멘이 아직 철수하지 않은 유일한 세계였다. 오린트인들이 전쟁에서 병원균을 이용해 그들 세계의 지성체를 절멸시켜버리기 직전, 에큐멘은 댈줄의 조언을 따라 그곳에서 철수했다. 댈줄은 이런 일이 생길 거라고 몸서리치면서, 그러나 동정심에 가득 차 이미 정확하게 예언했었다. 또한 댈줄은 부모가 내보내고 싶어 하는 몇천 명의 아이들을 마지막 순간에 구해내는 비밀스러운 구조 계획을 세웠다. 댈줄의 아이들. 이 마지막 남은 오린트인들은 그렇게 불렸다.

샨은 영웅이 원시적 문화에서 나타나는 현상임을 알았다. 그러나 테라의 문화는 원시적이었고, 댈줄은 샨의 영웅이었다.

타이는 자신의 두 눈을 의심하며 베 항구에서 온 메시지를 읽었다. "무슨 승무원이 이래?" 타이가 말했다. "부모에게 아이를 두고 떠나라고 요구하다니, 누구야?"

그런 뒤 타이는 고개를 들어 샨을 보았고, 샨의 얼굴을 보았다.

"댈줄이야." 샨은 말했다. "댈줄이 우리를 원해. 자기 승무원으로."

"당신은 가." 타이는 말했다.

물론 샨은 논쟁했지만, 타이는 영웅의 편이었다. 샨은 갔다. 그리고 댈줄을 만나기로 한 환영회를 위해, 소매에 은색 실이 달리고 가슴에 은색 원이 하나 있는 검은 제복을 입었다.

사령관은 같은 제복을 입었다. 댈줄을 보자 샨은 가슴이 쿵쾅거리며 뛰었다. 댈줄은 확실히 샨이 상상했던 것보다 작았다. 키가 3미터는 아니었으나, 그 외엔 상상한 그대로였다. 꼿꼿하고 유연했으며, 길고 가벼우며 회색으로 변해가는 머리털을 당당하고 생기 넘치는 얼굴 뒤로 넘겼고, 눈은 물처럼 맑았다. 샨은 댈줄의 피부색이 이렇게 하얄지 미처 몰랐다. 그러나 이 결함 혹은 격세유전은 사소한 부분이었고, 그 자체로 아름답다고 볼 수도 있었다. 댈줄의 목소리는 따뜻하고 평온했다. 댈줄은 흥분한 아나레스인 한 무리와 얘기하며 껄껄 웃었다. 그는 샨을 보고 몸을 돌려 곧장 샨에게 걸어왔다. "드디어 만나는군요! 당신이 샨이군요, 전 댈줄입니다, 우린 같은 우주선에 타지요. 당신 동료가 우리와 함께 할 수 없어서 실로 유감입니다. 하지만 당신의 오랜 친구들이 그 자리를 대신하는 것 같군요. 포레스트와 리엘이요."

샨은 낯익은 두 명의 얼굴을 보고 뛸듯이 기뻐했다. 포레스트는 경계심 가득한 눈에 흑요석 칼 같은 얼굴이었고, 리엘은 둥근 얼굴이 구리 태양처럼 반짝였다. 샨은 둘과 함께 올룰에서 훈련받은 적이 있었다. 둘은 샨만큼 기뻐하며 그를 반겼다. "이거 멋진데." 샨이 말했다. "그럼 우리 모두 테라인들인가?" 바보 같은 질문이었다. 명약관화한 사실이었던 것이다. 그러나 에큐멘은 일반적으로 여러 문화의 승무원들이 섞이는 것을 좋아했다.

"이쪽으로 오십시오." 댈줄이 말했다. "제가 설명하지요." 댈줄은 메즈클레트에게 손짓했고, 메즈클레트는 음료수와 음식이 실린 작은 수레를 의기양양하게 밀며 총총걸음으로 다가왔다. 그들은 쟁반을 채운 후 메즈클레트에게 고맙다고 인사했고, 시끌벅적한 사람들에게서 멀찍이 떨어져 제대로 식사하기 위해 깊숙이 있는 창가 자리를 찾았다. 일행은 이곳에 앉아 먹고 마시고 이야기하고 귀 기울였다. 댈줄은 자신이 '처튼 문제'를 풀기 위해 제대로 된 길을 가고 있다고 굳게 믿어 의심치 않았으며, 그런 마음을 전혀 숨기려 하지 않았다.

"전 혼자 두 번 나가봤습니다." 댈줄은 말했다. 그는 말하며 살짝 목소리를 낮췄고, 샨은 순진하게 "설마 무단으로……?" 하고 말하다가 입을 다물었다.

댈줄은 씩 웃었다. "아뇨, 아뇨. 처튼 연구 그룹의 허가를 받아서요. 하지만 그 사람들이 축복을 해줬다고 말할 수는 없겠군요. 바로 그 때문에 제가 자꾸만 속삭이며 등 뒤를 흘끔대는 겁니다. 아직도 여기 연구 그룹 사람들 중 일부는 제가 마치 자기들의 우주선을 훔친 듯이 느끼게 하거든요. 마치 제가 자기들의 이론을 비웃고, 자기들의 시프그레소*를 위반하고, 자기들 신발에 오줌이라도 싼 듯이 느끼게 만든답니다. 심지어 그 우주선과 제가 아무런 처튼 문제나 지각의 부조화 없이 왕복 여행을 한 뒤에까지도 말입니다."

"어디로 다녀왔나요?" 포레스트가 칼날처럼 날카로운 얼굴로 정신을 집중하며 물었다.

"첫 번째 여행은, 이 항성계 내부로, 베에서 헤인으로 갔다가 다시 베로 왔습니다. 버스를 타고 가는 것처럼 평범한 여행이었죠. 모든 걸 알고 있었고, 예상 가능했습니다. 확실히 아무 사건도 없었습니다. 예상했던 대로요. 여기 있다가, 거기 있게 되는 거죠. 전 우주선을 떠나 스테빌들에게 확인을 받고 우주선 안으로 돌아오고, 다시 여기 있게 되는 거죠. 짜잔! 그건 마법입니다, 아시겠지요. 그러면서도 너무나 자연스러워 보입니다. 있는 곳에, 있는 거니까요. 당신도 그걸 느꼈습니까, 샨?"

댈줄의 맑은 두 눈은 그 강렬함이 이루 말할 수 없었다. 마치 번개가 바라보는 것 같았다. 샨은 동의하고 싶었지만, 어쩔 수 없이 더듬거리며 말했다. "나, 아니 우리는 우리가 어디에 있었는지를 판단하는 데 좀 문제가 있었습니다."

"전 그게, 그 혼란이 불필요했다고 생각합니다. 순간이동은 무경험입니다. 전 정상적이라면 '아무 일도 발생하지 않는다'고

*게센 행성의 카르히데에서 '명예'에 가까운 의미를 갖는 말로, 다른 사람의 자존심을 지켜줌으로써 자신의 자존심을 지킨다는 상호협약의 관습이다.

생각합니다. 말 그대로 아무것도요. 쇼비 실험에는 외부의 무관한 사건들이 섞여 들었고, 그래서 당신들의 간격이 망가진 겁니다. 이번엔, 우리가 무경험을 할 수 있을 거라 생각합니다." 댈줄은 포레스트와 리엘을 보고 껄껄 웃었다. "때가 되면 무슨 말인지 알 겁니다. 여하튼, 그 버스 여행 이후로, 전 끊임없이 담당자들을 성가시게 하며 달라붙었고, 결국 그보네시가 제 단독 답사에 동의했답니다."

메즈클레트가 털복숭이 발로 작은 음식 수레를 밀며 부산스레 다가왔다. 메즈클레트들은 파티를 사랑하고, 음식을 주는 걸 사랑하고, 음료수를 나눠주고 인간들이 이상해지는 걸 지켜보는 걸 사랑한다. 메즈클레트는 이들이 이상해지는 걸 보려고 기대에 차 잠시 근처에 있다가 다시 부산스럽게 아나레스의 이론가들에게로 돌아갔다. 아나레스의 이론가들은 언제나 이상했다.

"단독 답사라니, 최초의 접촉을 했다는 겁니까?"

댈줄은 고개를 끄덕였다. 댈줄의 원기와 무의식적 위엄은 무시무시했고, 그럼에도 댈줄이 자신이 한 일에서 느끼는 기쁨과 꾸밈없는 환희는 무척이나 매혹적이었다. 샨은 전에도 머리가 아주 좋은 사람들과 현명한 사람들을 만나봤지만, 이렇게 건전하고 이렇게 맑고 이렇게 상처 입기 쉬운 에너지를 뿜어내는 사람은 처음이었다.

"우린 먼 곳을 골랐습니다. G-14-214-요모. 팽창대 지도에는 태드클라라고 되어 있는 곳이죠. 제가 거기서 만난 사람들은 그곳을 가남이라 부릅니다. 에큐멘 예비 탐사선은 사실 지금

NAFAL 속도로 거기에 가는 중입니다. 8년 전 올룰을 떠났고, 지금으로부터 13년 뒤 그곳에 도착합니다. 물론 그 탐사대가 이동 중인 동안엔 탐사대와 통신할 방법이 없었고, 제가 그 탐사대보다 먼저 그곳에 갈 거라고 말할 수 없었습니다. 처튼 연구 그룹은 13년 뒤 누군가가 그곳에 들르는 게 좋은 생각이라고 여겼습니다. 제가 돌아와 보고하지 못하는 경우가 생겨도, 무슨 일이 생긴 건지 어쩌면 탐사대가 알아낼 수 있을 테니까요. 하지만 이젠 탐사선이 도착하면, 가남이 벌써 에큐멘의 일원인 걸 알게 될 것처럼 보입니다!" 댈줄은 그들 모두를 보았고, 얼굴이 열정과 의지로 빛났다. "알겠지만, 처튼은 모든 걸 바꿔놓을 겁니다. 전 순간이동이 우주 여행을, 모든 여행을 대신할 때를, 세계들 사이에 거리가 전혀 없게 될 때를, 우리가 간격을 제어할 때를, 그런 때를 계속 상상하면서, 그게 에큐멘에게, 우리에게, 어떤 의미일지 생각해보지요. 우린 모든 인류를 진정한 하나로, 한 곳으로 묶을 수 있을 겁니다. 하지만 한편으로 더 큰 의미가 있습니다! 순간이동에서 우리가 하는 일은 근원의 순간, 맥동치는 박자와 다시 만나고 복원되는 겁니다……. 하나로 다시 만나는 것, 시간을 탈출하는 것, 영원을 사용하는 겁니다! 당신은 그곳에 있어봤어요, 샨, 제가 하려는 말이 뭔지 느끼겠나요?"

"모르겠습니다." 샨은 말했다. "네……."

"제 여행 테이프를 보고 싶으신가요?" 댈줄이 갑자기 물었다. 눈에는 장난기가 반짝였다. "제가 핸드뷰를 가져왔습니다."

"네!" 포레스트와 리엘은 말했고, 마치 공모자들처럼 창가 자리에 앉은 댈줄 주위로 몰려들었다. 메즈클레트는 이들이 뭘 하는지 보려고 괜히 기웃거렸지만, 음식 수레 위로 올라가 일어서도 키가 너무 작았다.

소형 뷰어를 프로그램하면서 댈줄은 가남에 대해 짤막하게 얘기해주었다. 헤인 팽창대의 가장 바깥쪽 식민지 중 하나인 이 세계는 50만 년 전에 인류 공동체에서 소실되었다. 가남에 인간 선조들의 자손인 주민들이 있을지도 모른다는 점 외엔 어떤 것도 알려진 게 없었다. 그게 정말이라면, 가남으로 가고 있는 에큐멘 우주선은 일반적 방식으로는 궤도에서 오랫동안 관찰을 하다가 이윽고 관측자를 몇 명 내려보낼 것이고, 관측자들은 숨고, 혹은 가능하면 정체를 숨기고, 혹은 필요하면 자신들의 임무를 밝히고, 그동안 정보를 모으고, 언어와 관습을 배우고, 기타 등등 통상적으로 해온 과정을 거칠 것이다. 일반적으로 오랜 시간이 걸리는 과정이었다. 그런데 이 모든 과정이 신기술의 예측 불가능성으로 인해 생략되었다. 댈줄의 작은 우주선은 성층권에서 처튼을 나오려는 원래 의도와 달리 지상에서 100미터쯤 위의 대기에서 처튼을 나왔다.

"남의 눈에 띄지 않게 살짝 입장할 기회가 제겐 없었습니다." 댈줄은 말했다. 말하는 동안 그의 우주선 장비들이 했던 시청각 기록이 작은 스크린에 떴다. 그들은 우주선이 행성을 떠나면서 베 항구의 회색 평원들이 금세 사라져버리는 것을 보았다. "지금입니다." 댈줄이 말했고, 그 순간 그들은 검은 공간에서 빛나는 별들과 도시의 노란색 벽들과 주황색 지붕들, 수로에서 번쩍

거리는 햇빛을 보았다.

"아시겠지요?" 댈줄이 웅얼거렸다. "아무 일도 일어나지 않습니다."

도시는 기울어지다가 안정되었고, 햇빛 찬란한 길들과 광장들에 가득한 사람들 모두가 고개를 들어 손으로 이쪽을 가리키며 의심의 여지 없이 외쳤다. "저길 봐! 저기!"

"저는 상황을 받아들이는 편이 낫겠다고 판단했습니다." 댈줄은 말했다. 댈줄이 우주선을 착륙시키는 동안 우주선 주위의 나무들과 풀들이 위로 삐죽 일어났다. 사람들은 벌써 황급히 도시를 떠나고 있었다. 인간들이었다. 테라코타색 피부에, 다소 건장한 체격을 지녔고, 얼굴이 넓적했으며, 맨팔과 맨발이었고, 화려한 색의 킬트와 질레를 입었고, 남자들은 커다란 금색 귀걸이를 했고, 바구니, 금줄, 새 깃털로 이루어진 머리 장식을 했다.

"가멘." 댈줄은 말했다. "가남의 주민들입니다……. 멋지지 않습니까? 그리고 저 사람들은 시간을 낭비하지 않습니다. 30분 뒤 저들은 저곳에 있었습니다. 저기, 저 여자가 케트입니다. 아찔할 정도로 멋지지 않습니까? 우주선을 보고 놀라 경계를 할 건 뻔했기에, 저는 우선 제가 무방비 상태임을 강조하기로 결심했습니다."

우주선의 카메라에 녹화된, 댈줄이 나가는 영상을 보면서 그들은 그 말이 무슨 의미인지를 깨달았다. 댈줄은 천천히 걸어나가 풀 위에 가만히 섰고, 모여 있는 사람들을 마주 보았다. 댈줄은 벌거벗고 있었다. 무장하지 않았고, 옷도 입지 않았고, 혼자 그곳에 서서 하얀 피부와 은발 머리에 강렬한 햇빛을 받고 있었으며, 두 손을 넓게 벌려 사제들이 봉헌할 때와 같은 자세를 취하고 있었다.

아주 오랫동안 침묵이 이어졌다. 가멘 사이의 대화와 외침이 사그라지고, 뒤쪽 사람들이 좀 더 앞으로 다가왔다. 댈줄은 카메라 시야의 한가운데에서 까딱도 않으며 편안하게 서 있었다. 이윽고—샨은 영상을 지켜보다 숨을 헉 들이쉬었다—여자 한 명이 댈줄을 향해 다가왔다. 여자는 키가 크고 몸집이 강건했으며, 두 팔은 토실토실했고, 눈이 검고 광대뼈가 높았다. 머리털은 금실로 땋아 머리 위에 작은 관 모양으로 틀었다. 그녀는 댈줄 앞에 서서 말했고, 목소리가 맑고 성량이 풍부했다. 단어들이 시처럼 들리고 의식에서 하는 질문처럼 들린다고 샨은 생각했다. 댈줄은 두 손을 가슴 쪽으로 들어 올리는 것으로 대답을 대신했고, 이윽고 다시 두 팔을 넓게 벌리고 손바닥을 위로 했다.

여자는 잠시 댈줄을 응시하다가 울리는 단어를 하나 말했다. 천천히, 근엄하게 형식을 차리며, 여자는 검붉은색 질레를 벗어 가슴과 어깨를 드러낸 뒤 킬트의 끈을 풀고 화려하고 의식적인 손짓으로 킬트를 옆으로 떨어뜨렸으며, 벌거벗은 남자 앞에 역시 벌거벗은 채로 섰다.

여자는 손을 내밀었다. 댈줄은 그 손을 잡았다.

둘은 함께 우주선을 떠나 도시를 향해 걸었다. 뒤에서 사람들이 모여들어 따라왔고, 여전히 침묵했으며, 서두르지도 혼란스러워하지도 않았다. 마치 전에 해본 공연을 다시 하는 듯한 분위기였다.

몇 명만이, 대부분 사춘기 청년이었지만, 뒤에 남아 우주선을 보고 서로 가까이 가보라고 부추겼다. 그들은 호기심에 가득 차고 조심스러웠지만, 겁을 내진 않았다.

댈줄은 테이프를 멈췄다.

"차이를 아시겠습니까?" 댈줄이 샨에게 말했다.

샨은 경외심에 사로잡혀 아무 말도 하지 않았다.

"쇼비의 승무원들이 발견한 것은." 댈줄이 세 명에게 말했다. "개개인의 순간이동 경험이 오직 서로 힘을 합친 노력에 의해서만 통일될 수 있다는 겁니다. 일치시키려는 노력, 함께하려는 노력이죠. 그 사실을 깨닫자, 쇼비의 승무원들은 자신이 어디 있고 무슨 일이 벌어지고 있는지에 대한, 점점 더 위험하게 균열되던 인식에서 벗어날 수 있었습니다. 그렇죠, 샨?"

"이제 사람들은 그것을 혼돈 경험이라 부릅니다." 샨은 그 기억에, 그리고 댈줄과 자신이 한 경험의 차이에 압도되어 말했다.

"시간학자들과 심리학자들은 각고의 노력 끝에 쇼비 여행에서 많은 이론들을 끌어냈습니다." 댈줄이 말했다. "제가 읽어본 바로 그 결론은 무척이나 간단합니다. 상당량의 인식적 부조화, 그 괴로움과 모순이 쇼비 승무원들의 불균형의 효과였다는 겁니다. 승무원들이 얼마나 단결이 잘되었든지 간에, 샨, 당신들은 네 개의 세계, 네 개의 다른 문화들에서 온 열 명의 승무원들이었고, 아주 나이 많은 여자 두 명과, 어린이 세 명까지 있었지요! 만약 통일된 순간이동에 대한 대답이 동조, 조화로운 리듬이라면, 우린 그 동조를 쉽게 만들어야 합니다. 당신들이 결국 그걸 이뤄냈다는 점이 참으로 기적입니다. 그걸 이루는 가장 간단한 방법은 물론, 우회하는 겁니다. 혼자 가는 거죠."

"그럼 당신은 그 경험을 어떻게 상호 검증할 건가요?" 포레스트가 말했다.

"방금 보셨잖습니까. 우주선이 착륙을 기록한 걸요."

"하지만 쇼비의 경우, 우리 장비들은 멈춰버리거나 완전히 불규칙해져버렸습니다." 샨은 말했다. "우리의 인식이 그랬듯 기록에도 통일성이 없습니다."

"바로 그겁니다! 당신들과 장비들은 모두가 하나의 동조 필드 안에 있었고, 서로를 혼란스럽게 만들었습니다. 하지만 단 두 명 혹은 세 명만이 행성 표면에 내려가자, 상황은 훨씬 나았습니다. 착륙선은 완벽하게 기능했고, 행성 표면에서의 테이프들도 깨끗합니다. 무척 역겹긴 하지만요."

샨은 소리 내어 웃었다. "역겹다는 표현이 맞습니다. 일종의 똥통 행성이죠. 하지만, 사령관님, 테이프들에서조차도 행성 표면에 정말로 내려간 게 누구인지는 절대로 분명치가 않습니다. 그리고 그 부분이 우리가 경험한 것 중 가장 혼란스러운 대목이었죠. 전 그베테르와 베턴과 함께 나갔습니다. 착륙선 아래 표면은 불안정했고, 그래서 전 그 둘을 착륙선으로 도로 불러들였으며, 우린 우주선으로 돌아갔습니다. 모든 게 동조된 듯해 보입니다. 하지만 그베테르가 인식하는 바로는, 그베테르는 제가 아니라 베턴과 타이와 함께 행성에 내려갔고, 우주선에서 타이가 자신을 부르는 소리를 들었으며, 그래서 베턴과 저와 함께 돌아왔다고 합니다. 베턴의 인식에서는, 베턴이 타이와 저와 함께 행성에 내려갔습니다. 베턴은 어머니가 착륙선에서 멀어지다가 복귀 명령을 무시하고 행성 표면에 남는 모습을 보았습니다. 그 베테르도 그 장면을 보았습니다. 둘은 타이 없이 귀환했고, 돌아와보니 선교에서 타이가 자신들을 기다리고 있었습니다. 타이 자신은 착륙선을 타고 내려간 기억이 전혀 없고요. 이 네 가지 이야기가 모두 우리의 증언입니다. 이야기들은 모두가 똑같이 진실처럼 보이고, 똑같이 진실이 아닌 듯이 보입니다. 그리고 테이프들은 도움이 되지 않습니다. 우주복 속에 있는 게 누군지 보이지 않으니까요. 행성 표면의 그 똥구덩이에서는 모두가 그 사람이 그 사람같이 보입니다."

"네, 정확히 그겁니다." 댈줄은 앞으로 몸을 숙이며 말했고, 얼굴이 생기 있게 빛났다. "당신이 본 그 암흑, 그 똥구덩이, 그 혼란을 당신 필드의 카메라들도 보았습니다. 그것과 우리가 방금 본 테이프의 차이를 생각해보십시오! 햇살, 활기찬 얼굴들, 화려한 색깔들, 모든 것이 찬란히 빛나고 명료합니다. 간섭이 없어서 그렇습니다, 샨. 세티인들은 말하길, 처튼 필드 안에는 길숙한 리듬들, 궁극적인 파동-입자의 진동뿐 다른 것은 아무것도 없다고 했습니다. 순간이동은 존재를 만드는 리듬의 작용입니다. 세티인들의 초자연물리학에 따르면, 개개인이 불멸과 편재遍在에 참여할 수 있게 하는 건 바로 그 리듬에 접근할 수 있기 때문이라더군요. 전 그 점에서 이런 외삽을 합니다. 순간이동을 하는 개개인은 한 장소를 조화롭게, 즉 정확하게 인식하면서 거의 완벽한 동조에 있어야 똑같은 장소에 도착할 수 있다고요. 우리가 시험해본 한에선, 제 직관적 통찰이 옳다고 확인됐습니다. 한 사람은 제정신으로 처튼할 수 있습니다. 우리가 뭘 하고 있는지 제대로 알게 될 때까진, 열 명은 불가피하게 혼돈을, 혹은 더 나쁜 상황을 경험하게 될 겁니다."

"그럼 네 명은요?" 포레스트가 무미건조하게 물었다.

"네 명은 실험 결과 대조시 표준으로 삼기 위한 통제 집단이라 할 수 있습니다." 댈줄이 말했다. "솔직히, 전 단독으로 혹은 많아야 한 명만 데리고 좀 더 나가보고 싶습니다. 하지만 아나레스에서 온 우리 친구들은, 아시다시피, 자신들이 자기중심주의라 부르는 것에 무척 회의적이랍니다. 그 사람들에게 도덕성은 개인이 아닌 오로지 집단에게만 가능한 것이지요. 또한, 그 사람들은, 어쩌면 다른 뭔가가 쇼비 실험에서 잘못됐을 수 있고, 어쩌면 집단도 한 명만큼 잘 처튼할 수 있을지 모른다, 시도해보기 전에 어찌 알겠느냐, 라고 한답니다. 그래서 저는 타협을 했습니다. 저는 서로 아주 잘 맞으면서 아주 강하게 동기 부여가 되어 있는 두세 명과 함께 절 보내달라고 했습니다. 우릴 다시 가남으로 보낸 뒤 우리가 뭘 보나 한번 보자고 했지요!"

"'동기 부여'란 표현은 부적절합니다." 샨은 말했다. "전 헌신할 준비가 되었습니다. 전 이미 당신의 승무원입니다."

리엘은 고개를 끄덕이고 있었다. 신중하고 무뚝뚝한 포레스트는 그저 이렇게 말할 뿐이었다. "우린 동조 훈련을 하게 됩니까, 사령관님?"

"원한다면요." 댈줄은 말했다. "하지만 훈련보다 중요한 것들이 있습니다. 노래 좀 합니까, 포레스트, 아님 악기 연주라도?"

"노래를 좀 합니다." 포레스트는 말했고, 리엘과 샨은 댈줄이 자신들 쪽을 보자 고개를 끄덕였다.

"이 곡을 알 겁니다." 댈줄은 말한 뒤 부드럽게 노래하기 시작했다. 오래된 노래로, 테라의 막사와 캠프 출신이라면 누구나 다 아는 곡이었다. "서쪽 바다로 가네." 리엘이 함께 노래하기 시작했고, 곧 샨, 그다음엔 포레스트가 의외의 깊고 울리는 목소리로 같이 노래했다. 재잘대는 대화 소리를 뚫고 이들의 하모니가 울리자, 가까이 있는 다른 사람들 몇 명이 몸을 돌려 노래를 들었다. 메즈클레트는 음식 수레도 팽개치고 서둘러 다가왔다. 눈이 커졌고 반짝거렸다. 일행은 웃으며 길고 부드러운 화음으로 노래를 마쳤다.

"이게 동조입니다." 댈줄이 말했다. "우리가 가남에 가져다줘야 할 건 음악이 답니다. 끝까지 남는 건 결국 음악이니까요."

미소 지으며 포레스트, 그다음엔 리엘이 술잔을 들었다.

"음악에 건배!" 샨은 취기와 날아갈 듯한 행복감을 느끼며 말했다.

"갈바 호의 승무원들에게 건배!" 댈줄은 말했고, 다 함께 술을 마셨다.

승무원들의 유대감을 기르기 위한 이스예예의 최소 기간은 당연히 허용되었고, 그동안 승무원들은 충분한 시간을 두고 처튼 문제에 대해 토론했다. 댈줄과 토론했고, 자기들끼리도 토론했다. 그들은 우주선의 테이프들을 보았고, 댈줄이 가남에 짧게 체류한 기록을 달달 외울 정도까지 읽고 또 읽은 뒤, 그렇게 하는 것이 현명한가를 두고 논의했다. "우린 댈줄이 보고 말한 모든 것을 그저 객관적 사실로 받아들이고 있어." 포레스트가 지적했다. "우리가 무슨 대조 표준 집단이 될 수 있겠어?"

"댈줄의 기록과 우주선의 테이프들은 완벽하게 일치해." 샨은 말했다.

"왜냐하면, 만약 댈줄의 이론이 옳다면, 댈줄과 장비들이 동조되었기 때문이지. 우주선과 장비들에서 인식되는 실재는 그 사람, 즉 순간이동 중인 지적 존재가 인식한 실재일 뿐이야. 세티인들이 처튼에 대해 한 가지 확신하는 게 있다면, 그건 지성체가 그 과정에 관련되기 시작하면 세티인들은 더는 그걸 이해 못 한다는 점이야. 로봇 우주선을 보내면, 아무 문제가 없어. 아메바와 귀뚜라미를 보내면, 아무 문제가 없어. 고도의 지성체를 보내면, 그걸로 모든 게 바뀌어버려. 네가 탔던 우주선은 네 현실의 일부였어. 서로 다른 열 개의 현실 말이야. 장비들은 순순히 그 부조화들을 기록했거나, 혹은 부조화들 때문에 오작동과 작동 정지를 일으킬 지경까지 영향을 받았어. 오직 너와 동료 모두가 함께 노력해 동조된 현실을 구축할 때, 우주선도 거기에 반응하고 기록을 시작할 수 있는 거지. 내 말이 맞아?"

"맞아. 하지만, 어딘가에 사실이 있다는 생각 없이 산다는 건 참으로 힘든 일이야. 누가 그걸, 그 사실을 찾을 수 있다면 말이지만.” 샨이 말했다.

“허구일 뿐이야.” 포레스트가 서슴 없이 말했다. “사실은 우리의 가장 뛰어난 허구들 중 하나지.”

“하지만 음악이 최우선이야.” 샨은 말했다. “그리고 춤은 사람들을 음악으로 존재하게 할 수 있지. 내 생각에 댈줄은 우리가…… 우리가 가남에 맞춰 춤출 수 있다고 생각하는 것 같아.”

“난 그게 맘에 들어.” 리엘은 말했다. “그리고 내 말 들어봐. 허구 이론에 따르면, 우리는 댈줄의 기록들과 댈줄 우주선의 테이프들을 ‘믿지’ 않도록 조심해야 해. 그것들은 허구야. 하지만 우리가 오로지 쇼비 실험을 근거로 처튼 경험이 필연적으로 인식이나 인식의 판단을 왜곡시킨다는 가설을 받아들이지 않는다면, 댈줄의 기록들을 믿지 않을 이유가 전혀 없어. 댈줄은 노련한 관측자이자 게슈탈트에 능하거든.”

“댈줄의 보고서에는 다소 익숙한 종류의 허구 요소들도 있어.” 포레스트는 말했다. “댈줄이 올 걸 명백히 알고 목 빼고 기다리다가 벌거벗은 댈줄을 자신의 성으로 데려가 그곳에서 적절한 의식과 예의를 차린 뒤 댈줄과 섹스를 하는, 그것도 아주 훌륭한 섹스를 나누는 공주님 같은 요소 말이야. 못 믿겠다는 말이 아니야. 그렇지 않아. 진짜같이 보이고 진짜같이 들려. 하지만 그 공주가 이 사건들을 어떻게 인식했는지를 알면 흥미로울 듯하네.”

“직접 거기 가서 공주와 얘기해보기 전엔 절대 알 수 없지.”

리엘이 말했다. "어쨌거나, 뭐 하러 뜸을 들여?"

갈바는 성계 안을 운항하는 헤인의 유리 우주선이었고, 처튼 장치를 새롭게 장착했다. 갈바는 쇼비의 착륙선보다 별로 크지 않은, 상당히 작은 거품형 우주선이었다. 갈바에 들어가며 샨은 다소 좋지 않은 순간을 몇 번 겪었다. 대혼돈, 처튼에서 겪었던 무감각과 무중심의 경험이 다시 생생하게 떠올랐다. 또다시 그런 경험을 해야 하나? 그럴 가능성이 있나? 타이를 생각하면 마음이 아주 쓰리고 아팠다. 타이는 지금 이곳에 있어야 했다. 그때 그곳에 있었듯이. 샨이 쇼비에서 사랑하게 된 타이, 그리고 때 묻지 않은 아이인 베턴. 샨은 그 둘이 필요했고, 그 둘은 이곳에 있어야 했다.

포레스트와 리엘이 해치를 통과했고, 뒤따라 댈줄이 들어왔다. 댈줄의 집중된 에너지가 마치 오라나 후광처럼 그의 존재 자체를 빛냈다. 독선교도들이 댈줄을 신으로 여긴 것도 당연하다고 샨은 생각했고, 또한 가멘이 댈줄에게 보여준, 격식을 차렸으며 경건하기까지 한 환영을 생각했다. 댈줄은 초자연력, 즉 다른 이들이 반응하는 힘, 동조되게 만드는 힘으로 가득 차 있었다. 샨은 모든 걱정이 스르르 사라졌다. 댈줄과 함께라면 혼돈 따위는 전혀 없을 것임을 샨은 알았다.

"연구자들은 제 우주선보다는 거품형 우주선이 통제하기 쉬울 거라 생각했습니다. 이번엔 지붕 바로 위에 나타나지 않게 조심할 겁니다. 그런 식으로 갑자기 눈앞에 물질화됐으니 절 신이라 생각한 것도 당연합니다!" 샨은 댈줄이 자기 생각을 메아리치게 하는 방식에 이미 익숙해져 있었고, 리엘과 포레스트의 방식에도 익숙했으며, 그렇게 될 줄 알고 있었다. 그들은 동조 상태였고, 이게 그들의 강점이었다.

그들은 각자 자리를 잡았다. 댈줄은 처튼 조종간 앞에 앉고, 리엘은 AI에 접속하고, 샨은 비행 조종간 앞에 앉고, 포레스트는 게슈탈트와 조수를 맡았다. 댈줄은 주위를 둘러보고 고개를 끄덕였고, 샨은 베 항구에서 수백 킬로미터 밖으로 그들을 데려갔다. 행성의 곡선이 멀어지고 별들이 발아래에서, 주위에서, 머리 위에서 빛났다.

댈줄은 노래하기 시작했다. 멜로디는 아닌, 그저 깊고 풍부한 '라' 음이었다. 리엘이 한 옥타브 올려 노래에 참여했고, 이어서 포레스트가 그 사이의 '파' 음을, 그리고 샨은 자기도 모르게 마치 교회 오르간이라도 되는 것처럼 안정적인 중앙 '도' 음을 내고 있었다. 리엘은 한 옥타브 위 '도' 음으로 바꿨고, 댈줄과 포레스트는 3화음을 노래했으며, 코드가 바뀌자 샨은 누가 어느 음을 노래하는지 모르는 채 그저 노래를 들으며, 별들이 이루는 천구와, 오랫동안 이어지는 합창 속에서 강해졌다 약해졌다를 반복하는 달콤한 주파수로만 존재했다. 이윽고 댈줄은 조종간을 건드렸고, 도시 위의 푸른 하늘에 노란 태양이 높이 떴다.

샨은 비행을 멈추지 않았다. 빨간색과 주황색 지붕들, 흙바닥의 광장들이 갈바 아래에서 기울어졌다. "저긴 어떻습니까, 샨." 댈줄이 수로 옆의 좁고 긴 초록색 땅을 가리키며 말했고,

샨은 길게 미끄러지다 가볍게 풀을 스치며 손쉽게, 그리고 비누 거품처럼 부드럽게 갈바를 착륙시켰다.

샨은 다른 이들을 둘러보고 벽 너머를 내다보았다.

"푸른 하늘, 초록색 풀, 정오가 거의 다 됐고, 원주민들이 다가오고 있습니다." 댈줄이 말했다. "맞지요?"

"맞습니다." 리엘은 말했고, 샨은 소리 내어 웃었다. 이번엔 감각의 불일치가 없었고, 인식의 혼란도 없었으며, 불확실함의 공포도 없었다. "우리가 처튼을 했어요." 그가 말했다. "우리가 해냈어요. 우리가 가남에 맞춰 춤을 췄다고요!"

수로 옆의 농부들이 한데 모이더니 그들을 지켜보았다. 다가오길 겁내는 듯했다. 하지만 곧 도시에서 올라오는 흙길에 사람들이 보이기 시작했다. "내 생각에는 환영위원회가 분명합니다." 댈줄이 말했다.

넷은 거품 우주선 옆에서 기다렸다. 이 순간의 긴장은 유난히 생생한 감정과 감각을 계속 고조시키기만 했다. 샨은 도시의 골짜기를 둘러싼 저 두 화산의 아름답고 황량한 윤곽선을 안다고 느꼈고, 저것들을 알고 또 절대 잊지 못할 거라 느꼈고, 공기의 냄새와 빛의 떨어짐과 잎 아래 그늘의 어두움을 안다고 느꼈다. 이곳은 '여기지금'이야. 샨은 기쁘게 확신하며 혼잣말했다. 나는 여기지금에 있고, 거리도 간격도 없어.

공포 없는 긴장. 깃과 털로 장식하고 어깨가 떡 벌어지고 팔이 강건한 남자들이 무표정한 얼굴로 그들을 향해 착착 걸어오다가 앞에서 발을 멈췄다. 나이가 지긋한 남자 한 명이 고개를 살짝 끄덕이고 말했다. "셈 대주." 댈줄은 가슴에 손을 댔다가 벌려 포옹하는 몸짓을 하며 말했다. "비아카!" 다른 남자들이 말했다. "대주, 셈 대주." 그리고 일부가 댈줄의 행동을 흉내 냈다.

댈줄은 "비아카, 베야"—친구—라고 말한 뒤 그들에게 동료들을 소개하며 동료들의 이름과 친구란 단어를 되풀이해 말했다.

"포예스." 나이 든 비아카가 말했다. "샨. 이예." 그는 자신이 '리엘'과 그리 비슷하게 발음하지 못했다는 걸 알고 살짝 얼굴을 찌푸렸다. "친구들. 환영받습니다. 옵니다, 가남에 옵니다." 짧았던 첫 체류 동안, 댈줄은 헤인 언어학자들이 작업할 수 있을 만큼 언어를 많이 기록하지 못했다. 빈약한 테이프들만으로 헤인 언어학자들과 그들의 똑똑한 유추기들은 어휘와 문법에 대한 작은 소책자를 만들어냈고, 샨은 물음표 표시로 가득한 이 소책자를 열심히 공부했다. 샨은 '베야', '키유기', '환영받습니다(?)', '집에 있습니다(?)'를 기억했다. 힐퍼*이자 언어학자인 리엘은 소책자를 더 오래 공부하고 싶었을 것이다. "직접 들으며 그 언어를 공부하는 게 낫습니다." 댈줄은 그렇게 말했었다.

그들은 가남 시로 이어지는 흙길을 걸었고, 그 강렬한 인상은 샨을 압도하기 시작했다. 어떤 것도 알려지지 않았고 모든 것이 원래 그대로, 있어야 할 그대로인 세계의 촉감과 냄새와 박동, 돌과 진흙과 화려한 조각으로 이루어진 이 작은 도시, 금색 태양빛 속에 이글거리며, 장엄하고, 인간적인 이곳의 열기와 광휘,

*'고도 지성 생명체(highly intelligent life form)'를 연구하는 학자.

붉고 노란 흙벽들, 붉은 토기색의 맨 가슴과 어깨들, 보라색과 빨간색과 주황색과 밤색의 줄무늬가 지고 자수 놓인 망토와 조끼와 킬트, 번쩍이는 금과 까닥거리는 깃털, 기름과 향과 먼지와 연기와 음식과 땀의 냄새, 수많은 목소리들, 돌과 땅에 샌들이 찰싹이는 소리와 맨발의 털벅거리는 소리, 종 소리, 징 소리, 다른 곳과 뭔가 달라 보이는 빛이 찬란하게 섞여 샨의 시야를 흐릿하게 하고 강렬하게 압도했다. 샨이 이제껏 알던 그 무엇보다도 생소하면서, 동시에 멀리 떠났다가 다시 고향으로 돌아온 듯한 느낌이었다. 눈물이 앞을 가렸다. 우린 모두 하나야, 샨은 생각했다. 우리 사이에 거리는, 시간은 전혀 없어. 우리가 해야 할 일은 그저 발을 디뎌 건너가는 것뿐이고, 우린 함께 여기에 있어. 샨은 댈줄 옆에서 걸었고, 사람들이 엄숙하고 조용하게 댈줄을 반기는 소리를 들었다. 그들은 말했다. 셈 대주, 셈 대주, 키유기. 집에 오셨군요.

처음 며칠은 모두 과부하였다. 가끔 샨은 자신이 생각하길 멈췄다고 생각했다. 그저 경험하고, 받아들였고, 처리하진 않았다. "처리는 나중에 하십시오." 샨의 얘기를 듣고 댈줄은 껄껄 웃으며 말했다. "어른이 아이가 될 기회가 얼마나 자주 오겠습니까?" 사실 이 상황은 아이가 되는 것과 비슷했다. 사건들에 아무런 통제력이 없으면서 그에 대한 책임도 전혀 없었다. 예상 가능한 혹은 믿을 수 없는 사건들이 일어났고, 샨은 그 사건들의 일부였으며, 동시에 그 사건이 일어나는 것을 지켜보았다. 그들은 댈줄을 자신들의 왕으로 만들려 했다. 우스우면서도 더할 나위 없이 자연스러웠다. 왕이 후계자 없이 죽는다. 은빛 남자가 하늘에서 갑자기 뚝 떨어지고 공주가 말한다. "바로 이 남자다." 은빛 남자는 사라졌다가 온갖 기적을 행할 수 있는 야릇한 동료 세 명을 데리고 돌아온다. 주민들은 그를 왕으로 세운다. 그를 왕으로 만드는 것 말고 달리 뭘 할 수 있겠는가?

리엘과 포레스트는 물론, 원주민 문화와 이렇게 깊이 관련되는 것을 꺼리고 불안해했지만, 댈줄에게 달리 어떻게 하자고 할 대안이 없었다. 단순한 권위보다는 왕권이 단연 명예스러웠기에, 그들은 댈줄이 가멘이 원하는 대로 하는 게 나을 것임을 인정했다. 댈줄의 상황을 제대로 보려 애쓰면서, 그들은 일찌감치 헤어졌고, 서민들과 함께 있을 수 있는 시장 가까운 집에 살며 댈줄에겐 없는 행동의 자유를 즐겼다. 왕 후보가 되었을 때의 문제는 하루 종일 '터부'들을 지켜보며 궁궐을 어슬렁거려야 한다는 점이라고 댈줄은 샨에게 말했다.

샨은 댈줄 옆에 남았다. 비아카는 무질서하게 뻗어나간 진흙 궁전의 수많은 부속건물 중 하나를 혼자 쓰라고 샨에게 주었다. 샨은 그곳을 비아카의 아내의 친척인 아부드와 공유했고, 아부드는 집 관리를 도와주었다. 댈줄도, 그리고 댈줄을 맞이한 원주민들도 샨에게 그 무엇도 하길 기대하지 않았다. 샨은 모든 시간을 맘대로 쓸 수 있었다. 처튼 연구 그룹은 그들에게 가남에서 30일을 머무르라고 했다. 하루하루가 반짝이는 물처럼 흘러갔다. 샨은 에큐멘을 위해 일기를 쓰려 애썼지만, 이곳의 경험에 대해 얘기하고 분석함으로써 경험의 연속성을 깨는 게 몹시 싫다는 것을 깨닫게 됐을 뿐이었다. 요점은 아무 일도 일어나지 않았다는 것이라고 생각하며 샨은 웃었다.

좀 다른 방식으로 두드러졌던 유일한 경험은 샨이 늙은 비아카의 조카딸(?)과 그녀의 남편(?)과 보낸 하루였다. 샨은 친족 체계를 제대로 이해하려고 애썼지만, 물음표는 계속 남았고, 어떤 이유에서 이 젊은 부부는 자신들의 이름을 쓰지 않는 듯이 보였다. 그들은 두 개의 화산 중 더 큰 쪽인 이야나남의 비탈면 폭포로 이어지는 길고 아름다운 산책길로 샨을 데려갔다. 샨은 이곳이 성스러운 곳이며 이 부부가 자신에게 보여주고 싶어 하는 곳임을 이해했다. 샨은 이 성스러운 폭포가 성스러운 발전기의 동력 공급원임을 알고 무척 놀랐다. 동행들이 설명할 수 있는 한, 그리고 샨이 이해할 수 있는 한, 가멘은 수력발전의 원리를 아주 충분히 이해하고 있었지만, 도체는 지독하게 부족했고, 생산한 전기를 딱히 실제로 쓸 곳도 없었다. 그들은 전기의 응용보다는 성질에 대해 토론하는 듯했지만, 샨은 토론 내용을 거의 이해하지 못했다. 샨은 전기를 쓰는 곳이 과연 있느냐고 물으려 애썼으나, 샨이 할 수 있는 말은 "어딘가에서 나와요?"가 고작이었다. 이럴 때마다 샨은 자신이 아이 혹은 반푼이 같다는 그다지 달갑잖은 느낌을 받았다. 네, 젊은 여자는 말했다, '바셈미아크바다'일 때 '이시카넴'에서 나와요. 샨은 고개를 끄덕이고 메모를 했다. 가멘들이 다 그러하듯, 샨의 동행들은 샨이 기록기에 대고 말하는 모습을 흥미롭게 바라보았고, 조그만 화면에 나타나는 조그만 기호들이 귀여운 마법이라도 된다는 듯 즐겁게 지켜보았다.

그들은 샨을 작은 발전기 건물에 증축한 테라스로 데려갔다. 대충 다듬은 돌들을 놀랄 만큼 복잡하게 쌓아 만든 테라스였다. 그들은 뭔가를 설명하려 애쓰며 하류를 가리켰다. 샨은 반짝이며 빠르게 흘러가는 물 속에서 뭔가 빛나는 것을 보았지만, 그게 뭔지는 알아볼 수 없었다. 헤다, 터부, 그들은 말했다. 이건 댈줄에게 배워 잘 아는 단어였다. 그러나 샨은 지금까지 그 어떤 헤다와도 마주친 적이 없었다. 그들이 계속 말하는 동안, 샨은 그들이 서로 나누는 대화에서 '대주'란 이름을 알아들었지만, 그 외엔 전혀 내용을 이해할 수 없었다. 그들은 흙으로 만든 작은 제단을 지나갔고, 가멘의 약식 예배 방식에 따라 각자 근처 나무에서 잎을 하나씩 따서 그곳에 놓았다. 이윽고 늦은 오후의 긴 햇살 속에서 산비탈을 내려가기 시작했다.

가파른 산길의 굽이를 돌자, 거대한 골짜기를 따라 흐릿한 금빛의 저 먼 아래쪽에 정착지 두 곳이 더 보였다. 마을 혹은 도시였다. 샨은 정착지들을 보고 놀랐고, 그다음엔 자신이 놀랐다는 점에 놀랐다. 샨은 자신이 가남에 있다는 점에 너무 열중한 나머지 이곳이 이 세계의 유일한 장소가 아님을 잊고 있었음을 깨달았다. 샨은 손가락으로 가리키며 물었다. "가멘 것?" 약간의 토론 후, 아마도 샨의 말이 대체 무슨 뜻인지에 대한 토론이 있은 후, 그들은 아니라고, 오직 가남만이 가멘의 것이라고, 저 도시들은 다른 이들의 도시라고 했다.

그렇다면, 그 세계가 가남이라 불린다는 댈줄의 생각이 맞았던 걸까, 아니면 그 이름은 단지 그 도시와 그 지역만을 뜻하는 거였을까? "테구드 아오? 당신은 뭐라 부르죠?" 샨은 물으며 땅을 두드리고 두 팔을 저어 골짜기 전체와 등 뒤의 산과 눈앞의 다른 산을 가리켰다. "나남 테구디예흐." 비아카의 조카딸(?)이 주저하며 말했지만, 그녀의 남편(?)은 그렇지 않다고 말했고, 둘은 1마일 정도를 걷는 동안 그에 대해 알아들을 수 없는 토론을 했다. 샨은 포기하고 기록기를 치워버렸고, 가남의 금빛 벽들을 향해 내려가며 차가운 저녁 공기 속의 산책을 즐겼다.

이튿날, 혹은 어쩌면 그 이튿날, 샨이 궁전 자기 구역의 벽으로 둘러싸인 정원에서 과일나무를 가지치기하는데 댈줄이 들렀다. 가지치기용 칼은 얇고, 우아하게 곡선을 그리며 살짝 휘어진 강철 칼날에, 길이 잘 든 나무 손잡이가 달려 있었다. 칼날은 면도칼처럼 날카로웠다. "이건 정말 훌륭한 도구예요." 샨이 댈줄에게 말했다. "전 할머니에게 가지 치는 법을 배웠습니다. 에큐멘에 합류한 이후론 그다지 기술을 연마할 수 없었지만요. 여기 사람들은 과수 재배 능력이 뛰어납니다. 전 어제 여기 사람들 몇 명과 밖에 나가 얘기를 했습니다." 그게 어제였던가? 그건 중요하지 않았다. 시간은 기간이 아니라 밀도였다. 시간은 박자와 간격이라고, 샨은 나무가 자라는 내적 리듬과 나뭇가지들이 이루는 일정한 간격을 꼼꼼히 살피면서 생각하고 있었다. 연年은 꽃이고, 세계는 열매다……. "가지치기를 하면 전 시인이 되는 것 같습니다." 샨이 말하고는 댈줄을 보며 덧붙였다. "무슨 문제라도 있습니까?" 그건 건너뛴 심장박동, 잘못된 음, 춤에서 잘못 밟은 스텝과 비슷했다.

"모르겠습니다." 댈줄이 말했다. "잠시 좀 앉죠." 둘은 발코니 아래 그늘로 가서 판석 위에 다리를 꼬고 앉았다. "아마도 전 이곳 사람들에 대한 제 직관적 이해를 지나치게 믿은 듯합니다. 몸을 뒤로 빼는 대신 제 직감에 따라 행동했고, 언어를 한 단어 한 단어 배우고 정확히 규칙대로 했습니다……. 모르겠습니다. 하지만 뭔가가 어긋났습니다."

샨은 댈줄이 말하는 동안 그의 강하고 생기 넘치는 얼굴을 지켜보았다. 댈줄의 하얀 얼굴은 강렬한 햇빛에 타서 좀 더 인간적인 색으로 변했다. 댈줄은 자신의 셔츠와 바지를 입었지만 회색 머리는 가멘 남자들처럼 늘어뜨렸고, 금을 섞어 짠 좁은 머리띠를 해서 왕처럼 당당하면서도 미개해 보이는 인상을 주었다.

"이곳 사람들은 미개인입니다." 댈줄이 말했다. "어쩌면 제가 인정하고 싶은 것 이상으로 더 폭력적이고 더 원시적입니다. 이 사람들이 기어코 제게 수여하려는 왕의 신분도, 영광이나 성스러운 예식적 행동 이상의 뭔가라고 봐야 하지 않나 의심이 듭니다. 결국 정치적인 거죠. 적어도, 왕으로 선택되었기 때문에 경쟁자를 만든 것 같습니다. 적을요."

"누구요?"

"아케타."

"모르는 사람이군요. 여기 궁에 있는 사람이 아닌 모양이지요?"

“궁에 없습니다. 그자는 비아카의 사람이 아닙니다. 그자는 처음 제가 왔을 땐 다른 곳에 가 있었던 듯합니다. 제가 비아카의 말을 이해하기론, 아케타라는 자는 자신이 왕위 계승자이자 공주의 적법한 짝이라 여기고 있습니다.”

“케트 공주요?” 샨은 한 번도 공주와 말해본 적이 없었다. 공주는 늘 멀리 떨어져 있었고, 궁전의 자기 구역에만 머물렀지만, 댈줄에겐 자기 구역으로 방문해도 좋다고 허락해주었다. “공주는 이 아케타란 자에 대해 뭐라던가요? 공주는 당신 편이 아니었나요? 결국, 공주가 당신을 선택했으니까요.”

“공주는 제가 왕이 될 거라 말합니다. 그 점은 바뀌지 않았어요. 하지만 공주가 바뀌었습니다. 공주는 궁전을 떠났어요. 사실 제가 아는 한, 공주는 이 아케타란 자의 식솔이 되어 살기 위해 갔습니다! 맙소사, 샨, 남자가 여자를 이해할 수 있는 세계란 게 이 우주에 존재하기는 하나요?”

“게센이 있지요.” 샨은 말했다.

댈줄은 껄껄 웃었지만, 깊이 생각하느라 얼굴은 계속 긴장되어 있었다. “당신에겐 짝이 있습니다.” 댈줄은 잠시 후 말했다. “어쩌면 그게 답일지도요. 전 한 번도 여자와 함께 제가 아는 곳, 정말로 아는 곳에 가본 적이 없습니다. 여자가 원하는 것, 여자의 본모습이 무엇인지도 안 적이 없습니다. 끝까지 참고 버티면, 결국엔 가능하던가요?”

샨은 자신보다 나이 많고 똑똑한 이 남자에게서 이런 질문을 받고 감명받았다. “저도 모릅니다. 타이와 전…… 우린 어느 정도는 서로를 압니다. 하지만 그건 쉽지 않죠, 모르겠습니다……. 하지만 공주에 대해서라면…… 리엘과 포레스트는 언어를 배우느라 사람들과 얘기를 해봤습니다. 여자로서, 어쩌면 둘에게 통찰력이 좀 있지 않을까요?"

"둘은 여자이기도 하고 아니기도 하죠." 댈줄이 말했다. "바로 그 때문에 제가 그 둘을 고른 겁니다, 샨. 진짜 여자 두 명과 함께였다면, 심리적 역동성이 너무 복잡해졌을지도 모릅니다."

샨은 아무 말도 하지 않았고, 또다시 뭔가가 빠졌거나 자신이 뭔가를 오해하며 놓치고 있다는 느낌을 받았다. 샨은 타이를 만나기 전까지는 자신이 대부분 남자에게 성적 매력을 느꼈다는 걸 댈줄이 아는지 궁금해졌다.

"생각해보십시오." 댈줄은 말했다. "가령, 만약 공주가 그 두 사람을 제 섹스 파트너로 생각해서 그 둘 중 하나 혹은 둘 다에게 질투심을 느낀다면요. 그건 위험천만한 일일 겁니다! 사실, 그 둘은 전혀 위협거리가 안 됩니다. 물론, 조화를 위해, 전 모두 남자이길 바랐습니다. 하지만 헤인의 장로들은 대부분 나이 든 여자들이고, 전 그 사람들에 맞춰야만 했습니다. 그래서 전 당신과 당신 파트너, 즉 결혼한 커플에게 부탁했지요. 당신 파트너가 올 수 없게 되자, 이 두 명이 최고의 해답이라 보였고요. 그리고 이제까지 그 둘은 감탄할 만큼 임무를 잘 수행하고 있습니다. 하지만 공주처럼 제대로 여자인 사람의 마음속에서 혹은 호르몬 속에서 뭐가 진행되는지에 대해선, 그 둘은 제게 말해줄 준비가 되어 있지 않은 것 같습니다."

심장박동이 다시 한 번 건너뛰었다. 샨은 테라스의 거친 돌을 한 손으로 문질렀고, 자신이 어째서 혼란스러워하는지 의아해했다. 원래 주제로 돌아가려 애쓰며 샨은 물었다. "만약 그게 정치적 왕권이라면, 성스러운 예식의 것이 아니라면, 아마도, 말하자면, 그냥 왕 후보가 되지 않겠다고 물러날 수 있지 않을까요?"

"아, 그건 성스러운 겁니다. 제가 물러나는 유일한 길은 도망치는 겁니다. 베 항구로 처튼해 돌아가는 거지요."

"갈바를 몰고 이 행성의 다른 곳으로 날아갈 수도 있습니다." 샨은 제안했다. "다른 곳을 관찰하는 거지요."

"비아카가 제게 해준 말에 따르면, 떠나는 것은 사실 대안이 못 됩니다. 케트의 변절로 확실한 분열이 생겨났고, 만약 아케타가 권력을 잡으면, 아케타의 지지자들은 비아카와 그의 사람들 모두에게 앙갚음을 할 겁니다. 진정한 그리고 성스러운 왕의 사람을 화나게 한 데 대한 피의 제물이지요……. 종교와 정치! 다른 사람도 아니고 제가 어찌 그리 상황 파악을 하지 못할 수가 있었을까요? 제 욕망이 시키는 대로, 그냥 눈 딱 감고 좀 원시적인 전원생활을 할 방법을 찾았다고 저 자신을 속일 수도 있겠죠. 하지만 지금 우리는 가지 치는 낫과 검을 극도로 날카롭게 갈아두는 지적인 야만인들 사이의 파벌 싸움과 성적性的 경쟁 사이에 놓여 있습니다." 댈줄은 갑자기 웃음 지었고, 옅은 색 눈이 반짝였다. "여기 사람들은 참으로 굉장합니다. 이 사람들은 우리가 우리의 교육, 산업, 과학을 얻으며 잃어버린 모든 것입니다. 욕망에 솔직하고, 지독히 열정에 차 있으며, 근본이 꽉 차 있습니다. 전 여기 사람들을 사랑합니다. 만약 이곳 사람들이 절 자신들의 왕으로 만들고 싶어 한다면, 맹세컨대 저는 머리에 깃털을 한 바구니 가득 꽂고 왕이 될 겁니다! 하지만 그 전에, 전 아케타와 그 패거리를 다룰 방법을 찾아야 합니다. 그리고 아케타를 해결할 유일한 실마리는 우리의 변덕스러운 케트 공주뿐인 듯합니다. 아무리 작은 거라도 뭐든 알아내면, 제게 말해주십시오, 샨. 전 당신의 조언과 도움이 필요합니다."

"기꺼이 그러겠습니다." 샨은 말하고 다시 바위를 만졌다. 댈줄이 떠난 뒤, 샨은 이제까지 댈줄이 예상 외로 이성에게 수줍음이 많은 탓에 하지 못했던 일을 자신이 해야겠다고 결심했다. 바로 포레스트와 리엘에게 가서 조언과 도움을 청하는 것이었다.

샨은 둘의 집으로 출발했다. 놀랄 만큼 시끄럽고 향기로운 시장을 통과하면서 샨은 언제 그 둘을 마지막으로 봤나 자문했고, 벌써 못 본 지 며칠이 지났음을 깨달았다. 그동안 난 뭘 하고 있었지? 과수원에 있었다. 산에, 이야나남에 있었고, 그곳엔 발전기가 있었으며…… 거기서 다른 도시들이 있는 걸 보았고…….

가지 치는 낫은 강철이었다. 가멘이 철을 어떻게 만들었지? 주물 공장이 있나? 교역을 통해 구했나? 샨은 마음속에서 이 문제들을 나른하게 그리고 열심히 이리저리 생각했고, 그러면서 안뜰로 들어왔다. 안뜰에선 포레스트가 테라스의 쿠션에 앉아 책을 읽고 있었다.

"어." 포레스트가 말했다. "다른 행성에서 온 방문자잖아!"

샨이 마지막으로 여기 온 지 상당히 오랜 시간이 흘렀다. 여드레? 열흘?

"그동안 어디 있었어?" 샨이 혼란스러워하며 물었다.

"바로 여기 있었지. 리엘!" 포레스트는 발코니 쪽에 대고 외쳤다. 조각된 난간 너머로 여러 개의 머리가 이쪽을 보았고, 곱슬머리의 한 명이 말했다. "샨! 바로 갈게!"

리엘은 티푸 씨앗 한 단지를 들고 나타났다. 가남에서 흔히 볼 수 있는, 씹는 느낌이 좋은 가벼운 간식거리였다. 셋은 테라스에 둥글게 앉았고, 반은 햇빛, 반은 그늘 속에 있으면서 티푸 씨앗을 깨 먹고 있었다. 전형적인 유인원들이라고 리엘은 말했다. 리엘은 진심으로 따뜻하게 샨을 맞아주었지만, 그럼에도 두 여자는 확연히 조심스러운 태도를 보였다. 둘은 샨을 지켜보았고, 아무것도 묻지 않았으며, 그저 보려고 기다렸다…… 뭘? 그들을 마지막으로 본 게, 그럼 얼마나 오래된 거지? 샨은 갑자기 불편한 떨림을 느꼈고, 심장이 덜컥 내려앉는 느낌 때문에 따뜻한 사암을 손바닥으로 짚으며 몸을 지탱했다. 지진이었나? 휴화산 두 개 사이에 세워진 도시는 가끔 조금씩 진동할 때가 있었고, 벽에서 진흙이 살짝 떨어지고 지붕에서 작은 주황색 타일이 떨어지곤 했다……. 포레스트와 리엘은 샨을 지켜보았다. 아무것도 흔들리지 않았고, 아무것도 떨어지지 않았다.

"궁전에서 댈줄에게 모종의 문제가 생겼어." 샨은 말했다.

"그렇군." 포레스트는 완벽하게 무관심한 말투로 말했다.

"왕위를 주장하는 원주민, 왕위 요구자 혹은 계승자가 나타났어. 그리고 공주는 지금 그자와 함께 있어. 하지만 공주는 아직도 댈줄에게 댈줄이 왕이 될 거라고 말해. 만약 이 왕위 요구자가 권력을 차지하면, 분명 비아카의 사람들 모두에게, 댈줄을 지지한 모두에게 보복하겠다고 을러댈 거야. 정확히 댈줄이 피하고 싶어 하는 종류의 곤란한 상황이지."

"그런 상황을 해결하는 데는 댈줄만 한 사람이 없잖아." 포레스트는 말했다.

"내 생각엔 댈줄은 지금 상당한 곤경에 처해 있다고 느끼는 듯해. 댈줄은 공주가 지금 무슨 생각으로 저러는 건지 이해하지 못해. 내가 보기엔 이 부분이 댈줄을 가장 괴롭히는 것 같아. 난 너희들이라면 공주가 왜 댈줄의 품에 자발적으로 뛰어들었다가 댈줄의 경쟁자에게로 가버렸는지 알지도 모르겠다 싶었어."

"지금 말하는 게 케트에 대한 거지?" 리엘이 조심스레 말했다.

"응. 댈줄은 케트를 공주라 불러. 케트가 공주 아니야?"

"댈줄이 그 단어를 무슨 뜻으로 썼는지 모르겠네. 그 단어엔 많은 뜻이 함축되어 있어. 만약 그 말이 '왕의 딸'이란 뜻이라면, 그 말은 적합하지 않아. 왕은 없으니까."

"지금은 없지만……."

"한 번도 없었어." 포레스트는 말했다.

샨은 화가 터지려는 것을 꾹 참았다. 샨은 얼뜨기 아이 취급에 질리고 있었고, 포레스트는 상대가 짜증 날 정도로 침묵을 지킬 수 있었다. "들어봐." 샨은 말했다. "내가, 내가 착각을 했었나봐. 내 말 좀 들어봐. 난 여기 사람들의 왕이 죽었다고 생각했어. 그리고 새 왕을 찾는 동안 댈줄이 신비롭게 하늘에서 내려오자, 여기 사람들은 댈줄이 '왕의 홀을 쥘 자'로 신성하게 점지되었다고 본 거고. 내 생각이 완전히 틀린 거야?"

"신성하게 점지된 건 맞는 것 같아." 리엘은 말했다. "확실히 성스러운 일들이야." 리엘은 주저했고, 포레스트를 보았다. 샨은 자신들이 한 팀으로 일했다고 생각했지만, 지금 이 순간, 그 팀에 샨은 없었다. 멋진 통일성 어쩌고 하던 건 다 어떻게 된 거지?

"경쟁자라는 사람, 왕위 요구자란 자는 누구야?" 포레스트가 샨에게 물었다.

"아케타란 이름의 남자야."

"아케타!"

"그 사람을 알아?"

다시 한 번 둘 사이에 눈빛이 오갔다. 이윽고 포레스트는 몸을 돌려 샨을 마주 보았고, 샨의 눈을 똑바로 들여다보았다. "샨." 포레스트가 말했다. "우린 심각하게 동질성이 깨어진 상태야. 우리에게 처튼 문제가 있는 게 아닌가 싶어. 네가 쇼비에서 겪었던 혼돈 경험 말이야."

"지금, 여기서? 우리가 벌써 여기에 며칠을, 몇 주를 있었는데……."

"여기가 어딘데?" 포레스트는 심각하고 진지하게 물었다.

샨은 손으로 판석을 탁 쳤다. "여기! 지금! 가남에 있는 너희 집의 이 안뜰! 이건 절대 그 혼돈 경험 같은 게 아니야. 우린 이걸 공유하고 있어. 통일된, 일치하는 경험이라고. 우린 함께 여기에 있어! 티푸 씨를 먹으면서!"

"나도 그렇게 생각해." 포레스트는 말했고, 그 말투가 너무나도 부드러웠기에 샨은 포레스트가 자신을 진정시키려, 안심시키려 한다는 걸 깨달았다. "하지만 우린 어쩌면…… 그 경험을 꽤 다르게 해석하고 있는지도 몰라."

"사람은 언제나, 어디서나 서로 다르게 해석해." 샨은 다소 필사적으로 말했다.

샨이 왔을 때 포레스트는 자신이 읽던 책을 샨이 더 잘 볼 수 있게 몸을 움직여주었다. 제본된 평범한 책이었지만, 그들은 갈바에 탈 때 책을 한 권도 가져오지 않았다. 이 책은 신 카이로 도서관의 테라 고서같이 두툼한 갈색빛 종이에 육필로 쓴 두꺼운 것이었는데, 이건 책이 아니라 베개였고, 벽돌이었고, 바구니였고, 책이 아니었지만, 또한 이건 책이었다. 낯선 서체로 쓰여 있었다. 낯선 언어로 쓰여 있었다. 조각한 나무로 표지를 만들고 금으로 경첩을 단 책이었다.

"그게 뭐지?" 샨은 거의 들리지 않는 목소리로 물었다.

"이야나남 아래 도시들의 성스러운 역사라고 우린 생각해." 포레스트는 말했다.

"책이지." 리엘은 말했다.

"이곳 사람들은 글을 읽을 줄 모르는데." 샨은 말했다.

"일부는 그렇지." 포레스트는 말했다.

"사실 아주 많은 사람들이 글을 읽을 줄 몰라." 리엘은 말했다. "하지만 몇몇 상인과 사제는 읽을 수 있어. 아케타가 우리에게 이걸 줬어. 우린 이제까지 아케타와 함께 공부하고 있었어. 아케타는 굉장히 훌륭한 선생이야."

"우린 아케타가 일종의 학자 사제이기도 하다고 생각해." 포레스트는 말했다. "이런 자리들이 존재하고 그 자리는 기본적으로 성스럽기 때문에 우린 그걸 사제직이라 불러. 하지만 그건 정말로는 직업, 혹은 소명, 혹은 천직에 가깝지. 우린 이 자리들이 가멘과 사회의 구조 전체에 아주 중요하다고 생각해. 그 자리들이 비면 어서 다시 채워야 해. 그렇지 않으면 모든 일이 잘못되지. 그리고 만약 누군가에게 그 사명이, 소질이 있는데 그 일을 하지 않으면 그 사람도 잘못되는 거고. 이 자리의 대부분은 일이 별로 없어. 해마다 한 번 돌아오는 축제에서 미사를 집전하는 사람처럼 말이야. 하지만 어떤 자리들은 정말 많은 일을 요구받고, 무척 존경을 받아. 대부분이 남자들을 위한 자리지. 우리 느낌엔, 아마도 남자가 명성을 쌓는 방법은 성직 중 한 자리를 맡는 걸 거야."

"하지만 남자들이 도시 전체를 운영하잖아." 샨은 항의했다.

"글쎄, 난 잘 모르겠어." 포레스트는 여전히 평소와 달리 상냥하게 말했고, 그래서 샨은 자신이 자제심을 좀 잃고 있었다는 걸 깨달았다. "우린 여길 성차별이 없는 사회라고 표현하고 싶어. 노동에 성별 구분이 많지 않아. 모든 종류의 결혼 형태가 있고, 남편이 두세 명 있는 일처다부가 아마도 가장 흔한 것 같아. 꽤 많은 여자들이 세 명 혹은 네 명 혹은 그 이상의 여자들과 동성 집단 결혼, 즉 이예하를 함으로써 이성애 활동에서 벗어나 있어. 남자들의 동성 집단 결혼은 아직 찾지 못했지만…….”
“어쨌거나.” 리엘은 말했다. “아케타는 케트의 남편들 중 하나야. 이름도 ‘케트의-킨-첫 번째-남편’ 비슷한 뜻이고. ‘킨’은 둘이 같은 화산 혈통이란 뜻이야. 아케타는 우리가 처음 도착했을 때 스폰타에 있는 골짜기 아래에 있었어.”
“그리고 우리는 아케타가 사제, 그것도 고위 사제라고 생각해. 어쩌면 아케타가 케트의 남편이기 때문에, 그리고 케트가 무척이나 중요한 사람이기 때문이겠지. 하지만 정말로 칭송받는 성직의 대부분은 남자들 차지인 듯해. 필경 임신을 못 하는 것에 대한 보상일 거야.”
샨은 다시 분노가 치밀었다. 이 여자들이 누구라고 그에게 성별과 자궁 선망에 대해 설교를 한단 말인가? 껄끄러운 적의가 파도처럼 온몸을 감쌌다가 다시 밀려갔고, 사라졌다. 샨은 햇빛 속에서 그의 연약한 누이들과 돌 위에 앉아, 포레스트의 무릎 위에 펼쳐진 무겁고 그 존재가 도무지 믿기지 않는 책을 바라보았다.
한참 뒤 샨이 말했다. “거기에 뭐라고 써 있어?”
“난 그냥 드문드문 단어 정도를 알 뿐이야. 아케타는 내가 책을 한동안 가지고 있길 바랐어. 지금 우릴 가르치는 중이니까. 대부분 나는 그림들을 봐. 아기처럼.” 포레스트는 샨에게 펼쳐져 있는 책장의 화사하게 색칠된 금박 입힌 작은 그림을 보여주었다. 멋진 로브를 입고 머리 장식을 한 남자들이 이야나남의 보라색 비탈 아래에서 춤추는 그림이었다.
“댈줄은 여기 사람들이 문자를 사용하지 않는다고 생각했어.” 샨은 말했다. “댈줄이 이걸 봐야 하는데.”

“이미 봤어.” 리엘은 말했다.

“하지만…….” 샨은 말하다 말고 입을 다물었다.

리엘이 말했다. “옛날, 아주 먼 옛날 테라에서 최초의 인류학자 중 한 명이 작고 고립된 오지 북극 지방의 부족에서 남자 한 명을 거대한 도시, 뉴욕으로 데려갔지. 지적 호기심이 왕성한 이 남자가 뉴욕에서 가장 깊게 감명받은 것은 계단 아래쪽 기둥에 있는 둥근 장식들이었어. 남자는 깊이 흥미를 느끼며 그 장식만을 열심히 관찰했어. 거대한 건물이나 사람들로 가득한 거리, 기계들 따위엔 흥미가 없었어…….”

“우린 처튼 문제의 핵심이 단지 인상뿐 아니라 기대에도 있는 건 아닐까 생각해.” 포레스트는 말했다. “우리가 어떤 세상을 이해하는 건 고의적인 행동이야. 혼돈과 마주치게 되면 우리는 익숙한 것들을 찾거나 만들고, 그것으로부터 세상을 쌓아나가. 아기들이 그렇게 하지. 우리 모두가 그렇게 해. 우리는 우리의 감각이 보고하는 것의 대부분을 걸러내. 우린 우리가 의식해야 하는 것, 혹은 의식하고 싶은 것만을 의식해. 처튼에서, 우주는 해체돼. 우리는 처튼에서 나오면서 그것을 부랴부랴 재구성하지. 우리는 우리가 인지하는 것들을 서둘러 잡아채. 그리고 일단 그중 한 부분이 있게 되면, 나머지는 그 위에 세워져.”

“내가 ‘나’라고 말하면 그러면 무수히 많은 문장들이 뒤따라 나올 수 있어.” 리엘이 말했다. “하지만 다음 단어는 바꿀 수 없는 문법을 만들기 시작해. ‘나의 원하는 바는……’ 같은 식으로,

문장의 마지막 단어에 의해, 아마도 선택의 여지가 전혀 없어지지. 그리고 또한, 넌 네가 아는 단어들만을 쓸 수 있어."

"그게 우리가 쇼비에 있을 때 혼란 경험에서 벗어난 방법이었어." 샨은 말했다. 샨은 갑자기 머리가 지끈거렸고, 양쪽 관자놀이에서 고통스럽고 불규칙한 맥박이 뛰었다. "우린 서로 대화를 했어. 우린 경험의 문법을 만들었어. 우린 우리의 이야기를 했어."

"그리고 그걸 사실대로 말하려고 아주 열심히 노력했지." 포레스트는 말했다.

잠시 침묵이 흐른 뒤, 샨은 관자놀이의 압점을 누르며 말했다. "그러니까 너희들 말은 댈줄이 이제껏 거짓말을 했다는 거야?"

"아니. 하지만 댈줄이 가남 이야기를 하고 있나? 아니면 댈줄 이야기? 유치하고 단순한 사람들이 환호하며 자신을 왕으로 맞는다고, 아름다운 공주가 자신을 내던지더라고 했지……."

"하지만 공주는 실제로……."

"그게 그 여자의 일이야. 그 여자의 직업이라고. 그 여자는 이런 성직자들 중 하나고, 아주 중요한 위치야. 그 여자의 직함은 아남이야. 댈줄은 그걸 공주라 번역했지. 우린 그게 흙을 의미한다고 생각해. 흙, 대지, 세계. 그 여자는 가남의 흙이고, 이방인을 경건하게 받아들여. 하지만 그게 다가 아니야. 지금 일어나는 보답 행위, 이걸 댈줄은 왕위라 해석했어. 하지만 이곳 사람들에게는 왕이라는 것 자체가 없어. 그건 아남의 짝으로서 모종의 성직 임무가 분명해. 케트의 남편이 아니라, 케트가 아남

일 때 케트의 짝인 거지. 하지만 우린 몰라. 댈줄이 어떤 책임을 졌는지 우린 몰라."

"그리고 우린 어쩌면 댈줄처럼 상당 부분을 그냥 날조 중일 수도 있고." 리엘은 말했다. "무슨 수로 확신할 수 있겠어?"

"만약 네가 우리에게 돌아와서 이 상황에 대한 의견을 함께 나눠준다면, 우리에겐 큰 위안이 될 거야." 포레스트는 말했다. "우린 네가 필요해."

댈줄도 그렇다고 산은 생각했다. 댈줄은 내 도움이 필요하고, 이 친구들도 내 도움이 필요해. 내가 무슨 도움을 줄 수 있지? 난 내가 어디 있는지도 몰라. 난 이곳에 대해 아무것도 몰라. 내가 아는 건 내 손바닥 아래의 돌이 따뜻하고 거칠다는 거야.

그리고 이 둘이 동정적이고 지적이고, 또한 정직하려 애쓴다는 걸 알아.

댈줄이 위대한 남자이고, 멍청한 자기중심주의자가 아니고, 거짓말쟁이가 아니란 걸 알아.

돌이 거칠고, 태양이 따뜻하고, 그늘이 시원하다는 걸 알아. 티푸 씨가 가볍고 달콤하며 이 사이에서 바삭바삭 부서진다는 걸 알아.

댈줄이 서른일 때 신으로 숭배받았다는 걸 알아. 그 숭배를 댈줄이 어떻게 거부했는지와 상관없이, 그 일은 분명 댈줄을 바꿔 놓았을 거야. 나이가 더 들면서, 댈줄은 왕이 되었다면 어땠을까 떠올리곤 할 거야…….

"그럼, 댈줄이 수행해야 한다는 이 성직에 대해 우리가 뭐라도 아는 게 있어?" 샨이 거칠게 물었다.

"핵심어는 '토독'인 것 같아. 지팡이, 지휘봉, 혹은 홀이란 뜻이야. 토독하이, 즉 '제왕의 홀을 쥐는 자'가 직함이야. 댈줄은 제대로 이해했어. 꼭 왕처럼 들리거든. 하지만 우린 그게 사람들을 다스린다는 뜻이라고 생각하지 않아."

"매일의 결정은 평의회가 해." 리엘은 말했다. "성직자들은 교육하고 의식을 이끌고, 도시를 영적 균형에 있게 한달까?"

"가끔은, 아마, 피의 제물을 통해서도." 포레스트는 말했다. "그 사람들이 댈줄에게 뭘 하라고 부탁했는지 우린 몰라! 하지만 그건 댈줄이 알아내는 게 나은 듯 보여."

잠시 후 샨은 한숨을 쉬며 말했다. "바보가 된 것 같아."

"네가 댈줄과 사랑에 빠져서?" 포레스트의 검은 눈이 샨의 눈을 똑바로 바라보았다. "난 그 점에서 널 존중해. 하지만 난 댈줄이 네 도움을 필요로 한다고 생각해."

샨은 천천히 걸어 그곳을 나왔고, 나오면서 포레스트와 리엘이 자신의 뒷모습을 바라보고 있다고, 둘이 계속 자신에게 애정 어린 관심을 쏟고 있다고 느꼈다.

샨은 다시 커다란 시장 광장을 향해 갔다. 우린 다 같이 모여 우리의 이야기를 해야 해, 샨은 혼잣말했다. 그러나 그 말은 공허하게 울렸다.

난 들어야 해. 샨은 생각했다. 말하지 말고, 얘기하지 말고. 조용히 있어야 해.

샨은 가남의 거리를 걸으며 귀 기울였다. 샨은 이 세계를, 이 세계 자체를 보려 애썼고, 자신의 눈으로 보려고, 느끼려고, 이 세계 자체가 되어보려고 애썼다. 샤의 세계가 아니라, 댈줄의, 혹은 포레스트의 혹은 리엘의 세계가 아니라, 고집스럽고 다른 형태로 바꿀 수 없는 땅과 돌과 진흙, 건조하고 쾌청한 공기, 살아 숨 쉬는 몸들과 생각하는 정신들이 있는, 있는 그대로의 이 세계를 느끼려 애썼다. 노점상 한 명이 짧고 음악적인 문장으로 물건을 사라고 외치고 있었다. 다섯 박자의 타타바나바란 말이었고, 똑같이 다섯 박자를 쉬었다가 다시 외쳤다. 달콤하고 끝이 없었다. 어떤 여자가 샤 옆을 지나갔고, 샤은 여자를 보았으며, 한순간 오로지 그 여자만 보았다. 키가 작고, 팔과 손은 근육질이었으며, 넓적한 얼굴에는 몰두한 표정을 짓고 있었고, 피부는 도자기처럼 매끈하지만 햇빛 때문에 수천 개의 잔주름이 자글자글했다. 여자는 샤에게 눈길도 주지 않고 바쁘게 성큼성큼 지나가버렸다. 여자의 존재감은 말할 수 없이 대단했다. 자체적인 존재감. 설명할 수도, 표현할 수도, 닿을 수도 없는 다른 어떤 이. 샤이 이해할 수 없는 그 어떤 존재였다.

그렇다면 괜찮았다. 손바닥에 따뜻함이 느껴지는 거친 돌, 그리고 다섯 박자의 운율, 자기 일로 바삐 가는 키 작고 나이 든 여자. 이제 시작이었다.

난 꿈을 꾸고 있어. 샤은 생각했다. 우리가 여기 도착한 이후로 내내. 쇼비에서 같은 악몽은 아냐. 좋은 꿈, 달콤한 꿈이야. 하지만 이게 내 꿈인가, 댈줄의 꿈인가? 댈줄을 따라 다니고, 댈줄의 눈을 통해 보고, 비아카와 다른 사람들을 만나고, 연회에서 대접을 받고, 음악을 듣고……. 이곳 사람들의 춤을 배우고, 그 사람들과 함께 북 치는 법을 배우고……. 요리하는 법을 배우고……. 과수원에서 가지치기를 하고……. 내 테라스에 앉고, 티푸 씨를 먹고……. 음악과 나무와 단순한 교제와 평화로운 고독함이 가득한, 햇빛이 쨍쨍한 꿈. 나의 좋은 꿈, 샨은 생각했고, 놀라 얼굴을 찡그렸다. 왕위는 없어, 아름다운 공주는 없어, 왕위의 경쟁자도 없어. 난 게으른 남자야. 게으른 꿈들을 꾸는. 날 꿈에서 깨워줄 타이가 필요해, 날 뒤흔들고 자극해줄 타이가 필요해. 나의 화난 여인, 용서를 모르는 친구가 필요해.

포레스트와 리엘은 대체자로 나쁘지 않았다. 둘은 확실히 친구였고, 비록 샨의 게으름을 용서하긴 했지만, 또한 샨에게 충격을 주어 게으름에서 벗어나게 해주었다.

마음속에서 묘한 질문이 떠올랐다. 댈줄은 우리가 여기 있는 걸 알까? 댈줄에게 포레스트와 리엘은 여자로 존재하지 않아. 그렇다면 나는 댈줄에게 남자로 존재할까?

샨은 그 질문에 대답하려 애쓰지 않았다. 내 임무는 댈줄을 뒤흔들어 충격을 주는 거야. 샨은 생각했다. 조화로움 속에 약간의 불협화음을 집어넣는 것, 엇박자가 되게 하는 거야. 댈줄을 저녁식사에 초대해 대화를 해봐야겠어. 샨은 생각했다.

아케타는 중년이고 위엄 있으며 매부리코에 무서운 인상이었지만, 선생으로선 가장 상냥하고 인내심이 강했다. "토도큐 은 케네스 에베게뷰." 아케타는 다섯 번 혹은 여섯 번째로 같은 말을 되풀이하며 웃었다.

"홀, 무언가는, 가득 차 있다? 지배한다? 대표한다?" 포레스트는 말했다.

"관계가 있다, 상징한다?" 리엘은 말했다.

"케네스!" 샨은 말했다. "전기! 여기 사람들이 발전기에서 계속 말하던 단어야. 동력, 힘!"

"홀이 힘을 상징한다고?" 포레스트는 물었다. "왜 그걸 생각 못 했지? 제길!"

"제길." 아케타는 따라 했고, 이 말의 느낌이 맘에 드는 게 분명했다. "제길!"

샨은 몸짓으로 나타내기 시작했고, 춤을 추어 폭포를 나타내고 바퀴의 움직임을 흉내 내고 화산 위쪽의 작은 발전기가 웅웅 윙윙거리는 소리를 흉내 냈다. 두 여자가 지켜보는 가운데 샨은 으르렁대고 돌고 웅웅대고 윙윙대고 꽝꽝거리고, 이따금씩 정신 나간 닭처럼 "케네스?" 하고 외쳤다. 그러나 아케타는 더욱 활짝 웃었다. "소하, 케네스." 아케타는 동의했고, 한 손가락 끝에서 다른 손가락 끝으로 스파크가 튀는 것을 흉내 냈다. "토도큐 은케네스 에베게뷰."

"그 홀은 전기를 의미하고, 상징해! 뭐랄까, 만일 누가 그 홀을 쥐면, 그 사람은 전기 사제인 거 같은 거야. 아케타의 홀이 도서관 사제를, 아고트의 홀이 역법 사제를 상징하는 것처럼 말이야. 맞지?"

"말이 되는 것 같네." 포레스트는 말했다.

"왜 이 사람들은 댈줄을 곧바로 자신들의 수석 전기 기술자로 뽑으려 하는 걸까?" 리엘은 물었다.

"댈줄이 하늘에서 나타났으니까, 번개처럼!" 샨은 말했다.

"이 사람들이 댈줄을 고른 거야?" 포레스트는 물었다.

잠시 침묵이 흘렀다. 아케타는 집중한 채로 참을성 있게 한 명씩 둘러보았다.

"'고르다'를 뭐라고 말하지?" 포레스트는 리엘에게 물었고, 리엘은 "소토트"라고 말했다.

포레스트는 선생에게로 몸을 돌렸다. "아케타. 대주…… 은 토도크…… 소토트?"

아케타는 잠시 조용히 있다가 이윽고 엄숙하고 분명하게 말했다. "소하. 토도크 은대주 오요 소토트."

"'네. 그리고 홀 또한 댈줄을 고른다.'" 리엘이 웅얼거렸다.

"아헤오?" 샨은 끈질기게 '왜?'라고 물었다. 하지만 그들은 아케타의 대답 중 겨우 몇 단어만 이해할 수 있었다. 성직 혹은 소명, 신성함, 땅.

"아남." 리엘이 말했다. "케트? 아남 케트?"

아케타의 칠흑처럼 검은 눈이 리엘의 눈을 보았다. 다시 한 번 아케타는 침묵했고, 그 침묵의 색깔에 모두들 조용해졌다. 마침내 아케타는 입을 열었지만, 슬픔에 젖은 말투였다. "아이 대주!" 아케타는 말했다. "아이 대주 케셈마스!"

아케타는 일어섰고, 나머지 사람들도 상대의 기대에 맞춰 일어나 가르침에 감사드린다고 조용히 인사하고 줄지어 나갔다.

고분고분한 아이들이라고 샨은 생각했다. 좋은 학생들이야. 하지만 무슨 지식을 배우고 있지?

그날 저녁 샨은 작은 가멘의 손가락북을 연습하다 고개를 들었다. 아부드는 함께 테라스에 앉아 이 소리 듣는 걸 좋아했고, 때로 낯익은 박자를 들으면 부드럽게 단조로운 노래를 부르기도 했다.

"아부드." 샨이 말했다. "메투?"—단어?

지난 며칠 사이 샨의 질문에 익숙해져 있던 아부드가 말했다. "소하." 그는 유머가 없고 차분한 젊은이였다. 아부드는 샨의 기묘한 버릇을 모두 참아주었다. 샨은 어쩌면 그건 정말로 그런 버릇을 거의 알아채지 못해서일지도 모른다고 생각했다.

"케셈마스." 샨은 말했다.

"아." 아부드는 말했고, 그 단어를 따라 한 뒤, 천천히 그리고 가차 없이 이해 불가능한 말들을 쏟아내기 시작했다. 샨은 말뜻을 알아내려 애쓰기보단 그냥 지켜보는 쪽이 낫다는 걸 이미 배워 알고 있었다. 샨은 아부드의 어조에 귀 기울이고, 손짓을 보고, 표정을 보았다. 땅, 아래, 낮은, 파다? 가멘은 죽은 자들을 땅에 묻었다. 죽은, 죽음? 샨은 죽는 것을, 시체를 몸짓으로 표현했다. 그러나 아부드는 샨의 몸짓을 결코 이해하지 못했고, 멍하니 바라보기만 했다. 샨은 포기하고 북을 두드려 전날 축제의 춤 리듬을 표현했다. "소하, 소하." 아부드는 말했다.

"사실, 전 케트와 얘기해본 적이 없습니다." 샨은 댈줄에게 말했다.

훌륭한 저녁식사였다. 샨이 직접 요리했고, 아부드에게서 상당한 도움을 받았다. 샨이 페추니를 튀기려 했을 때, 아부드는 그런 샨을 제때에 막았다. 페추니는 날것을 얼얼하게 매운 고추즙에 찍어 먹어야 맛있었다. 아부드는 그들과 함께 식사했고, 댈줄 앞에선 늘 그렇듯 공손하게 침묵을 지키다 양해를 구하고 자리를 떴다. 샨과 댈줄은 이제 티푸 씨를 씹고 너트 맥주를 마시며, 보라색 땅거미 속에 테라스의 작은 카펫에 앉아 천천히 그리고 찬란하게 하늘을 수놓는 별들을 지켜보고 있었다.

"선택된 왕 외의 모든 남자는 공주에게 금기입니다." 댈줄이 말했다.

"하지만 그 여자는 결혼했습니다." 샨이 말했다. "아닌가요?"

"아니, 아닙니다. 공주는 왕이 선택될 때까지 계속 처녀여야 합니다. 왕이 선택되면, 공주는 왕에게만 속하게 되고요. 신성한 결혼, 신성혼입니다."

"여기 사람들은 일처다부를 하는데요." 샨은 확신 없이 말했다.

"공주와 왕의 결합은 아마도 왕위 의식의 가장 근본적인 사건일 겁니다. 둘 중 누구도 그 일에 정말로 선택권이 없습니다. 그 때문에 공주의 변절이 이렇게 문제가 되는 겁니다. 공주는 자신의 규칙을 깨고 있는 겁니다." 댈줄은 맥주를 꿀꺽꿀꺽 마셨다. "애초에 제가 여기 사람들에게 선택된 이유, 그러니까 제가 하늘에서 극적으로 등장한 것 말인데, 그게 어쩌면 지금은 제게 불리하게 작용하는 것 같습니다. 전 떠나버렸고, 다시 돌아왔고, 그것도 혼자 돌아오지 않음으로써 규칙을 깼습니다. 불가사의한 인물이 하늘에서 돌연 나타난다, 그건 좋습니다. 하지만 모두 네 명이고 남녀가 섞여 있는데, 다들 다른 모두들처럼 먹고 마시고 싸고, 또 늘 아기처럼 더듬거리며 멍청한 질문을 계속 한다면? 우린 알맞은 신성한 방식으로 행동하고 있지 않습니다. 그리고 여기 사람들은 그에 상응하는 무례함, 규칙 위반으로 그에 반응합니다. 원시적 세계관은 경직되어 있고, 이런 세계관은 잡아당겨지면 부러집니다. 우린 이 사회에 붕괴적 영향을 미치고 있어요. 그리고 전 책임이 있습니다."

샨은 숨을 들이쉬었다. "이건 당신의 세계가 아닙니다." 샨이 말했다. "여기 사람들의 세계죠. 이 세계에 대한 책임은 여기에 사는 사람들에게 있습니다." 샨은 목청을 가다듬었다. "그리고 여기 사람들은 그렇게 원시적이지 않은 듯이 보입니다. 철을 만들고, 전기의 원리에 대한 이해도는 놀랄 정도입니다. 그리고 읽고 쓸 수 있고, 사회 시스템은 매우 유연하고 안정되어 있는 듯합니다. 만약 포레스트와……."

"전 아직도 그 여자를 공주라 부르지만, 언어를 더 많이 배우면서 그 용어가 부적절함을 깨달았죠." 댈줄은 컵을 내려놓고 생각에 잠겨 말했다. "여왕이 필시 더 근접한 용어입니다. 가남의 여왕, 가멘의 여왕. 여왕은 가남으로, 이 행성 자체의 흙으로 동일시됩니다."

"네." 샨은 말했다. "리엘이 말하길……."

"그러니 그런 의미에서 그 여자는 흙이죠. 사실, 어떤 의미에서, 전 우주이고, 하늘입니다. 혼자 이 세계에 왔고, 결합을 뜻해요. 신비로운 결합이죠. 흙과 물과 불과 공기가 결합하는 거죠. 오랜 신화들이 다시 살아 있는 육체로 일어난 겁니다. 공주는 절 거절할 수 없습니다. 그러면 사물의 질서가 뒤죽박죽이 되어버립니다. 아버지와 어머니가 결합하면, 그 사람들의 아이들은 순종적이고, 행복하고, 안전합니다. 하지만 어머니가 이탈하면, 무질서, 고통, 실패가 뒤따릅니다. 이런 책임들은 절대적입니다. 우리가 그 사람들을 선택하는 게 아닙니다. 그 사람들이 우리를 선택합니다. 그 여자는 반드시 자신의 의무로, 자신의 사람들에게로 돌아와야 합니다."

"포레스트와 리엘이 이해하기로는, 그 여자는 이미 오래전에 아케타와 결혼했고, 두 번째 남편이 그 여자 딸의 아버지입니다." 샨은 자신의 목소리가 거칠다는 것을 깨달았다. 입은 바싹 말랐고, 가슴은 방망이질을 쳤다. 마치 두려운 듯이. 뭐가? 순종치 않는 것이?

"비아카가 말하길, 자기가 그 여자를 궁으로 데려올 수 있다 합니다." 댈줄은 말했다. "하지만 왕위 요구자의 파벌에게서 보복 받을 위험이 있다는군요."

"댈줄!" 샨은 말했다. "케트는 유부녀입니다! 케트는 자기 가족에게 돌아간 거라고요. 흙 여사제로든 뭐로든, 그 여자가 당신에게 진 의무는 완료됐습니다. 아케타는 그 여자의 남편이고, 당신의 경쟁자가 아닙니다. 아케타는 홀을, 왕관을, 그게 뭐든 간에 그런 걸 원하지 않아요!"

댈줄은 아무 대답도 하지 않았고, 깊어가는 황혼 속에서 그의 표정은 읽기 어려웠다.

샨은 필사적으로 계속 말했다. "우리가 이 사회를 더 잘 이해할 때까지, 아마도 당신은 물러나 있어야 할 겁니다. 비아카가 케트를 납치하게 하면 절대로 안 되고요."

"당신이 그 사실을 안다니 다행입니다." 댈줄은 말했다. "비록 제가 관련되는 건 어쩔 수 없지만, 우린 확실히 이 사람들의 믿음 체계에 간섭하지 않도록 노력해야 합니다. 권력은 책임입니다, 아아! 자, 전 그만 가야겠군요. 즐거운 저녁 시간을 보내게 해줘서 고마워요, 샨. 우린 아직 함께 한목소리로 노래할 수 있지요, 그렇지요, 우주선 동료?" 댈줄은 일어나 허공 속에 등을 토닥이는 동작을 하며 말했다. "안녕히 주무십시오, 포레스트. 안녕히 주무십시오, 리엘." 그런 뒤 샨의 등을 토닥이고 말했다. "안녕히 주무십시오, 그리고 고마웠습니다, 샨!" 댈줄은 성큼성큼 걸어 안뜰을 나갔고, 유연하면서 등이 꼿꼿한 한 사람의 모습이 별빛 비치는 어둠 속에서 하얗게 반짝였다.

"우리가 댈줄을 우주선에 태워야 하지 않을까 싶어, 포레스트. 댈줄의 망상이 점점 더 심해져." 샨은 손가락 관절에서 소리가 날 때까지 두 손을 꽉 움켜쥐었다. "아무래도 댈줄이 망상에 빠진 것 같아. 어쩌면 나도. 하지만 너랑 리엘이랑 나는, 우리는 동일한 총체적 진실—허구—에 있는 것 같아, 안 그래?"

포레스트는 냉정하게 고개를 끄덕였다. "점점 더 그렇지. 그리고 만약 케셈마스가 죽는 것, 혹은 살인을 의미한다면, 리엘은 그게 폭력을 수반한 살인이라 생각하는데, 난 불쌍한 댈줄이 무슨 의식에서 무시무시한 제물 바치기를 하며 누군가의 목을 자르는 끔찍한 광경이 마음속에 그려져. 하지만 댈줄은 자기가 기름을 붓거나 천을 자르거나 뭔가 무해한 일을 하고 있다고 믿는 거지. 이 일에서 댈줄을 빼낼 수 있다면 나도 정말 좋겠어! 나 자신도 이 일에서 빠져나올 수 있다면 좋겠고. 하지만 어떻게?"

"우리 셋이서라면 확실하……."

"댈줄을 설득한다고?" 포레스트는 냉소적으로 물었다.

그들은 댈줄이 궁전이라 부르는 곳에 갔지만, 오랜 시간을 기다려야 댈줄을 만날 수 있었다. 늙은 비아카는 걱정에 사로잡히고 불안해하며 그들을 보내버리려 했지만, 그들은 기다렸다. 댈줄은 마침내 자신의 안뜰로 나왔고 샨을 반겼다. 댈줄은 리엘과 포레스트를 알아보지 못했거나 혹은 인식하지 못했다. 만약 이게 연기라면, 더할 수 없이 훌륭한 연기였다. 댈줄은 리엘과 포레스트의 물리적 존재를 인지하지 못하고 움직였고, 리엘과 포레스트가 얘기하고 있는데 그냥 말했다. 마침내 샨이 "포레스트와 리엘이 여기 있습니다, 댈줄, 여기입니다, 저 둘을 봐요!"라고 말하자, 댈줄은 샨이 가리키는 곳을 보았지만, 샨이 이렇게 제정신을 잃다니 충격과 동정을 함께 느낀다는 얼굴로 다시 샨을 보았고, 몸을 돌려 여자들이 아직도 거기 있는지 확인했다.

댈줄은 샨을 바라보다가 아주 부드럽게 말했다. "우리가 돌아갈 때가 된 것 같습니다, 샨."

"네, 네, 그런 것 같습니다. 그래야 한다고 전 생각합니다." 측은함, 안도, 부끄러움 때문에 샨은 잠시 목이 메었다. "우린 돌아가야 합니다. 일이 제대로 풀리지 않고 있습니다."

"금방입니다." 댈줄은 말했다. "이제 금방입니다. 걱정 마십시오, 샨. 불안감은 지각의 이례성을 증가시킵니다. 처음에 그랬던 것처럼 그냥 편하게 받아들이고, 당신은 아무것도 잘못하지 않았음을 기억하십시오. 대관식이 있는 즉시……."

"아뇨! 우린 지금 가야 합……."

"샨, 제가 자청했든 아니든, 전 여기에 의무가 있고, 그 의무를 다할 겁니다. 만약 제가 의무를 저버리고 도망치면, 아케타의 패거리가 칼을 뽑아……."

"아케타에게 칼 같은 건 없습니다." 리엘은 샨이 이제껏 들어본 적이 없는 높고 큰 목소리로 말했다. "이 사람들에겐 칼이 없고, 만들지도 않아요!"

리엘의 목소리 위로 댈줄이 말했다. "대관식이 끝나고 왕좌가 채워지는 즉시 우린 갈 겁니다. 결국, 필요하다면 전 한 시간 내로 갔다가 돌아올 수 있으니까요. 전 당신을 베 항구로 데려갈 겁니다. 농담으로 말하듯이, 전혀 시간이 걸리지 않고 말이에요. 그러니 전혀 당신 문제가 아닌 일로 걱정하지 마십시오. 제가 당신을 이 일에 끌어들였습니다. 제 책임입니다."

"어떻게……." 샨은 말하기 시작했지만, 포레스트의 길고 검은 손이 샨의 팔을 잡았다.

"그만둬, 샨." 포레스트는 말했다. "광기에 사로잡힌 핑계가 진짜 이유보다 훨씬 낫지. 그만해. 이런 일은 받아들이기 아주 힘든 법이야."

댈줄은 그들이 이미 자리를 떴다는 듯이 벌써 침착하게 몸을 돌려 나가고 있었다.

포레스트가 뜨겁고 밝은 거리로 나가며 말했다. "댈줄을 따라가 대관식이 끝나길 기다리든지 아님 댈줄의 머리를 쳐서 우주선에 밀어넣어야 해."

"머리에 한 방 먹이는 쪽이 맘에 드네." 리엘이 말했다.

"우리가 댈줄을 우주선에 싣는다 해도 댈줄이 우릴 베로 데려갈지 어떻게 알지?" 샨이 말했다. "댈줄이 우주선을 돌려 여기로 다시 돌아올지도 모르잖아. 그때는 댈줄이 무슨 짓을 할지 어떻게 알고? 댈줄은 가남을 구하는 대신 파괴할 수도 있어."

"샨!" 리엘이 말했다. "그만해! 가남이 한 세계야? 댈줄이 신이야?"

샨은 리엘을 뚫어져라 바라보았다. 옆을 지나던 여자 두 명이 그들을 보았고, 한 명이 고개 숙여 인사했다. "하, 포예스! 하, 이예!"

"하, 타사사프!" 포레스트는 여자에게 말했고, 리엘은 이글거리는 눈으로 샨을 마주 보았다. "가남은 커다란 행성에 있는 한 작은 도시 국가야. 이 행성을 가멘은 아남이라 부르고, 옆 골짜기의 사람들은 전혀 다른 이름으로 불러. 우린 이 행성의 아주 작은 모퉁이 하나를 본 거야. 이 행성에 대해 뭔가라도 알려면 오랜 시간이 걸릴 거야. 댈줄이 미쳤기 때문에, 아니면 처튼할 때 댈줄 또는 우리 전부가 미쳤기 때문에, 나는 뭐가 뭔지 모르겠고, 지금 당장은 어느 쪽이래도 상관없지만, 댈줄은 쓸데없이 끼어들어 신성한 일들에 뒤섞였고, 어쩌면 말썽과 혼란을 야기하고 있어. 하지만 이 사람들은 여기에 살아. 이곳은 여기 사람들의 장소야. 남자 한 명이 이 사람들을 파괴할 수 없고, 또한 구할 수도 없어! 여기 사람들에겐 자신의 이야기가 있고, 자신들의 이야기를 쓰고 있어! 그 안에서 우리가 어떤 역을 맡게 될지 난 몰라. 어쩌면 일찍이 하늘에서 떨어진 멍청이들 역일지도 모르지!"

포레스트는 한 팔로 리엘의 양쪽 어깨를 평온하게 감싸 안았다. "리엘은 한번 흥분하면 끝을 몰라. 어서, 샨. 확실히 아케타는 비아카 일가를 학살할 계획이 없어. 내가 볼 땐, 우리가 뭐든 크게 엉망으로 만들 기회를 여기 사람들이 우리에게 줄 것 같지도 않아. 여기 사람들은 모든 걸 잘 통제하고 있어. 우린 이 대관식을 치를 거야. 댈줄의 상상 속에서만 큰일이지, 아마 큰일은 아닐 거야. 그리고 대관식이 끝나고 댈줄의 정신이 평온을 되찾는 즉시, 댈줄에게 집으로 데려가달라고 부탁해봐. 댈줄은 그렇게 해줄 거야. 댈줄은……." 포레스트는 말을 잠시 멈췄다. "댈줄은 사람들을 자식처럼 돌보길 좋아하니까." 그녀는 빈정대는 기색 없이 말했다.

그들은 대관식 날까지 다시는 댈줄을 보지 못했다. 댈줄은 자신의 궁 안에서 꼼짝하지 않았고, 비아카는 그들이 궁에 들어오는 걸 단호하게 금지했다. 아케타는 또 다른 성스러운 권력에 끼어들 힘이 명백히 없었고, 그럴 의사도 없었다. "테츠예메." 아케타는 말했고, 이는 '일이 일어나야 할 방식으로 일어나고 있다'는 말과 거의 비슷한 뜻이었다. 아케타는 이 점에 대해 불만이 있는 듯했지만, 간섭하려 하지도 않았다.

대관식 날 아침, 시장에서는 전혀 매매가 없었다. 사람들은 가장 좋은 킬트와 화려한 조끼를 차려입고 나왔다. 성직에 있는 모든 남자들은 높고 깃털 장식이 된 바구니 머리 장식을 하고 육중한 금 귀걸이를 했다. 아기들과 아이들은 머리에 붉은 황토를 문질러 발랐다. 그러나 며칠 전의 떠오르는 별 의식과 같은 잔치 분위기는 아니었다. 누구도 춤추지 않았고, 누구도 티푸 빵을 요리하지 않았으며, 음악도 없었다. 오직 수가 많고, 다소 차분해진 군중만이 계속해 시장에 모여들었다. 마침내 아케타의 집—실은 케트의 집이라고 리엘은 상기시켜주었다—문들이 활짝 열리고, 행렬이 앞으로 나와 복잡하고 오싹하며 음울한 북소리에 맞춰 걸어갔다. 북 치는 이들은 집 뒤의 길에서 이미 기다리고 있었고, 이제 앞으로 나와 행렬 뒤를 따라갔다. 도시 전체가 한결같고 무거운 리듬에 맞춰 떠는 듯이 느껴졌다.

샨은 댈줄의 첫 도착 때 우주선이 찍은 테이프에서 말고는 케트를 본 적이 없었지만, 행렬 속의 그녀를 곧장 알아보았다. 단호하고 멋진 여자였다. 케트의 머리 장식은 남자들 대부분의 것보다 덜 정교했지만, 금으로 장식되어 있었고, 그녀는 뿌듯한 표정으로 머리 장식의 균형을 잡으며 걸어갔다. 케트의 옆에서 아케타가 걸어갔고, 아케타의 고리버들 왕관 위에서 붉은 깃털들이 까닥거렸다. 케트의 왼쪽에는 다른 남자가 있었다. "케트케타, 두 번째 남편이야." 리엘이 속삭였다. "저쪽이 둘의 딸이고." 아이는 네다섯 살 정도 되었고, 위엄이 넘쳤으며, 부모와 함께 보조를 맞추어 걸었고, 검은 머리는 황토로 껄껄하고 붉었다. "케트의 화산 혈통인 모든 사제들이 다 여기 있어." 리엘이 계속해 말했다. "흙 조정자도 있어. 저 나이 든 사람, 저 사람이 역법 사제야. 내가 모르는 사람들이 아주 많아. 이건 '큰' 의식이야……." 리엘의 속삭이는 소리가 약간 떨리고 있었다.

행렬은 왼쪽으로 돌아 시장을 나갔고, 북들의 무거운 둥둥 소리에 맞춰 계속 움직였다. 이윽고 케트는 비아카의 마구잡이로 증축되고 벽이 노란색인 집의 대문까지 나란히 왔다. 눈에 보이는 신호가 전혀 없었는데도, 다들 그곳에서 동시에 걸음을 멈췄다. 둔중하고 복잡한 박자는 계속 이어졌다. 그러나 북소리가 하나씩 멈추었고, 마침내 단 하나만 남아 심장 소리처럼 둥둥거리다 그나마도 멈추고, 무시무시한 정적만이 흘렀다.

깃털을 높이 엮은 머리 장식을 한 남자가 앞으로 나와 큰 소리로 호출했다. "셈 아야탄! 셈 대주!"

문이 천천히 열렸다. 댈줄은 햇빛 비치는 문간을 액자처럼 하고 서 있었고, 등 뒤는 깜깜했다. 댈줄은 자신의 검은색과 은색 제복을 입고 있었다. 머리가 은색으로 빛났다.

모든 사람이 절대적으로 침묵하는 가운데, 케트가 걸어 나가 댈줄을 마주 보았다. 케트는 양쪽 무릎을 꿇고 고개를 숙이고 말했다. "대주, 소토티유!"

"댈줄, 당신은 선택했습니다." 리엘이 그 말의 뜻을 속삭였다.

댈줄은 웃음 지었다. 댈줄은 몇 걸음 나아가 케트를 일으켜 세우기 위해 두 손을 뻗었다.

속삭이는 소리가 군중 사이로 바람처럼 빠르게 퍼져나갔다. 쉿쉿거리는 소리, 혹은 헐떡이는 소리, 혹은 충격 받은 한숨 소리. 케트는 금이 무겁게 얹힌 머리를 들었고, 깜짝 놀랐다. 그녀는 두 팔을 양 옆구리에 붙인 채 맹렬한 기세로 벌떡 일어났다. "소토티유!" 그녀는 말하고 몸을 돌렸고, 남편들에게로 성큼성큼 걸어갔다.

북들이 부드러운 또닥또닥 소리를, 빗소리를 냈다.

집 문 바로 앞에서 행렬 사이에 틈이 생겨났다. 조용하고 침착하게, 아주 위엄 있게 걸으며, 댈줄은 앞으로 나와 자신을 위해 생겨난 자리로 들어갔다. 북이 내는 빗소리가 점점 더 커졌고, 천둥이 되었고, 가깝고 먼 곳에서 울리는 천둥, 크고 낮은 천둥이 되었다. 물고기 떼 혹은 새 떼처럼 완벽한 만장일치를 보이며, 행렬은 앞으로 나아갔다.

이 도시의 사람들이 뒤따랐고, 샨, 리엘, 그리고 포레스트도 그 가운데 있었다.

"어디로 가는 걸까?" 마지막 거리를 떠나 과수원들 사이의 좁은 길로 접어들자 포레스트가 물었다.

"이 길을 올라가면 이야나남이야." 샨은 말했다.

"그 화산으로? 어쩌면 거기가 의식이 치러지는 곳인가보네."

북들의 박자, 햇빛의 박자, 샨의 심장이 뛰는 박자, 길의 흙바닥을 차는 샨의 발, 모든 것이 하나의 거대한 맥박이 되었다. 동조된 것이다. 생각과 말이 하나의 거대한 박자, 박자, 박자 속에 사라졌다.

행렬은 이미 멈췄다. 뒤따라오던 이들은 이제 멈추고 있었다. 테라인 세 명은 행렬 옆으로 따라잡을 때까지 계속 걸었다. 행렬이 다시 모양을 갖추고 있었다. 북 치는 이들은 옆으로 물러났고, 그 가운데 몇 명은 부드럽게 천둥 치는 소리를 연주하고 있었다. 군중의 일부, 어린이를 데려온 사람들은 산 개울 옆의 가파른 길을 다시 내려가기 시작했다. 누구도 말을 하지 않았고, 산 위쪽에 있는 폭포 소리와 근처의 시끄러운 급류 소리가 북소리를 거의 삼켜버렸다.

그들은 발전기가 들어 있는 작은 돌 건물에서 아래쪽으로 100여 걸음 정도 떨어져 있었다. 깃털 장식을 꽂은 사제들, 케트와 그녀의 남편들과 식솔, 이 모두가 이미 옆으로 물러나서 개울 기슭까지 가는 길을 터놓았다. 돌 계단들이 시내로 곧장 놓여 있었고, 계단 가장 아래에는 밝은 색 돌로 포장한 테라스가 있었다. 테라스 위로 맑은 물이 빠르고 얕게 흘렀다. 반짝이며 움직이는 물 한가운데에 제단 혹은 낮은 대좌가 있었고, 정오의 햇빛 속에 눈이 멀듯 환하게 빛났다. 금박을 입혔거나 순금이었고, 왕관 쓴 남자들, 춤추는 남자들, 다이아몬드 눈을 지닌 남자들이 복잡하고 멋지게 새겨지고 그려져 있었다. 대좌 위에는 지팡이 하나가 있었는데, 금은 아니었고, 장식도 없었으며, 검은 나무 혹은 변색시킨 금속으로 만들어져 있었다.

댈줄은 대좌를 향해 걷기 시작했다.

아케타는 갑자기 앞으로 걸어 나왔고, 돌 계단의 꼭대기에 서서 댈줄의 앞길을 막았다. 아케타는 울리는 목소리로 몇 단어를 말했다. 리엘은 무슨 말인지 이해하지 못해 고개를 흔들었다. 댈줄은 조용히 꼼짝도 않고 서 있었고, 전혀 대답하지 않았다. 아케타가 조용해지자, 댈줄은 마치 아케타를 뚫고 가겠다는 듯이 곧장 앞으로 뚜벅뚜벅 걸어갔다.

아케타는 굽히지 않았다. 아케타는 댈줄의 발을 가리켰다. "테디아드!" 아케타는 날카롭게 말했다. "신발." 리엘이 속삭였다. 아케타와 행렬의 모든 가멘은 맨발이었다. 잠시 후, 위엄을 전혀 잃지 않은 채 댈줄은 무릎을 꿇고 신발과 양말을 벗어 옆에 놓고 검은 제복을 입은 채 맨발로 일어났다.

"이제 비켜서 있으십시오." 댈줄은 조용히 말했고, 마치 그의 말을 이해했다는 듯이 아케타는 지켜보는 사람들 속으로 뒷걸음질 쳤다.

"아이 대주." 댈줄이 그를 지나쳐 갈 때 아케타가 말했고, 케트는 조용히 "아이 대주!" 하고 말했다. 댈줄은 조용한 웅성임 속에서 계단을 내려가 테라스에 발을 디디고 얕은 물을 걸어갔다. 물은 댈줄의 발목을 감싸며 반짝이는 물방울로 부서졌다. 주저하지 않으며 댈줄은 대좌로 걸어갔고, 몸을 돌려 행렬과 구경꾼들을 마주 보았다. 댈줄은 웃음 지었고, 손을 내밀어 홀을 잡았다.

"아뇨." 샨은 말했다. "아뇨, 우리에게 망원경은 없었어요. 네, 댈줄은 즉사했습니다. 아뇨, 전압이 얼마나 됐는지는 전혀 모르겠습니다. 발전기에서 지하로 전선이 연결되어 있었을 거라 생각합니다. 네, 물론 계획적이고, 고의적이고, 준비된 일이었습니다. 그 사람들은 댈줄이 그 죽음을 선택했다고 생각했습니다. 케트와, 그 흙 여사제와 섹스를 하기로 선택했을 때, 댈줄은 그 죽음을 선택한 거였습니다. 그 사람들은 댈줄이 그걸 안다고 생각했죠. 댈줄이 모른다는 사실을 그 사람들이 어떻게 알았겠어요? 가남에서 흙과 함께 눕는다는 것은 번개에 의해 죽는다는 걸 뜻합니다. 남자들은 그 죽음을 맞기 위해 가남까지 먼 길을 오지요. 댈줄은 정말로 먼 길을 왔고요. 아뇨, 우리 중 누구도 이해하지 못했습니다. 아뇨, 그게 처튼 효과와, 지각적 부조화와, 혼돈과 무슨 관계가 있는지는 모르겠습니다. 우린 상황을 서로 다르게 보게 되었지만, 우리 중 누가 진실을 알았나요? 댈줄은 자신이 다시 신이 되어야 한다는 걸 알았습니다."

A FISHERMAN OF THE INLAND SEA

또 다른 이야기 혹은 내해의 어부

헤인 에큐멘의 스테빌들과 베 항구에 있는 처튼 필드 연구소의 그보네시 소장에게: O 행성의 오케트, 데르단'나드, 우단의 두 번째 세도레투의 농부인 티오쿠난'느 히데오가

나는 이야기를 하듯 보고서를 작성하려 하며, 이는 지금까지 한동안 관습적으로 행해져온 방식이다. 하지만 O 행성의 일개 농부가 어째서 에큐멘의 모빌이라도 되는 듯 여러분에게 보고하는지 의아할 수도 있다. 내 이야기를 들으면 그 부분이 설명될 것이다. 하지만 그것은 그 자체를 설명하지 않는다. 시간이라는 강을 항해할 땐 이야기가 우리의 유일한 보트지만, 커다란 급류들과 구불구불한 여울들에선 그 어떤 보트도 안전하지 않다.

그리하여. 옛날 옛적 내가 스물한 살이었을 때, 나는 집을 떠

나 헤인의 에큐멘 학교에서 공부하려고 '다르란다의 테라스'라는 NAFAL 우주선에 탔다.

헤인과 나의 고향 행성 사이 거리는 4광년이 살짝 넘고, O와 헤인 성계 사이에는 벌써 2천 년 넘게 왕래가 있었다. NAFAL 항법이 나오기 이전, 우주선으로 횡단하려면 4행성년이 아니라 100행성년이 걸리던 때부터, 자신의 원래 삶을 포기하고 새로운 세계로 오려 하는 사람들이 있었다. 가끔 그 사람들은 돌아가기도 했다. 자주는 아니었다. 그리고 자신을 이미 잊은 세계로 슬픈 귀환을 한 여행자들에 대한 이야기들이 있었다. 나 또한 어머니를 통해 '내해의 어부'라는 아주 오래된 이야기를 들었다. 이 이야기는 어머니의 고향 행성인 테라에서 기원한 것이었다. 키'오 아이들의 삶은 이야기로 가득하지만, 어머니와 내 다른어머니와 내 아버지들, 할머니들, 할아버지들, 삼촌들, 고모들, 이모들과 선생들에게 들은 모든 이야기 중 나는 이게 가장 좋았다. 내가 이 이야기를 그토록 좋아한 건 어쩌면 어머니가 대단한 열의를 가지고—비록 정말로 꾸밈없고 늘 같은 단어를 써서 말하긴 했지만(어머니가 다른 단어를 쓰려 했더라도 내가 못 바꾸게 했을 것이다)—이야기해주었기 때문인지도 모르겠다.

이 이야기는 가난한 어부 우라시마에 관한 것으로, 우라시마는 매일 혼자 배를 타고 자신의 고향 섬과 본토 사이에 있는 잔잔한 바다로 나갔다. 우라시마는 머리가 길고 검은 아름다운 청년이었다. 어느 날 우라시마가 뱃전으로 몸을 내밀었을 때 용왕의 딸이 광대하고 둥그런 하늘을 가로질러 떠다니는 그림자를 보려고 위를 지그시 바라보다가 우라시마를 보았다.

용왕의 딸은 파도 속에서 일어나며, 우라시마에게 함께 바다 아래 자신의 궁전으로 가자고 청했다. 처음에 우라시마는 거절하며 말했다. “제 아이들이 집에서 절 기다립니다.” 하지만 용왕의 딸을 어찌 물리칠 수 있었으랴? “하룻밤만입니다.” 우라시마가 말했다. 용왕의 딸은 우라시마를 바닷속으로 데려갔고, 둘은 용왕의 딸이 머무는 초록색 궁전에서 기묘한 바다 생물들의 시중을 받으며 하룻밤 동안 사랑을 나누었다. 우라시마는 용왕의 딸을 깊이 사랑하게 되었고, 어쩌면 단지 하룻밤 이상을 머물렀는지도 모른다. 그러나 마침내 우라시마는 말했다. “내 사랑, 전 가야 합니다. 제 아이들이 집에서 절 기다립니다.”

“한번 가면, 영원히 가서 돌아오지 않을 거예요.” 용왕의 딸은 말했다.

“전 돌아올 겁니다.” 우라시마는 약속했다.

용왕의 딸은 고개를 저었다. 그녀는 비탄에 젖었지만, 우라시마에게 간청하진 않았다. “이걸 가져가세요.” 용왕의 딸은 말하며 아주 멋지게 조각되고 잘 봉해진 작은 상자를 주었다. “열어보지 말아요, 우라시마.”

그렇게 우라시마는 땅으로 올라왔고, 바닷가를 달려 자신의 마을로, 집으로 갔다. 그러나 정원은 황무지가 되었고, 창문에는 사람이 보이지 않았으며, 지붕은 내려앉았다. 사람들이 마을의 낯익은 집들 사이를 오갔지만, 우라시마가 아는 얼굴은 단 하나도 없었다. “제 아이들은 어디 있죠?” 우라시마는 울부짖었다. 노파가 발을 멈추고 말했다. "무슨 문제라도 있나, 젊은이?"

"전 우라시마입니다. 이 마을 사람이고요. 하지만 여기엔 제가 아는 얼굴이 하나도 안 보이는군요!"

"우라시마!" 노파가 말했다. (그리고 나의 어머니는 먼 곳을 바라보곤 했고, 우라시마의 이름을 부르는 어머니의 목소리를 들으면 나는 온몸에 전율이 일고 눈에 눈물이 고였다.) "우라시마라니! 내 할아버지가 말씀하시길, 할아버지의 할아버지의 할아버지 때에 우라시마란 이름의 어부가 바다에서 실종되었다고 하셨지. 그 가족이 모두 죽고 벌써 100년이 지났어."

그래서 우라시마는 바닷가로 돌아갔다. 그리고 거기서 그 상자를, 용왕의 딸이 준 선물을 열었다. 작고 하얀 연기가 상자에서 올라와 바닷바람을 타고 사라졌다. 그 순간, 우라시마의 검은 머리가 백발로 변하고, 우라시마는 늙고, 늙고, 늙었다. 우라시마는 모래에 누웠고 죽었다.

한때, 순회 선생님 한 명이 내 어머니에게 이 우화에 대해(선생님은 이것을 우화라고 불렀다) 물은 기억이 난다. 어머니는 웃으며 말했다. "테라의 제 조국의 황제들 연대기에 보면, 요사 군의 우라시마란 젊은이가 477년에 떠났고 825년에 자기 마을로 돌아왔지만, 곧 다시 죽었다고 기록되어 있어요. 그리고 전 그 상자가 몇백 년이 넘도록 신사에 보관되어 있다고 들었어요." 그런 뒤 둘은 뭔가 다른 것에 대해 이야기를 했다.

나의 어머니인 이사코는 내가 해달라는 만큼 자주 그 이야기를 해주지 않았다. "그 이야긴 너무 슬퍼서." 어머니는 이렇게 말하곤 했고, 대신 할머니와 굴러가버린 쌀만두 이야기, 혹은 그림이었는데 살아나서 사악한 쥐들을 죽인 고양이 이야기, 혹은 강을 둥둥 떠내려간 복숭아 소년 이야기를 해주셨다. 내 여동생과 친척들, 그리고 더 나이 든 사람들도 나만큼이나 귀를 쫑긋 세우고 어머니의 이야기를 들었다. 이 이야기들은 O에서 새로운 이야기였고, 새로운 이야기는 언제나 보물이었다. 그림 고양이 이야기는 많은 이들에게 사랑을 받았고, 특히 어머니가 테라에서 가져온 붓과 기묘한 검은색의 마른 잉크 덩어리를 꺼내 우리가 한 번도 본 적이 없는 그 동물들—고양이, 쥐—을 그릴 때면 인기가 절정에 달했다. 고양이라는 놀라운 동물은 등을 활모양으로 굽혔고 눈은 용감하고 동그랬으며, 쥐는 송곳니가 나와 있었고 내 여동생 말처럼 "양쪽을 동시에 경계하며" 살금살금 걸어 다녔다. 그러나 언제나 나는 다른 이야기가 모두 끝날 때까지 버티며 어머니가 내 눈을 보기만 기다렸고, 그런 날 본 어머니는 시선을 돌려 살짝 웃고는 한숨을 쉬며 말하곤 했다. "아주, 아주 오래전, 내해의 바닷가에 어떤 어부가 살았단다……."

그때 내가 그 이야기가 어머니에게 어떤 의미인지 알았을까? 그게 어머니의 이야기란 걸? 만약 어머니가 어머니의 마을로, 어머니의 세계로 돌아가려 했다면, 어머니가 알았던 사람들은 모두 죽은 지 벌써 몇백 년은 됐을 거란 걸?

난 어머니가 "다른 세계에서 왔다"는 건 확실히 알았지만, 그게 다섯 살의, 일곱 살의, 열 살의 내게 어떤 의미였는지를 지금으로선 상상하기 힘들며 기억하는 건 아예 불가능하다. 난 어머니가 테라인이며 헤인에 산 적이 있다는 걸 알았다. 그건 자랑스러운 점이었다. 난 어머니가 에큐멘의 모빌 자격으로 O에 왔음을 알았고(더욱 자랑스러웠고, 막연하고 장엄했다) "네 아버지와 난 수리단의 연극 축제에서 사랑에 빠졌"다는 걸 알았다. 또한 결혼을 성사시키기까지 아주 고난이 많았던 것도 알았다. 어머니가 임무 포기 허가를 받는 건 어렵지 않았다. 에큐멘은 원주민과 결혼하는 모빌들에 익숙해져 있었다. 하지만 외지인으로서, 이사코는 키'오 반족에 속하지 않았고, 그건 여러 문제 중 시작에 지나지 않았다. 난 가족사, 일화, 추문의 끝없는 원천인 내 다른어머니 투브두에게서 그에 대해 모두 들었다. "있잖니." 내가 일곱 살인가 열두 살 때 투브두는 눈을 반짝이며 내게 말했다. 억누를 수 없으며 살짝 쌕쌕거리는, 거의 소리 없는 웃음이 투브두의 몸을 뒤흔들며 내면에서 터져 나오려 하고 있었다. "있잖니, 이사코는 여자들이 결혼한다는 것조차 몰랐단 거 아니? 자기가 온 곳에선 여자들이 결혼하지 않는다고 그러더라."

나는 투브두가 한 말에서 잘못된 부분을 고쳐줄 수 있었고, 실제로도 그렇게 했다. "어머니 지역에서만 그래요. 어머니는 여자들이 결혼하는 지역도 많이 있다고 말씀하셨어요." 투브두는 악의나 모욕하려는 뜻이 없었지만, 난 어머니에 대해 왠지 방어적이 되었다. 투브두는 이사코를 무척 사랑하고 우러렀다. 투브두는 어머니를 처음 본 순간 사랑에 빠졌었다. "그 검은 머리하며 그 입!" 그리고 투브두는 그토록 멋진 여자가 단 한 남자와 결혼할 뻔하다니 참으로 어처구니없다고 생각했다.

"이해해." 투브두는 얼른 날 안심시켰다. "테라에선 다르다는 거, 그 사람들의 생식력이 손상된 거, 그곳 사람들은 아이들을 낳기 위해 결혼을 생각해야 한다는 거, 나도 알아. 그리고 결혼은 둘이서만 한다는 것도. 아, 불쌍한 이사코! 이사코 눈엔 얼마나 이상해 보였을까! 이사코가 날 보던 눈길이 기억나." 그리고 투브두는 우리 아이들이 "요란하게 낄낄거림"이라 부르는 것, 즉 투브두 특유의 즐겁고 조용하고 몸을 떠는 웃음에 다시 빠져들었다.

우리 관습에 익숙하지 않은 이들에게 내가 설명해야 할 점이 있다. 인간 주민이 적고 안정적이며 고대에 이미 발달의 정점에 이르른 기술들만이 있는 세계인 O에서는 거의 어디서나 통용되는 특정한 사회적 합의가 있다. 이곳에서는 도시나 주보다는 분산된 마을과 농장의 협회가 기본적인 사회 단위다. 인구는 절반 둘 혹은 반족들로 이루어져 있다. 태어난 아이는 그 어머니의 반족에 속하고, 따라서 (산골 사람들인 에니크를 제외한) 모든 키'오는 그 시간이 한밤중에서 정오까지인 아침 사람들, 혹은 그 시간이 정오에서 한밤중까지인 저녁 사람들, 둘 중 하나에 속한다. 반족들의 신성한 기원과 기능들은 '강론'과 '연극'에서, 그리고 모든 농장 신사의 의식에서 상기된다. 원래 반족의 사회적 기능은 필시 족외혼을 결혼으로 제도화해서, 격리된 농족 사람들 사이에서 근친번식을 저지하려는 의도였으리라. 그렇게 하면 다른 반족의 사람과만 섹스하거나 결혼할 수 있기 때문이다. 그러나 시간이 흐르며 이 규칙은 심하게 강화되었다. 당연하게 위반이 생겨나고, 그런 경우, 불명예, 경멸, 추방의 대가를 치른다. 아침 사람 혹은 저녁 사람으로서 한 사람의 정체성은 그 사람의 성별만큼이나 깊고 본질적인 요소이며, 그 사람의 성생활과 깊은 관계가 있다.

세도레투라 불리는 키'오 결혼은 아침 여자와 남자, 그리고 저녁 여자와 남자로 이루어진다. 서로 다른 성으로 이루어진 쌍들은 여자의 반족에 따라 아침 그리고 저녁이라 불린다. 동성으로 이루어진 쌍들은 낮(여자 둘)과 밤(남자 둘)이라 불린다.

결혼은 무척이나 엄격하게 구조화되어 있어, 이 네 명은 각자 다른 두 명과는 성적으로 잘 지내야만 하지만 네 번째 사람과는 절대로 섹스를 해서는 안 된다. 이 때문에, 당연히 모종의 조정이 필요하다. 세도레투를 맺어주는 것이 이곳 사람들의 주요 소일거리다. 실험이 권장된다. 4인조들이 형성되고 해체되고, 2인조들이 다른 2인조들과 섞이고 맞춰보며 시험을 해본다. 전통적으로 나이 든 홀아비들인 중매인들은 산개된 마을들의 농족 사람들을 찾아다니며 만남을 주선하고 들판 춤 자리를 마련하고, 모든 문제를 상담해주는 역할을 맡는다. 많은 결혼이 동성 간이든 이성 간이든 한 쌍의 중매에서 시작되고, 여기에 또 다른 쌍 혹은 개별적인 사람 두 명이 더해진다. 많은 결혼이 처음부터 끝까지 마을의 연장자들에 의해 막후 조종되거나 주선된다. 마을의 큰 나무 아래에서 세도레투를 맺어주는 연장자들의 말에 귀 기울이는 것은 마스터들이 펼치는 체스나 티드헤 게임을 지켜보는 것과 비슷하다. "만약 에르더브의 그 저녁 소년이 가드'드에서 밀을 빻는 동안 젊은 토보를 만나려 했다면……." "오토의 호딘'느가 프로그래머 아닌가? 에르더브에 프로그래머가 필요했는데……." 장래의 신랑 혹은 신부는 그들의 기술 혹은 그들의 고향 농장을 혼인 지참금으로 제시할 수 있다. 빈손이었다면 인기 없을 사람들이 결혼할 때 가져올 지식이나 재산 때문에 선택되고 존중받을 수도 있다. 한편 농족 사람들은 새 구성원들이 싹싹하고 쓸모 있길 바란다. O에서 결혼 중매는 끝없이 계속된다. 대체로 구성원들은 그 결혼 중매에서 다른 어떤 합의에서 못지않게 큰 만족감을 느끼며, 중매인들은 훨씬 더 큰 만족감을 느낀다는 점을 분명히 밝히고 싶다.

물론 결혼하지 않는 사람들도 많다. 학자, 방랑하는 강론가, 순회 예술가와 달인들, 그리고 여러 센터의 전문가들은 농족 세도레투의 육중한 영속성에 자신을 짜맞추려는 경우가 거의 없다. 많은 이들이 형제 혹은 자매의 결혼에 고모 혹은 삼촌으로서 참여하게 되고, 이는 제한적이면서 또한 명확하게 정의된 책임이 있는 위치다. 그들은 다른 반족의 배우자들 중 하나 혹은 둘 다와 섹스를 할 수 있고, 따라서 때로는 넷에서 일곱 혹은 여덟까지 세도레투가 증가된다. 그런 친족관계의 아이들은 사촌이라 불린다. 한 어머니의 아이들은 서로에게 형제들 혹은 자매들이다. 아침의 아이들과 저녁의 아이들은 가사근친이다. 형제들, 자매들, 그리고 사촌들은 결혼할 수 없지만, 가사근친들은 결혼할 수 있다. O의 다소 덜 보수적인 지역들에서는 가사근친 결혼을 비난의 눈으로 보지만, 내 지역에서 이런 결혼은 흔한 일이며 존중받는다.

내 아버지는 O의 여섯 대륙 중 가장 작은 대륙인 오케트에서 사두운 강 북서 분수령의 구릉 지역에 있는 데르단'나드 마을 우단 농족의 아침 남자였다. 이 마을은 77개의 농족으로 이루어졌고, 널찍한 사두운의 지류인 오로 강의 분수령에 있는 들판과 숲을 물길이 가로지르는 심한 구릉 지역 안에 있다. 이곳은 비옥하고 기분 좋은 교외이며, 서쪽으로는 연안 산맥, 남쪽으로는 사두운의 거대한 범람원들과 그 너머에서 반짝이는 바다가 보인다. 오로는 물고기와 아이들로 가득한 넓고 활기차고 시끌시끌한 강이다. 나는 유년기를 오로의 안, 옆, 혹은 근처에서 보냈다. 오로는 우단을 통과하며 흐르는데 집과 어찌나 가까운지 밤새 강의 목소리를 들을 수 있다. 강이 힘차게 흐르며 쉿쉿대는 소리, 급류 속에서 돌들이 구르며 내는 깊고 요란한 소리. 오로는 얕지만 상당히 위험하다. 우리 모두는 아주 어려서부터 수영장으로 파놓은 잔잔한 만에서 수영하는 법을 배웠고, 나중엔 돌과 급류로 가득한 빠른 흐름 속에서 노 젓는 배와 카약 다루는 법을 배웠다. 고기잡이도 아이들이 해야 할 일의 하나였다. 나는 작고 동그란 눈이 반짝이는, 살찌고 푸른 오키드를 작살로 잡는 걸 좋아했다. 난 강 한가운데의 미끌거리는 돌 위에 영웅처럼 서서 긴 작살을 꿰찌르려 높이 들곤 했다. 난 작살을 잘 썼다. 하지만 내가 작살을 들고 의기양양하게 날뛸 동안, 내 가사근친인 이시드리는 슬그머니 물에 들어가 맨손으로 오키드를 예닐곱 마리씩 잡곤 했다. 그녀는 뱀장어를 잡을 수 있었고, 심지어 화살처럼 빠르게 달려드는 에이까지도 잡았다. 난 절대 그렇게 할 수 없었다. "그냥 물과 함께 움직이면서 투명해지면 돼." 이시드리는 말했다. 그 애는 우리 중 누구보다도 오래 물속에 있을 수 있었고, 그 시간이 어찌나 길었던지 우리는 이시드리가 빠져 죽었다고 믿을 지경이었다. "갠 너무 못돼서 빠져 죽지 않아." 그녀의 어머니인 투브두는 선언했다. "정말 못된 사람들은 물에 빠져 죽게 할 수 없단다. 그런 사람들은 언제나 다시 불쑥 떠오르지."

아침 아내인 투브두는 아이가 둘이었고, 남편은 카프였다. 이시드리는 나보다 나이가 한 살 많았고, 수우디는 세 살 어렸다. 아침의 아이들은 내 가사근친이었고, 투브두와 카프의 동생인 토보 삼촌 사이의 아들인 하드'드 사촌도 그랬다. 저녁 쪽에는 아이가 둘이었고, 나와 내 여동생이었다. 여동생의 이름은 코네코로, 오케트에선 오래된 이름이었으며, 내 어머니의 테라어로도 뜻이 있었다. '새끼 고양이', 즉 둥근 등과 둥근 눈을 가진 놀라운 동물인 '고양이'의 새끼란 뜻이었다. 나보다 네 살 어린 코네코는 사실 아기 동물처럼 토실토실하고 보드라웠지만, 눈은 어머니처럼 길었고, 눈꺼풀은 관자놀이 쪽으로 갈수록 위로 올라간 것이 마치 개화 전 부드러운 꽃대 같았다. 코네코는 내 뒤를 비틀비틀 따라다니며 "데오! 데오! 기다려!" 하고 외쳤다. 그리고 나는 재빠르고 대담하며 언제나 사라져버리는 이시드리를 따라 달리며 이렇게 외쳤다. "시디! 시디! 기다려!"

더 나이가 들자 이시드리와 나는 뗄 수 없는 단짝이 되었고, 수우디, 코네코, 그리고 사촌인 하드'드는 3인조가 되어 보통은 온몸에 진흙 범벅을 하고 여기저기 긁힌 상처에 딱지가 내려앉은 채 말썽을 부리고 다녔다. 대문을 그냥 열어놔서 야마들이 농작물에 들어가게 만들고, 위에서 쿵쿵 뛰어 건초를 망쳐놓고, 과일을 훔치고, 드레헤 농족의 아이들과 전투를 했다. "못된 것들. 못된 것들." 투브두는 말하곤 했다. "저놈들은 절대 물에 빠져 죽지 않을 거야!" 그러고는 특유의 조용한 웃음을 터뜨리며 몸을 흔들곤 했다.

나의 아버지 도헤드리는 근면했고, 잘생기고, 조용하며, 초연했다. 아버지는 원래도 매사에 심각한 성격이었는데, 보수적이고 의심이 많으며 해묵은 열정과 질투가 가득하고 모두가 이리저리 촘촘하게 얽혀 있는 마을과 농장 생활 속에 외지인을 데려오겠다고 고집을 부리면서, 그 뒤론 근심걱정까지 많은 성격으로 변했던 것 같다. 다른 키'오도 물론 외국인과 결혼한 적이 있었지만, 거의 언제나 '이종 결혼'이자 둘만의 결혼이었다. 그리고 이런 쌍들은 대개 센터들 중 한 곳에서 살았다. 센터들에는 온갖 종류의 비전통적인 중매가 흔하게 있었고, 심지어(그래서 큰 나무 아래에서는 마을의 뒷공론이 무성했다) 아침 인간 둘이 근친상간의 결합을 한 경우까지 있었다! 혹은 이런 쌍들은 O를 떠나 헤인에 살러 가거나, 모든 가정과의 인연을 끊고 모빌이 되어 NAFAL 우주선을 타고 이런저런 세계들에 스치듯 머물다가 모든 과거를 버리고 끝없는 미래를 향해 다시 떠나갔다.

우단 농족의 흙 속에 무릎까지 뿌리를 내린 남자인 아버지에겐 이 중 어떤 것도 가능하지 않았다. 아버지는 자신이 사랑하는 사람을 자신의 집으로 데려왔고, 의식을 통해 어머니를 그들의 반족에 받아들여달라고 데르단'나드의 저녁 사람들을 설득했다. 이 의식은 워낙 드물고 고대의 것이라 이를 치르기 위해 담당자가 노라탄에서 배와 기차를 타고 우리 있는 곳까지 와야만 했다. 그런 뒤 아버지는 투브두에게 세도레투에 들어오라고 설득했다. 투브두의 낮 결혼에 관한 한, 투브두가 내 어머니를 만나자마자 이는 조금도 문제가 아니게 되었다. 하지만 투브두의 아침 결혼에 관해선 좀 곤란한 상황이 되었다. 카프와 내 아버지는 오랫동안 연인이었다. 카프는 세도레투를 완성할 확실하고 자발적인 후보였다. 하지만 투브두는 카프를 좋아하지 않았다. 카프는 내 아버지에 대한 오랜 사랑 때문에 투브두에게 진심을 담아 열심히 구애했고, 투브두는 세 사람의 맞물린 소망을 끝내 내치기엔 마음이 너무 고왔다. 게다가 투브두 자신이 이사코를 강렬히 열망하기도 했다. 투브두는 늘 카프를 지루한 남편이라 보았던 듯하다. 그러나 카프의 남동생인 토보 외삼촌은 보너스였다. 그리고 내 어머니에 대한 투브두의 태도는 무한히 부드럽고, 경의와 섬세함과 신중함으로 가득했다. 한번은 어머니가 그에 대해 말했다. "투브두는 그 모든 게 내게 얼마나 낯선지를 알았어. 투브두는 그 모든 게 얼마나 낯선지를 알아."

"이 세계요? 우리 방식요?" 나는 물었다.

어머니는 아주 살짝 고개를 저었다. "그 정도는 아니고." 어머니는 외국 악센트가 희미하게 섞인 특유의 조용한 목소리로 말했다. "하지만 남자와 여자, 여자와 여자, 함께하고 사랑하는 것, 그건 언제나 너무 낯설어. 안다고 해서 절대 마음의 준비가 되지 않아. 절대로."

"결혼은 낮이 만든다"라는 말이 있다. 두 여자 간의 관계가 결혼을 성사시키기도 깨기도 한다는 뜻이다. 비록 내 어머니와 아버지는 서로를 깊이 사랑했지만, 그 사랑은 언제나 고통의 가장자리에 있었고, 절대 쉽지 않았다. 나는 우리가 그 가정에서 누렸던 행복하기 그지없는 어린 시절이 이사코와 투브두가 서로에게서 찾은 부동의 기쁨과 힘에 기초하고 있음을 한 치도 의심하지 않는다.

그리하여 이윽고. 열두 살이 된 이시드리는 태양기차를 타고 우리 구역 교육 센터인 허핫의 학교로 떠났고, 나는 데르단'나드 역의 흙먼지 속에서 아침 햇살을 받으며 서서 큰 소리로 울었다. 내 친구, 나의 놀이친구, 내 삶이 가버렸다. 나는 영원토록 빼앗기고, 버려지고, 혼자가 되었다. 힘센 열한 살짜리 오빠가 목 놓아 우는 것을 보고 코네코 역시 큰 소리로 울기 시작했고, 흙길에 떨어진 빗방울처럼 흙투성이 눈물이 뺨에 굴러떨어졌다. 코네코는 두 팔로 나를 꽉 안으며 외쳤다. "히데오! 이시드리는 돌아올 거야! 돌아올 거라고!"

난 한 번도 그때를 잊은 적이 없다. 아직도 코네코의 쉬어버린 작은 목소리가 귀에 생생하고, 날 안은 두 팔과, 목에 와 닿는 뜨거운 아침 햇빛이 느껴진다.

오후까지 우리 모두는, 코네코와 나와 수우디와 하드'드는 오로에서 수영을 했다. 가장 연장자로서 나는 의무와 엄격한 미덕을 솔선수범해 보이기로 결심했고, 무리를 이끌고 관개수로 사업소에서 일하는 육촌인 토피를 도우러 갔다. 그러나 토피는 우리를 파리 떼 쫓듯 쫓아내며 말했다. "가서 다른 사람이나 도와주고 난 일 좀 하게 내버려둬!" 우린 돌아가서 진흙으로 성을 쌓았다.

그리하여 이윽고. 1년이 흐르고 열두 살이 된 히데오와 열세 살이 된 이시드리는 태양기차를 타고 학교로 떠났고, 코네코는 흙먼지 날리는 측선에 남겨졌지만 울지 않고 그저 조용히 있었다. 우리의 어머니가 슬픔에 잠기면 조용해지는 것과 똑같았다.

난 학교를 사랑했다. 처음 며칠 동안은 가슴 저미도록 향수병에 걸렸었다는 걸 알지만, 이젠 그 고통이 기억나지 않는다. 그 고통은 허핫에서, 그리고 나중에 시간물리학과 공학을 공부한 란'느, 즉 고등 교육 센터에서 충만하고 비옥한 몇 년을 보낸 기억 속에 묻혀버렸기 때문이다.

이시드리는 허핫에서 1차 과정을 마치고 다시 1년간 2차 과정으로 문학, 수문학, 양조학을 공부한 뒤 사두운 북서 분수령의 구릉 지역에 있는 데르단'나드 마을의 우단 농족으로 돌아갔다.

나보다 어린 세 명도 모두 학교에 왔고, 1, 2년간 2차 과정을 밟은 뒤, 배운 바를 가지고 집으로, 우단으로 돌아갔다. 코네코는 열다섯인가 열여섯 살 때, 나를 따라 란'느로 오겠다고 말한 적이 있다. 하지만 우리가 "촘촘한 계획"이라 부르는 분야에서 워낙 뛰어나다보니 집에서 코네코를 원했다. '촘촘한 계획'은 보통 농장 경영이라 번역되지만, 이 표현으로는 촘촘한 계획에 수반되는 요소들의 복잡성, 즉 생태학, 정치학, 이득, 전통, 심미학, 명예, 기백 등이 무척이나 실용적이면서도 사실상 보이지 않는, 마치 건강한 유기체의 생체 항상성처럼 균형을 이루며 기능하는 복잡한 연관성을 전혀 보여주지 못한다. 우리의 '새끼 고양이'는 그런 분야에서 기술이 뛰어났고, 우단과 데르단'나드의 입안가들은 코네코가 스무 살이 되기 전에 코네코를 자신들의 의회로 데려갔다. 하지만 그때 난 이미 가고 없었다.

재학 당시 매년 겨울, 나는 긴 휴일마다 농장으로 돌아왔다. 집에 돌아오는 순간, 나는 책가방을 집어 던지듯 학교를 마음속에서 몰아내고 순식간에 순수한 농장 소년이 되었다. 일하고, 수영하고, 낚시하고, 등산하고, 헛간에서 연극과 광대극을 하고, 마을 전역의 들판 춤과 집 춤에 참가하고, 데르단'나드와 다른 마을들에서 온 사랑스러운 아침의 소년 소녀들과 사랑에 빠졌다 말았다 했다.

란'느에서의 마지막 2년 동안, 나의 고향 방문은 그 성격이 달라졌다. 낮에는 교외 곳곳을 쏘다니고 밤에는 온갖 춤에 참가하는 대신, 집에서 시간을 보낼 때가 많아졌다. 나는 사랑에 빠지지 않으려 조심하면서, 드레헤 농족 소타와의 오래되고 소중한 관계를 점차 정리했고, 그러는 동안 그에게 상처를 주지 않으려 애썼다. 나는 손에 낚싯줄을 들고 오로 강변에 앉아 모든 시간을 보냈고, 우리가 어릴 적 수영하던 만 입구 바로 밖의 특정 장소에서 물이 어떻게 흐르는지를 머릿속에 새겼다. 물은 맑은 줄기들로 솟아나서, 이끼가 끼고 물에 거의 잠기다시피 한 둥근 바위

두 개를 향해 질주하며 물결치고 나선형으로 맴돌고, 그중 일부는 그렇게 맴돌다 점점 약해지고 결국 사라지지만, 사라지지 않고 남은 하나는 중심부가 깊숙이 들어간 채 맴돌다가 작은 소용돌이가 되어 빙빙 돌며 천천히 하류로 가다가 둥근 돌들 사이의 빠르고 반짝이는 급류에 닿으면 느슨해지며 합체해서 강의 본류로 섞여들고, 그동안 또 다른 맴돌이가 생겨나, 둥근 돌들 위에서 맑은 줄기들로 물이 솟아나는 상류의 깊은 중심부를 돌며 다시 중심부가 깊숙이 들어간 소용돌이가 되고……. 그 겨울, 가끔 강물이 비 때문에 불어난 뒤 돌 바로 위까지 높아져 넘치면서 수면이 매끄러워질 때가 있었다. 그러나 언제나 수위는 다시 낮아졌고, 소용돌이들도 다시 나타났다.

겨울 저녁마다 나는 불가에서 내 동생과 수우디와 진지하고 긴 대화를 나눴다. 나는 어머니가 아름다운 두 손으로 새 커튼에 자수를 놓는 것을 지켜보았다. 아버지가 식당의 넓은 창문들에 걸려고 우단의 400년 묵은 재봉틀로 박은 커튼이었다. 나는 우리의 '촘촘한 계획' 위원회의 지시에 따라 아버지와 함께 동쪽 밭의 비료 공급 시스템, 그리고 야마 담당 순번을 다시 조종했다. 때때로 나는 아버지와 이야기를 조금 나눴지만, 길게 얘기한 적은 전혀 없었다. 저녁마다 우리는 음악을 연주했다. 사촌인 하드'드는 고수였고, 춤출 때 북을 쳐달란 요청을 많이 받았으며 언제나 사람들을 많이 모을 수 있었다. 혹은 나는 투브두와 '단어도둑' 게임을 하곤 했다. 투브두가 무척이나 좋아하는 게임이었는데, 투브두는 내 단어들을 훔치는 데 열중한 나머지 자신의 단어들을 보호하는 걸 잊어서 항상 지곤 했다. “잡았다, 잡았어!” 투브두는 소리치곤 했고, 토실토실하면서 끝이 뾰족한 갈색 손가락으로 내 단어 블록들을 꽉 쥐고 ‘요란하게 낄낄’거렸다. 그럼 다음 수순은 내가 투브두의 블록 대부분과 함께 내 단어들을 모두 되찾아오는 거였다. “그걸 어떻게 봤지?” 투브두는 깜짝 놀라 물으며 흩어진 단어들을 살펴보곤 했다. 가끔 나의 다른아버지인 카프가 우리와 함께 게임을 했는데, 그는 조직적이고, 약간은 기계적으로 게임을 하면서 이기든 지든 작은 미소를 띠곤 했다.

게임이 끝나면 나는 나무벽과 짙붉은 커튼, 창문으로 들어오는 비 냄새, 지붕 타일을 때리는 빗소리가 섞인, 처마 아래 내 방으로 올라갔다. 나는 옅은 어둠 속에서 방에 누워 슬픔을 즐기곤 했다. 그 슬픔은 이제 내가 작별할, 영원히 잃게 될, 시간의 시꺼먼 강을 따라 항해하며 멀리 떠나게 될 이 오래된 집에 대한 크고, 아프고, 달콤하고, 젊은 아픔이었다. 왜냐하면 난 열여덟 번째 생일이 되는 날부터, 내가 우단을 떠나, O를 떠나 다른 세계들로 나아가게 될 것을 알았기 때문이다. 그건 나의 야망이었다. 나의 운명이었다.

나는 이제까지 겨울의 휴일들에 대해 이야기하며 이시드리에 대해 아무 말도 하지 않았다. 이시드리는 그곳에 있었다. 이시드리는 연극에 참가했고, 농장에서 일했고, 춤추러 갔고, 함께 합창했고, 등산팀에 끼었고, 다 함께 따뜻한 비를 맞으며 강에서 수영했다. 란’느에서 처음으로 집에 돌아온 겨울, 데르단’나드 역에서 기차에서 내리자, 이시드리가 기쁨의 환호성을 지르며 날 꼭 안았고, 이윽고 묘하고 놀란 웃음을 터뜨리며 날 놓아준 뒤 뒤로 물러났다. 이제 이시드리는 키가 크고 검고 말랐으며 얼굴에는 열의와 조심성이 깃든 소녀였다. 그날 저녁, 이시드리는 날 상당히 어색해했다. 나는 그게 이시드리가 날 항상 꼬마로, 아이로 봤었는데 이제 내가 열여덟 살에 란'느의 학생이라서, 남자라서 그렇다는 걸 느꼈다. 난 이시드리에게 만족했고, 이시드리를 맘 편하게 해주고 보살펴주었다. 그 뒤로, 이시드리는 계속 어색해하며 부적당한 때에 소리 내어 웃었고, 절대 예전처럼 길게 대화하며 마음을 터놓지 않았다. 심지어는 날 피하는 듯했다. 그해, 집에서의 마지막 열흘 내내, 이시드리는 사브토디우 마을에 가 있으면서 자신의 아버지 친척들을 방문했다. 나는 이시드리가 내가 다시 떠날 때까지 기다리지 않고 친척들을 방문하러 갔다는 점에 화가 났다.

다음 해, 이시드리는 어색해하진 않았지만, 친밀하게 굴지도 않았다. 이시드리는 종교에 관심을 보이고 있었고, 매일 신사에 가 어른들과 함께 강론을 공부했다. 이시드리는 친절하고, 다정하고, 바빴다. 그 겨울에 이시드리와 내가 한 번이라도 서로 만진 적이 있는지 기억나지 않는다. 그러다 이시드리가 내게 잘 가라고 키스했다. 우리 사람들은 입으로 키스하지 않는다. 우리는 잠시 혹은 좀 더 오래 뺨을 맞댄다. 이시드리의 키스는 나뭇잎이 스치듯 가벼웠고, 오래 끌긴 했지만 간신히 느낄 수 있을 듯한 정도였다.

세 번째이자 마지막으로 집에 돌아온 겨울, 나는 떠나겠다고 말했다. 헤인으로 간다고, 그리고 헤인에서 더 멀리 가려 한다고, 영원히 떠나려 한다고 말했다.

우린 부모님께 얼마나 잔인한 존재들인지! 내가 말할 필요가 있는 건 헤인으로 간다는 게 전부였다. 어머니는 고통과 기쁨이 뒤섞인 목소리로 "그럴 줄 알았어!" 하고 외친 뒤, 평소처럼 부드러운 목소리로 "그런 뒤엔, 돌아올 수도 있겠구나, 한동안은" 하고 넌지시 말했다. 꼭 그러란 말은 절대 아니었다. 난 "네" 하고 말할 수도 있었다. 어머니가 부탁한 건 그게 다였다. 네, 돌아올 수도 있어요, 한동안은요. 자신의 자기중심성을 정직함이라고 착각하는 젊은이 특유의 완고한 자기중심성에서, 나는 어머니에게 어머니의 부탁대로 대답하길 거절했다. 나는 10년 뒤엔 날 다시 볼 수 있을 거란 그 소박한 희망조차 어머니에게서 빼앗았다. 그리고 일단 떠나면 다신 만나지 못할 거라고 믿게 해서 어머니를 쓸쓸하게 만들었다. "자격이 된다면, 전 모빌이 되고 싶어요." 나는 말했다. 괜한 희망을 주지 말고 솔직하게 말하기로 이미 모질게 마음먹고 있었다. 나는 내 진실성에 자부심을 느꼈다. 그리고 줄곧, 비록 나는 몰랐지만, 부모님도 몰랐지만, 그건 절대 진실이 아니었다. 진실은 그렇게 간단한 경우가 거의 없다. 나중의 내 경우처럼 복잡한 경우도 별로 없지만.

내 잔인한 짓을 어머니는 한 마디 불평 없이 받아들였다. 결국 어머니도 자신의 사람들을 떠나왔던 것이다. 그날 저녁 어머니는 말했다. "네가 헤인에 있는 한, 우린 가끔 앤서블로 얘기할 수 있어." 어머니는 자신이 아니라 나를 안심시키려는 듯이 말했다. 난 어머니가 자신의 사람들에게 작별 인사를 하고, 테라에서 우주선에 오르고, 몇 시간 지나지 않아 헤인에 내렸을 때를 떠올리고 있었다고 생각한다. 그때 어머니의 어머니는 죽은 지 벌써 50년이 지나 있었다. 어머니는 앤서블로 테라와 연락할 수 있었지만, 어머니와 얘기할 사람이 대체 남아 있긴 했을까? 난 그 고통에 대해 몰랐지만, 어머니는 알았다. 어머니는 내가 한동안은 그 고통을 모를 거란 점으로 위안을 삼았다.

이제 모든 것이 '한동안'이었다. 아, 그때의 그 달콤씁쓸함이라니! 나는 그 시간을 얼마나 즐겼는지 모른다. 다시 한 번 나는 포효하는 물속의 미끄러운 돌 위에 균형을 잡고 서서 작살을 높이 든 영웅이었다! 나는 우단에서의 길고, 느리고, 깊고, 풍성한 삶을 그토록 내 손으로 으깨 던져버리고 싶어 했고 그럴 준비가 되어 있었다!

딱 한 번, 나는 내가 무슨 짓을 하는 건지 들었지만, 너무나 간단하게 그 말을 물리쳤다.

겨울의 마지막 달이 끝나갈 무렵, 비 내리는 어느 따뜻한 오후에 나는 보트 창고 작업실에 있었다. 불어난 강이 계속해 큰 소리로 흘러가는 소리에 이런저런 생각이 떠올랐다. 나는 우리가 낚시할 때 쓰던 작고 빨간 노 젓는 배에 새 가로장을 넣고 있었다. 나는 그 작업이 즐거웠고, 100년은 떨어진 다른 행성에서 보트 창고에서의 이 시간을 회상하고 있을 나를 상상하며 미래의 향수를 한껏 즐겼다. 나무와 물의 냄새, 끊임없이 울리는 요란한 강물 소리. 그때 누가 작업실 문을 두드렸다. 이시드리가 안을 들여다보았다. 마르고 검고 조심스러운 얼굴, 나만큼 검진 않지만 길게 땋은 검은 머리, 열중하는 맑은 눈. "히데오." 이시드리는 말했다. "너랑 잠시 얘기하고 싶어."

"어서 들어와!" 나는 편안한 척, 반가운 척하며 말했지만, 실은 이시드리와 얘기하기가 꺼려진다는 걸, 이시드리가 두렵다는 걸 반쯤 인식하고 있었다. 하지만 왜?

이시드리는 바이스 작업대에 올라앉았고, 잠시 말없이 내가 일하는 모습을 지켜보았다. 나는 뭔가 진부한 이야기를 하기 시작했지만, 이시드리가 말했다. "내가 왜 한동안 널 피했는지 알아?"

나는 거짓말, 자기방어적인 거짓말을 했다. "날 피해 다녔다고?"

그 말에 이시드리는 한숨을 쉬었다. 이시드리는 내가 안다고 말하길, 그래서 나머지를 얘기할 필요가 없길 바랐던 것이다. 하지만 난 그럴 수 없었다. 내 거짓말은 이시드리가 날 계속 피했다는 걸 몰랐던 척하는 부분까지만이었다. 왜 날 피했는지는 이시드리가 말해주기 전까진 정말이지 절대, 절대로 생각해본 적도 없었다.

"난 내가 너랑 사랑에 빠졌단 걸 알게 됐어. 재작년 겨울에." 이시드리는 말했다. "난 거기에 대해 아무 말도 하지 않으려 했어. 왜냐하면…… 음, 뭐랄까. 만약 네가 내게 비슷한 감정을 느꼈다면, 너도 내가 널 좋아한다는 걸 알았을 테니까. 하지만 우리 둘 다 서로를 좋아하진 않았어. 그래서 그건 아무 소용이 없었어. 하지만 그러다 네가 떠날 거라고 우리에게 말했을 때……처음에 난 생각했어, 더더욱 아무 말도 말아야겠다고. 하지만 그다음엔, 그러면 공정하지 않다는 생각이 들더라. 내게는 어느 정도 그랬어. 사랑은 말해질 권리가 있어. 그리고 넌 누가 널 사랑한다는 걸 알 권리가 있고. 누가 널 사랑하고 있었고, 널 사랑할 수 있었다는 걸. 우린 모두 그걸 알 필요가 있어. 어쩌면 그게 우리에게 가장 필요한 건지도 몰라. 그래서 난 네게 말하고 싶었어. 그리고 내가 널 사랑하지 않아서, 혹은 좋아하지 않아서 널 피했다고 네가 생각할까봐 겁이 났어, 무슨 말인지 알겠지. 그렇게 보였을 수도 있잖아. 하지만 실은 그런 게 아니었어." 이시드리는 탁자에서 미끄러져 내려와 문가에 서 있었다.

"시디!" 나는 말했다. 그녀의 이름이 묘하고 쉰 목소리로 내 입에서 터져 나왔다. 이름뿐, 다른 말은 전혀 나오지 않았다. 할 말이 없었다. 난 아무 감정도, 동정심도 없었고, 더 이상의 향수도, 사치스러운 고통도 느끼지 않았다. 충격을 받아 아무 감정도 없었고, 당황하고 멍한 채로 그렇게 서 있었다. 우리의 눈길이 마주쳤다. 네다섯 번 숨을 쉴 동안, 우리는 서로의 영혼을 들여다보며 서 있었다. 이윽고 이시드리는 주춤하는 쓸쓸한 웃음과 함께 눈길을 돌리고 미끄러지듯 작업장을 나갔다.

난 이시드리를 따라가지 않았다. 이시드리에게 할 말이 전혀 없었다. 말 그대로 전혀 없었다. 나는 내가 이시드리에게 해야 할 말을 알게 될 때까지 한 달, 1년, 몇 년은 걸릴 거라고 느꼈다.

5분 전까지만 해도 나는 나 자신과 내 야망, 그리고 내 운명으로 가득했고 너무나 편안하게 꽉 차 있었다. 이제 나는 텅 비고, 조용하고, 초라하게 서서 내가 던져버린 세계를 보고 있었다.

진실을 볼 수 있는 그 능력은 한 시간가량 지속되었다. 그 뒤 평생 나는 그 당시를 '보트 창고에서의 시간'이라고 특별히 이름 지어 생각했다. 나는 이시드리가 앉았던 높은 작업대에 앉았다. 비가 떨어지고 강이 우르릉거리며 흘렀고 이른 밤이 찾아왔다. 마침내 나는 몸을 일으켜 불을 켜고 내 목적, 내 계획된 미래를 끔찍하고 평범한 현실로부터 변호하려 애쓰기 시작했다. 나는 감정과 회피와 변형의 차폐막을 세우기 시작했다. 이시드리가 내게 보여준 것을 외면하기 위해, 이시드리의 눈을 외면하기 위해.

저녁을 먹으러 집으로 올라갈 무렵이 되었을 때, 나는 자신을 잘 통제하고 있었다. 침대에 들 무렵엔 다시 내 운명의 주인이 되었고, 내 결정에 확신을 가졌으며, 거의 이시드리에게 미안한 감정을 느낄 수도 있었다. 하지만 '거의'일 뿐이었다. 나 자신을 위해 하려는 말로 이시드리에게 굴욕을 주는 일은 절대 없었다. 보트 창고에서 보낸 시간 동안 느꼈던 연민은 다름 아닌 바로 나 자신에 대한 것이었다. 며칠 뒤, 마을의 조그만 진흙투성이 역에서 가족과 헤어지며 나는 흐느껴 울었다. 사치스럽게 가족을 위해 운 게 아니라, 나 자신을 위해, 진실하고 절망적인 고통 때문에 울었다. 내가 견디기에 너무 과한 고통이었다. 나는 고통에 거의 단련되지 않았던 것이다! 나는 어머니에게 말했다. "돌아올게요. 과정을 마치면—6년, 어쩌면 7년이겠죠—돌아올게요. 한동안 머무를게요."

"네 길이 너를 그리 이끈다면." 어머니는 속삭였다. 어머니는 나를 꼭 안았다가 놓아주었다.

그리하여 이윽고. 내가 이야기를 시작하겠다고 선택한 시점이 되었다. 내가 스물한 살이고, 헤인의 학교들에서 공부하려고 우주선 '다르란다의 테라스'를 타고 집을 떠났을 때다.

여행 그 자체에 대해선 기억이랄 게 전혀 없다. 우주선에 들어간 건 기억하는 것 같지만, 세세한 부분은 시각적인 부분이든 움직인 부분이든 아무 기억도 나지 않는다. 우주선 안에 있던 것도 기억나지 않는다. 우주선을 떠난 기억은 압도적인 신체적 감각, 그러니까 현기증에 관한 게 전부다. 나는 비틀거렸고 멀미가 났고, 다리가 너무 휘청거린 탓에 헤인 땅에서 몇 걸음을 걸을 때까지 다른 사람에게 부축을 받아야 했다.

이 정신적 충격 때문에 불안해진 나는 에큐멘 학교에 문의했다. 그리고 이는 광속에 가까운 속도로 여행할 때 정신이 영향을 받는 여러 가지 방식 중 하나란 대답이 돌아왔다. 대부분의 사람은 그저 일종의 감각적 수렁 상태에서 몇 시간만 지난 듯이 느낀다. 공간과 시간과 사건에 대해 흥미로운 지각을 하는 이들도 있으며, 이런 지각은 심각하게 마음을 어지럽히는 수준이 될 수도 있다. 어떤 사람들은 목적지에 도착해 '깨어났을 때' 자신이 그동안 단순히 자고 있었다고 느낀다. 난 그런 경험조차 못했다. 난 아무런 경험을 하지 못했다. 속았다는 기분이 들었다. 난 그 여행을 느끼고 싶었고, 어떻게든 공간의 광대함을 알고 싶었다. 하지만 나에 관한 한, 그러한 광대함은 없었다. 나는 O의 우주항에 있었고, 그다음엔 베 항구에서 현기증을 느끼며 당황하다가, 마침내 내가 거기 있음을 믿을 수 있게 되자 흥분했다.

그 몇 년간 내가 공부하고 일한 것들은 이제는 전혀 흥미가 없다. 다만 단 한 가지 사건만 언급하겠다. 그 사건은 네 번째 벡탑, 지구년 21-11-93/1645의 앤서블 수신 파일 안에 기록되어 있을 수도 있고 아닐 수도 있다. (내가 마지막으로 확인했을 때는, 란'느의, 지구시간 30-11-93/1645의 앤서블 전송 파일에 기록되어 있었다. 우라시마가 왔다 간 이야기도 기록되어 있었다. '황제들 연대기'에 들어 있었다.) 1645는 내가 헤인에 왔던 첫해였다. 그 기간 초기에 나는 앤서블 센터로 와달란 청을 받았는데, 그들은 O에서 온 통신처럼 보이는 잡신호 있는 화면 전송을 수신했다면서 그 복원을 내가 도와주면 좋겠다고 설명했다. 수신일에서 아흐레 뒤의 날짜였고, 통신문은 다음과 같았다.

> 레스 오쿠 느 문제를 숨기 네트루 방출 해칠 디 아마도 그걸 구출하지 못할 데비르

단어들은 갈라지고 쪼개져 있었다. 어떤 단어는 표준 헤인어였지만, '오쿠'와 '네트루'는 '시오', 즉 나의 모국어로 '북쪽'과 '대칭적인'이란 뜻이다. O의 앤서블 센터들은 전송 기록이 전혀 없다고 보고했지만, 수신자들은 이 메시지가 O에서 왔을 수

도 있다고 생각했다. 이 두 단어가 있기 때문에, 그리고 파도의 손상을 입은 담수화 행성과 관련해 O의 스테빌 중 한 곳에서 거의 동시에 수신된 전송에 "아마도 그걸 구출하지는 못할 것입니다"란 헤인 표현이 담겨 있었기 때문이다. "우린 이걸 구겨진 메시지라 부릅니다." 수신자가 내게 말했고, 그때 나는 메시지를 전혀 못 알아보겠다고 고백한 뒤 앤서블 메시지가 이렇게 잡신호가 끼어 들어오는 일이 흔하냐고 묻고 있었다. "다행히도 자주는 아닙니다. 어디서 혹은 언제 이런 일이 생겼는지 또는 생길지는 확신할 수 없습니다. 어쩌면 이중 필드-간섭 현상의 영향일 수도 있습니다. 여기 있는 제 동료 중 한 명은 이런 걸 유령 메시지라 부릅니다."

난 언제나 순간 전송에 넋을 잃었다. 비록 그땐 앤서블 원리를 막 배우기 시작했을 뿐이었지만, 난 수신자들과 우연히 안면을 익히게 된 이 기회를 여러 수신자들과의 우정으로 발전시켰다. 그리고 앤서블 이론에 대해 가능한 모든 교육과정을 이수했다.

시간물리학 학교에서 마지막 해를 보내고, 더 공부하기 위해 세티 세계로 갈까 고민하고 있었을 때—가끔은 아련하고 부적절한 백일몽으로 느껴지고, 가끔은 열망하지만 꼭 해야 하면서도 하기 두려운 일 같다는 생각이 드는, 어머니께 약속한 고향 방문 후—아나레스는 앤서블로 순간이동의 새 이론에 대한 첫 보고서를 보내왔다. 정보뿐 아니라 물질, 물체, 사람이 시간이 전혀 걸리지 않고 한 곳에서 다른 곳으로 이동할 수 있다는 내용이었다. '처튼 기술'은 갑자기 현실이 되었다. 그러나 아주 낯선 진실이었고, 믿기 힘든 사실이었다.

나는 그쪽 일을 하고 싶어 몸이 달았다. 처튼 이론 일을 하게만 해준다면 학교에 몸과 영혼을 모두 바치겠다고 맹세라도 하려는 참에, 오히려 그쪽이 내게 와서 모빌 훈련을 1년 정도 미루고 처튼 이론 일을 해줄 수 있겠느냐고 물었다. 현명하게도, 그리고 감사한 마음으로, 나는 그러겠다고 했다. 나는 그날 밤 도시 전체를 돌아다니며 자축했다. 펜'느 춤추는 법을 모든 친구들에게 보여주던 기억이며 학교의 대광장에서 폭죽을 쏘던 기억이 난다. 동트기 조금 전에 소장의 연구실 창 아래에서 노래하던 기억도 나는 듯하다. 이튿날 어떤 기분이었는지 역시 기억난다. 그리고 결국 참지 못하고 나는 처튼 필드 연구소가 설치되고 있는 곳을 보려고 시간물리학 건물로 비틀거리며 걸어갔다.

앤서블 전송은 물론 엄청나게 비싸다. 그리고 나는 헤인에 있던 동안 가족과 딱 두 번밖에 말할 수 없었다. 하지만 앤서블 센터의 내 친구들은 이따금 나를 위해 O로 가는 통신에 화면 메시지를 슬쩍 '실어' 보내주곤 했다. 그래서 나는 란'느로 메시지를 보냈다. O의 오케트에서 사두운 강 북서 분수령의 언덕 지역에 있는 데르단'나드 마을의 우단 농족의 첫 번째 세도레투에게 "비록 이 연구 때문에 집에 가는 일이 늦어지긴 하겠지만, 이 연구 덕에 여행 시간이 4년 줄어들 수도 있다"는 말을 전해달라고 했다. 이 건방진 메시지는 내 죄책감을 보여주는 것이었다. 하지만 그때 우리는 정말로 몇 달 안에 기술을 완성할 수 있다고 생각했다.

필드 연구소는 곧 베 항구로 옮겨졌고, 나도 함께 갔다. 그때의 첫 3년간 세티인과 헤인인으로 이루어진 처튼 연구팀들과 한 공동 작업은 대성공, 지연, 희망, 실패, 획기적 진전, 좌절의 연속이었고, 모든 일이 너무나 빠르게 일어나서, 일주일만 일에서 손을 떼도 금세 흐름에 뒤떨어졌다. 그보네시는 이를 "수수께끼를 감추고 있는 명확함"이라고 불렀다. 모든 게 명확해졌다 싶을 때마다 모든 게 더욱 알쏭달쏭해졌다. 처튼 이론은 아름다우면서 사람을 미치게 했다. 실험은 흥분되면서 수수께끼 같았다. 처튼 기술은 가장 터무니없어 보일 때 가장 잘 적용되었다. 그 연구소에서의 4년은, 연구소 사람들 표현을 빌리자면, "전혀 시간이 안 걸린" 듯이 눈 깜짝할 사이에 흘러갔다.

나는 이제 헤인과 베에서 10년을 보냈고, 서른한 살이었다. O에서 4년이 흐를 동안, 나는 NAFAL 우주선으로 헤인에 가며 팽창된 시간을 몇 분 썼고, 내가 돌아갈 때도 다시 4년이 흐를 터였다. 그럼 집에 돌아가면, 난 그곳 시간으로 18년을 떠났다 오는 것이었다. 부모님은 아직 두 분 다 살아 계셨다. 약속한 대로 집을 방문할 때가 되었다.

처튼 연구는 '봄눈 역설'에 막혀 지지부진한 상태였고 세티인들은 이 문제가 해결 불가능할 수도 있다고 여겼지만, 나는 고향에 다녀오면 내가 8년이나 연구에서 뒤처진다는 생각을 견딜 수가 없었다. 세티인들이 이 역설을 해결하면 어쩌지? O로 가는 4년 동안 연구에 뒤처져야 한다는 사실을 아는 것만으로 이미 불안한 상태였다. 시험 삼아, 그렇게 큰 희망은 없이, 나는 소장에게 내가 O로 실험용 재료들을 좀 가져가 베 항구와 란'느 사이의 앤서블 링크에 붙박이용 이중 필드 보조 장치를 설치하겠노라고 제안했다. 그러면 베가 우라스와 아레나스와 계속 연락하는 것처럼, 나도 베와 계속 연락할 수 있었다. 그리고 고정된 앤서블 링크는 처튼 링크의 준비 단계가 될 수도 있었다. 나는 이렇게 말했던 것을 기억한다. "만약 그 역설을 해결하면, 우리는 드디어 생쥐를 보내게 될 수도 있습니다."

놀랍게도 내 제안이 먹혔다. 시간 기술자들은 수신 필드를 원했다. 처튼 이론만큼이나 그 속내를 알 수 없는 우리 소장조차도 내 제안을 좋은 생각이라고 말했다. 그녀는 말했다. "생쥐, 벌레, 고올, 우리가 자네에게 뭘 보낼지 기대하라고."

그리하여 이윽고. 난 서른한 살 때 NAFAL 우주선인 '소르라의 숙녀'를 타고 베 항구를 떠나 O로 돌아왔다. 이번엔 대부분의 사람들처럼 아광속 비행이 어떤 것인지를 경험했다. 일관되게 생각하거나 시계 문자반을 읽을 수 없거나 이야기를 따라갈 수 없는, 사람이 무력해지는 막간으로서의 경험이었다. 말하고 움직이는 것이 아주 어렵거나 불가능해진다. 다른 사람들이 비현실적인 반쯤 유령처럼 보이고, 어떤 이유에서인지 거기 있거나 없다. 나는 환각을 겪진 않았지만, 모든 것이 환각처럼 느껴졌다. 고열이 날 때와 비슷하다. 혼란스럽고, 비참하게 지루하고, 끝이 없게 느껴지고, 하지만 일단 끝이 나면, 마치 자기 삶의 밖에서, 자신과 아무 상관 없이 일어난 별개의 일화였단 듯이, 다시 떠올리기가 매우 힘들다. 이제 나는 이 경험과 '처튼 경험'

이 무척 닮았단 점이 아직까지 진지하게 연구된 적이 없었을까 궁금해진다.

나는 곧장 란'느로 갔고, 거기서 신기숙사에 숙소를 배정받았다. 전에 신사 기숙사에서 쓰던 학생 방보다 훨씬 좋았다. 타워 홀에는 실험용 순간이동 필드 스테이션을 설치할 멋진 실험 공간도 배정받았다. 나는 곧바로 가족들과 연락을 취했고, 부모님과 애기했다. 어머니는 아팠지만 이제 괜찮아졌다고 말했다. 나는 란'느에서 일을 마치는 대로 집에 가겠다고 말했다. 나는 열흘마다 연락해 부모님과 이야기했고, 이제 곧 아주 돌아가게 될 거라고 말했다. 나는 잃어버린 4년을 따라잡고 그보네시가 알아낸 봄눈 역설 해결법을 배워야 했기에 정말로 지독하게 바빴다. 다행히도, 이론 쪽에서 있었던 주요 진전은 그게 다였다. 기술 쪽은 상당한 진전이 있었다. 나는 나 자신을 재교육해야 하면서 또한 조수들을 거의 처음부터 훈련시켜야 했다. 나는 떠나기 전에 해놓고 싶은, 이중 필드 이론을 발전시킬 방법이 있었다. 다섯 달 뒤 나는 부모님께 연락해 마침내 말했다. "내일 도착해요." 그리고 그 순간, 나는 그동안 내내 내가 두려워해왔음을 깨달았다.

무엇을 두려워했던 건지는 모르겠다. 18년이 지나 부모님을 보는 것이 두려웠던 건지, 변화가, 낯섦이 두려웠던 건지, 아니면 나 자신을 두려워했던 건지.

18년이 지났건만, 커다란 사두운 강 옆의 언덕들, 경작지들, 데르단'나드의 흙먼지 이는 작은 역, 조용한 거리의 아주아주 오래된 집들은 하나도 변한 것이 없었다. 마을의 큰 나무는 사라졌지만, 대신 들어선 나무가 벌써 상당히 널찍한 그늘을 드리우고 있었다. 우단의 새집은 확장되었다. 야마는 울타리 너머로 오만하면서도 겁먹은 눈으로 나를 응시했다. 내가 마지막으로 집에 왔을 때 설치했던 출입문은 낡아서 덜컹거렸고, 기둥을 고치고 경첩을 새로 해야 했지만, 그 옆에 자라는 잡초들은 예전처럼 먼지투성이에 달콤한 냄새가 나는 여름 잡초 그대로였다. 작은 관개수로들의 조그만 댐들은 열렸다 닫혔다 하면서 부드럽게 짤까닥거리고 쿵쿵거렸다. 모든 게 똑같았다. 시간을 초월해 꿈처럼 흐르는 강 옆에 시간을 초월해 꿈처럼 우단이 움직이고 있었다.

그러나 뜨거운 햇빛 아래 역에서 날 기다리는 사람들의 얼굴과 몸은 전과 똑같지 않았다. 내가 집을 떠날 때 마흔일곱 살이었던 어머니는 이제 예순다섯 살이었고, 아름답고 연약한 할머니가 되어 있었다. 투브두는 살이 빠졌다. 어딘가 쪼그라들고 뭔가를 그리워하는 듯이 보였다. 아버지는 아직도 잘생겼고 당당하게 행동했지만, 행동이 느려졌고, 거의 말을 하지 않았다. 나의 다른아버지인 카프는 이제 일흔이었고, 꼼꼼하고 안달하는 조그만 할아버지가 되어 있었다. 그들은 여전히 우단의 첫 번째 세도레투였지만, 농족에 활기를 불어넣는 역할은 이제 두 번째 그리고 세 번째 세도레투에게로 넘어갔다.

이 모든 변화를 물론 나는 알고 있었지만, 편지와 통신으로 듣는 것과 직접 그 사이에 있는 것은 전혀 다른 문제였다. 고향집은 내가 살던 때보다 훨씬 꽉 차 있었다. 남쪽 익부는 다시 열려 있었고, 아이들이 문을 계속 시끌벅적하게 드나들면서 내가 어릴 땐 조용하고 담쟁이로 덮이고 신비하던 안뜰을 마구 뛰어다녔다.

네 살이 어렸던 여동생 코네코는 이제 나보다 네 살이 많았다. 코네코는 내가 일찍이 기억하던 어머니의 모습과 많이 닮아 있었다. 코네코는 기차가 데르단'나드 역에 들어왔을 때 내가 가장 먼저 알아본 사람 중 하나이기도 했다. 그때 코네코는 서너 살쯤 되는 아이를 들어 올리며 말했다. "봐, 봐, 저분이 히데오 삼촌이야!"

두 번째 세도레투는 11년 전에 결혼했다. 누이-가사근친들인 코네코와 이시드리는 낮의 짝들이었다. 코네코의 남편은 내 오랜 친구인 소타로, 드레헤 농족의 아침 남자였다. 소타와 나는 청춘 시절 서로를 끔찍이 사랑했었고, 나는 집을 떠날 때 소타를 슬프게 했던 것이 몹시 슬펐었다. 소타와 코네코가 사랑에 빠졌단 말을 듣고 나는 상당히 놀랐다. 내가 무척 자기중심적이긴 해도, 적어도 질투는 하지 않는다. 그 소식에 나는 굉장히 기뻤다. 이시드리의 남편은 이시드리보다 거의 스무 살이나 더 많은 헤드란이란 남자로, 원래는 강론을 연구하는 순회 학자였다. 우단은 헤드란을 후하게 대접했었고, 결국 헤드란의 방문은 결혼으로 이어졌다. 헤드란과 이시드리에겐 아이가 없었다. 소타와 코네코는 저녁 아이 둘을 두었다. 무르미란 열 살짜리 남자아이와 내 어머니 이사코를 꼭 닮은, 네 살짜리 라사코였다.

우단의 세 번째 세도레투는 내 동생-가사근친인 수우디에 의해 이루어졌다. 수우디는 애스터 마을 출신의 어느 여자와 결혼했다. 그들의 아침 쌍 역시 애스터의 농장에서 왔다. 이 세도레투엔 아이가 여섯이었다. 에케에서 세도레투가 깨진 한 사촌 역시 우단에 두 아이와 함께 살러 와 있었다. 그래서 왔다 갔다 하고 옷을 입고 벗고 씻고 쾅쾅대고 달리고 외치고 울고 웃고 먹는 것들이 실로 어마어마한 수준이었다. 투브두는 햇살 가득한 부엌 안뜰의 일터에 앉아 아이가 지나가는 걸 지켜보곤 했다. "못된 것들." 투브두는 외치곤 했다. "저것들 중에 물에 빠져 죽는 놈은 하나도 없을 거야, 단 한 놈도!" 그리고 투브두는 조용한 웃음을 터뜨리며 몸을 떨다 쌕쌕거리며 기침을 했다.

어쨌든 한때 에큐멘의 모빌이었고 테라에서 헤인으로, 다시 헤인에서 O로 여행했던 나의 어머니는 내 연구에 대해 듣고 싶어 조바심을 냈다. "그게 뭐니, 그 처튼이란 거? 그게 어떻게 작동하니? 뭐가 그걸 하니? 그건 물질용 앤서블이니?"

"그건 개념이에요." 나는 말했다. "순간이동이요. 한 지점에서 다른 지점으로 어떤 대상을 순식간에 옮기는 거죠."

"간격이 없이?"

"간격이 없이요."

이사코는 얼굴을 찌푸렸다. "뭔가 잘못된 것처럼 들리는데. 설명해주렴."

나는 어머니가 평소엔 부드럽게 말하지만 원한다면 얼마나 직설적이 될 수 있는지 잊고 있었다. 어머니가 지적으로 뛰어나단 걸 잊고 있었다. 나는 최선을 다해 이 불가해한 것을 설명했다.

"그러니까." 마침내 이사코가 말했다. "그게 어떻게 작동하는지 넌 실은 모르는 게로구나."

"몰라요. 심지어는 그게 뭔지조차도 몰라요. 유일하게 아는 건, 일반적으로 필드가 작동 중일 때, 1동 건물에 있는 생쥐들이 순간적으로 2동 건물에 가 있다는 거예요. 아무 문제도 없이 활기차고 무사한 채로요. 우리 안에 갇혀서요, 처음 처튼 필드가 작동할 때 우리에 넣어두는 걸 잊지만 않는다면요. 처음엔 자꾸만 잊어버려서, 사방에 생쥐들이 돌아다녔어요."

"'생쥐'가 뭐예요?" 세 번째 세도레투의 아침 소년이 말했다. 그 아이는 내가 뭔가 재밌는 이야기를 해주는 줄 알고 내 말에 귀를 기울이고 있던 참이었다.

"아." 난 놀라 웃으며 말했다. 우단에는 생쥐가 알려지지 않은 동물이며, 들쥐는 그림 속 고양이의, 송곳니가 난 사악한 적수란 사실을 잊고 있었다. "작고, 귀엽고, 털이 난 동물이야." 나는 말했다. "이사코 할머니의 세계에 있어. 과학자들의 친구란다. 생쥐들은 알려진 세계의 방방곡곡을 여행했단다."

"아주 작은 우주선을 타고요?" 아이는 기대에 부풀어 말했다.

"대개는 큰 우주선을 타." 나는 말했다. 아이는 만족했고, 가버렸다.

"히데오." 어머니는 여자들이 한 가지 화제에서 다른 화제로 쉼 없이 넘어갈 때 특유의 무시무시한 방식으로 말했다. 그건 여자들이 마음속에 한꺼번에 모든 이야기를 담아두기 때문에 그러는 거였다. "아직 어떤 친족 관계도 맺은 게 없니?"

나는 웃으며 고개를 저었다.

"전혀?"

"알테라에서 온 남자와 2년 정도 같이 살았어요." 나는 말했다. "좋은 관계였어요. 하지만 그 사람은 이제 모빌이에요. 그리고…… 아, 뭐랄까…… 여기저기서 사람들을 잠시 만나곤 했죠. 최근엔, 란'느에서, 동부 오케트 출신의 아주 멋진 여자랑 함께 지냈어요."

"난 네가 모빌이 될 작정이라면, 다른 모빌과 단쌍 결혼을 할 수도 있겠다고 바랐단다. 그게 더 쉬울 거 같아서." 어머니는 말했다. 뭐보다 더 쉽다는 거지? 난 생각했고, 묻기 전에 답을 알았다.

"어머니, 전 이제 헤인보다 먼 곳으로 여행할 것 같지 않아요. 이번 처튼 연구는 무척이나 흥미로웠어요. 전 이 연구에 참여하고 싶어요. 그리고 처튼 기술을 통제하는 법을 알게 되면, 아시겠죠, 그다음엔 여행은 아무것도 아니게 될 거예요. 어머니 같은 식으로 희생해야 할 필요가 전혀 없어질 거예요. 상황이 완전히 달라지는 거예요. 상상도 못 할 만큼요! 어머니는 한 시간 동안 테라에 갔다가 여기로 돌아올 수도 있을 거예요. 그리고 겨우 한 시간만 지나 있을 거고요."

어머니는 내 말을 듣고 생각에 잠겼다. "만약 네가 그렇게 한다면, 그럼." 어머니는 천천히 말했고, 그 말뜻의 강렬함에 거의 몸을 떨다시피 했다. "넌…… 넌 우리 은하를, 우리 우주를 줄어들게 하는 거니? 그래서…….” 그리고 어머니는 왼손을 들어 올려, 모든 손가락을 한데 모아 한 점을 가리켰다.

나는 고개를 끄덕였다. “1마일이나 1광년이나 똑같게 될 거예요. 거리란 게 없어질 거예요.”

“그런 게 옳을 리 없어.” 잠시 후 어머니는 말했다. “간격 없이 사건이 생기다니……. 춤은 어디 있지? 길은 어디 있지? 네가 그런 걸 통제할 수 있을 것 같지 않구나, 히데오.” 어머니는 웃음 지었다. “하지만 물론 노력은 해봐야겠지.”

그리고 그 뒤로 우리는 이튿날 드레헤의 들판 춤에 누가 올지를 이야기했다.

난 내가 타시를 초대했었단 걸 어머니에게 말하지 않았다. 동부 오케트 출신의 멋진 여자인 타시에게 나는 함께 우단에 가자고 했지만, 타시는 내 제안을 거절했을 뿐 아니라, 지금이 우리가 헤어지기에 딱 좋은 때인 것 같다고 부드럽게 말했다. 타시는 키가 컸고, 검은 머리털을 땋아내렸다. 나처럼 거칠고 선명한 검은색 머리털이 아니라, 부드럽고 가늘며 숲 속의 어둠처럼 까만 머리털이었다. 전형적인 키'오 여자라고 난 생각했다. 난 타시에게 사랑한다고 주장했지만, 타시는 그 주장을 능숙하게 그리고 민망하지 않게 꺾어놓았다. “난 네가 다른 누군가를 사랑한다고 생각해.” 타시는 말했다. “아마도 헤인의 누군가겠지. 혹시 전에 네가 말한 알테라 출신의 그 남자 아냐?” 아니라고 난 말했다. 아니, 난 한 번도 사랑에 빠진 적이 없었다. 내겐 열정적인 관계를 맺을 능력이 없었고, 지금까지 그건 명백한 사실이었다. 나는 어디에도 감정적으로 묶인 데 없이 은하를 여행하는 걸 너무나 오랫동안 꿈꿔왔었고, 그다음에는 처튼 연구실에서 너무 오래 일했으며, 현실에서 구현 가능한 기술을 찾아낼 수가 없는 못된 이론과 결혼했다. 사랑할 공간도, 시간도 없었다.

하지만 왜 난 타시와 함께 고향에 오려 했을까?

키가 큰, 그러나 더는 늘씬하지 않은, 소녀가 아니게 된 40대의 여자, 전형적이지 않고, 비교할 수도 없으며, 어디의 누구와도 다른, 그런 이시드리가 집의 문가에서 조용히 날 반겼다. 농장에 뭔가 급히 처리할 일이 생겨 이시드리는 마을 역으로 날 마중 나오지 못했다. 이시드리는 다른 농부들처럼 낡은 작업복을 입고 긴 양말을 신었고, 희어지기 시작한 검은 머리털은 거칠게 땋아놓았다. 반질거리는 나무로 만든 넓은 문간에 서 있는 이시드리는 우단 그 자체였고, 3천 년 된 이 농족의 몸과 영혼이며, 그 연속성이고, 삶이었다. 내 모든 유년기가 이시드리의 손안에 있었고, 이시드리는 그걸 내게 내밀었다.

"집에 온 걸 환영해, 히데오." 이시드리는 강물에 빛나는 여름 햇빛처럼 환하게 웃으며 말했다. 그런 후 날 안으로 들였다. "네가 전에 쓰던 방을 비워놨어. 아이들은 다른 방으로 옮겼지. 네가 그 방을 쓰고 싶어 할 것 같아서. 그렇지?" 이시드리는 다시 웃음 지었고, 나는 이시드리의 따뜻한 마음을, 한창 나이인, 결혼하고 안정되었으며 일과 존재로 충만한 여인의 태양 같은 너그러움을 느꼈다. 나는 변명거리로 타시가 필요하지 않았다. 이시드리를 두려워할 이유가 전혀 없었다. 이시드리는 깊은 원한도 거북함도 전혀 느끼지 않았다. 이시드리는 젊을 때, 자신이 다른 사람이었을 때, 날 사랑했었다. 내가 지금 거북함이나 부끄러움이나 뭐든 느낀다면 그게 정말 이상한 거였다. 내가 느껴야 할 건 오직 우리가 우단의 아이들로서 함께 놀고 일하고 낚시하고 꿈꾸던 그때의 오래되고 헌신적인 애정뿐이었다.

그리하여 이윽고, 나는 지붕 타일 아래 옛날 내 방에 자리를 잡았다. 적갈색과 갈색의 새 커튼이 달려 있었다. 의자 밑, 옷장 안에 장난감이 떨어져 있었고, 그걸 보자 마치 내가 어릴 때 그곳에 내 장난감을 놔뒀다가 이제서야 다시 찾은 듯 느껴졌다. 열네 살 때, 신사에서 성인식을 한 후, 나는 벽 깊숙이 자리 잡은 창설주에 수백 년 전부터 새겨져 서로 복잡하게 뒤엉킨 이름과 기호들 사이에 내 이름을 새겨놨었다. 이제 나는 내 이름을 찾아보았다. 이름 몇 개가 더 더해져 있었다. 내가 조심스럽고 분명하게 "히데오"라고 새기고 나를 나타내는 문양인 구름꽃으로 에워싸놓은 옆에, 더 어린 아이가 볼품없는 솜씨로 "도헤드리"라 파놓았고 근처에는 지붕 세 개가 겹쳐진 섬세한 문양이 새겨져 있었다. 우단의 강의 거품이 되는 느낌, 이 조용한 세계의 땅 위에 있는 이 집에서 삶의 영속성 속에 자리한 한순간이라는 느낌은 거의 압도적이었고, 나의 정체성을 부인하는 동시에 나의 정체성을 든든히 재보장하고 확인해주었다. 집을 방문한 그때, 밤이 되면 나는 수십 년은 못 잔 사람처럼, 잠과 어둠의 물속에 빠져 익사한 듯이 잤고, 여름 아침이 밝으면, 다시 태어난 듯이 무척 배고픈 상태로 깨어났다.

아이들은 다들 아직 열두 살이 되지 않았고, 집에서 학교에 다녔다. 아이들에게 문학과 종교를 가르치며 학교 입안가이기도 한 이시드리는 날 불러 아이들에게 헤인에 대해, NAFAL 여행에 대해, 시간물리학에 대해, 뭐든 내가 원하는 것에 대해 이야기하게 했다. 키'오 농족들을 방문하는 이들은 언제나 이런 일에 동원된다. 히데오 저녁-삼촌은 아이들에게 어느 정도 인기인이 되었고, 언제나 야마 수레에 애들을 태워주거나, 아직은 아이들이 다룰 수 없는 큰 배를 몰고 낚시에 데려가주는 좋은 삼촌이었다. 또는 동시에 두 곳에 있을 수 있는 마법의 쥐에 대한 이야기를 해주는 삼촌이었다. 내가 이사코 저녁-할머니가 그림이었다가 살아나 사악한 쥐를 죽이는 고양이 이야기를 해주었느냐고 아이들에게 물었더니, 라사코가 두 눈을 반짝이며 "그리고 아침이 되자 고양이 입은 피투성이가 되었어요!" 하고 외쳤다. 하지만 아이들은 우라시마 이야기는 알지 못했다.

"왜 아이들에게 '내해의 어부' 이야기는 안 해주셨어요?" 난 어머니에게 물었다.

어머니는 웃음 짓고 말했다. "아, 그건 네 이야기였으니까. 넌 언제나 그 얘기를 해달라고 졸랐지."

난 우릴 보는 이시드리의 눈을 보았다. 맑고 차분했지만, 여전히 조심스러웠다.

난 어머니가 1년 전 심장 치료를 받은 걸 알고 있었기에 나중에 이시드리에게 물었다. 우리가 좀 큰 아이들이 일하는 걸 감독하고 있을 때였다. "이사코가 건강을 회복했다고 생각해?"

"이사코는 네가 온 뒤로 놀랄 만큼 좋아 보여. 모르겠어. 어렸을 때 테라의 생물권에서 유독성 물질에 감염된 게 원인 같아. 사람들 말로는 이사코의 면역 시스템이 쉽게 약해진대. 아파도 아주 잘 참으시더라. 너무 잘 참는 게 아닌가 싶을 만큼."

"그리고 투브두는, 새 폐가 필요하지 않아?"

"아마 그럴걸. 네 분 다 점점 더 나이 들고 점점 더 완고해지고 있어……. 네가 나 대신 이사코를 좀 지켜봐줘. 내가 말한 것들이 보이는지 봐줘."

나는 어머니를 관찰하려 애썼다. 며칠 뒤 나는 어머니가 원기 왕성하고 단호하시더라고, 권위까지 넘치더라고, 그리고 이시드리의 걱정처럼 그렇게 대단히 인내하는 모습을 보지 못했다고 다시 말했다. 이시드리는 소리 내어 웃었다.

"한번은 이사코가 내게 말했어." 이시드리가 말했다. "어머니라는 존재는 아주 가늘고 얇은 끈에 의해 아이와 연결되어 있다고 말이야. 마치 탯줄 같은 끈이고, 몇십 광년의 거리도 아무 문제 없이 쑥 늘어나는 끈이라고 했어. 내가 그 끈 때문에 괴롭냐고 물었더니 이사코는 이렇게 말했어. '아, 아니, 그건 그냥 거기 있어, 알겠니, 그 끈은 늘어나고 또 늘어나고 절대 끊어지지 않아.' 내겐 분명 괴로울 듯이 보였는데 말이야. 하지만 난 모르겠어. 난 아이가 없고, 내 어머니들과 이틀 이상 떨어지는 여행을 해본 적도 없거든." 이시드리는 웃음 짓고 특유의 부드럽고 깊은 목소리로 말했다. "내 생각에 난 누구보다 더 이사코를 사랑하는 거 같아. 심지어 우리 어머니보다도, 코네코보다도 더…….”

그런 뒤 이시드리는 수우디의 아이들 중 한 명에게 물관리 시스템의 타이머를 재프로그램하는 법을 보여주어야 했다. 이시드리는 마을의 수문학자였고, 농장의 양조학자였다. 이시드리의 삶은 계획으로 촘촘했고, 꼭 해야 할 일과 넓은 인간관계로 매우 풍성했으며, 매일, 매 계절, 매년이 평온하고 한결같이 계속되었다. 그녀는 강에서 헤엄쳤을 때처럼 삶에서도 물고기처럼 편안하게 헤엄쳤다. 아이를 낳지는 않았지만, 농장의 모든 아이들이 이시드리의 아이들이었다. 이시드리와 코네코는 자신들의 어머니들이 그랬듯 역시 서로를 깊이 사랑했다. 다소 허약하고 학자다운 남편과 이시드리의 관계는 평화롭고 정중해 보였다. 나는 이시드리의 남편과 내 오랜 친구 소타와의 밤 결혼이 더 강한 성적 결합일지도 모른다는 생각을 했지만, 이시드리는 확실히 남편의 지적, 영적 인도에 감복하고 의지했다. 나는 이시드리 남편의 가르침이 살짝 건조하고 논쟁적이라고 생각했다. 그러나 내가 종교에 대해 뭘 알았겠는가? 나는 오랜 세월 동안 예배를 드리지 않았고, 집의 신사에서조차 낯설고 내 자리가 아니라고 느꼈다. 나는 내 집에서도 낯설다고, 내 자리가 아니라고 느꼈다. 나는 그 점을 절대 스스로 인정하지 않았다.

나는 그 달이 즐겁고 무사태평하며 심지어 약간 지루하기까지 했다. 내 감정들은 부드럽고 둔했다. 그 강렬한 향수, 내 운명의 가장자리에 서 있다는 로맨틱한 감정, 그 모든 것은 스물한 살의 히데오와 함께 사라졌다. 비록 이젠 내가 내 세대에서 가장 젊었지만, 난 내가 가는 길을 알고 내 일에 만족하며 더는 감정에 휘말려 제멋대로 굴지 않는 어른이었다. 난 선택한 길을 가는 평화로움에 대해 짧은 시를 한 편 써서 가내 문집에 실었다. 떠날 때가 되자, 난 모두를 안고 키스했다. 열 번도 넘게 부드럽거나 거친 뺨을 마주 댔다. 나는 아마도 O에 1년쯤 머물러달란 요청을 받을 것 같으니 그렇게 되면 다음 겨울에 다시 방문하겠다고 사람들에게 말했다. 언덕들을 지나 란'느로 돌아가는 기차 안에서 만족스러운 중력을 느끼며 나는 다음 겨울에 농장으로 돌아와도 모든 것이 똑같을지에 대해 생각했다. 또다시 18년 혹은 더 오랜 뒤에 돌아온다면, 몇 명은 죽었을 테고, 몇 명은 처음 보는 얼굴이겠지만, 그럼에도 검은 돛이 달린 배처럼 시간을 항해하는, 넓고 검은 지붕들이 있는 우단은 언제나 나의 고향일 터였다. 나는 자신에게 거짓말을 할 때면 늘 시적이 된다.

나는 란'느로 돌아와 타워 홀의 실험실 사람들에게 도착했다고 알리고 동료들과 저녁을 먹었다. 음식과 음료수는 훌륭했다. 나는 동료들을 위해 우단산 와인 한 병을 가져왔다. 이시드리는 정말 훌륭한 와인을 만들었고, 내게 15년산 켄둔을 한 상자 주었던 것이다. 우리는 처튼 기술의 최신 진전에 대해 이야기했다. 어제 막 앤서블을 통해 아나레스에서 보고가 들어온 '연속 필드 보내기'였다. 나는 머릿속이 물리학으로 가득한 채 여름밤의 어둠을 통과해 신기숙사에 있는 내 방으로 갔고, 뭔가를 좀 읽다가 침대에 들어갔다. 나는 불을 껐고, 어둠이 방과 함께 내 안을 가득 채웠다. 난 어디에 있지? 난 낯선 이들 가운데 방

안에 혼자 있었다. 지난 10년간 그래왔듯이, 앞으로도 그러하듯이. 어떤 행성에 있건, 그게 뭐 중요한가? 나는 혼자였고, 어떤 것의 일부도 아니었고, 누구의 일부도 아니었다. 우단은 나의 고향이 아니었다. 내게 내 집이란 없었고, 내 사람도 없었다. 내겐 미래가 없었고, 운명도 없었다. 흘러가는 물속의 물거품이나 소용돌이에 운명이 없듯이. 그곳에 있다. 그곳에 없다. 그게 전부였다.

나는 불을 켰다. 어둠을 견딜 수 없었기 때문이다. 하지만 빛은 더 견딜 수 없었다. 나는 침대에 웅크리고 앉아 울기 시작했다. 울음을 그칠 수가 없었다. 흐느낌으로써 내가 심하게 황폐해지고 흔들리고, 그래서 너무나 비참하고 무력해진다는 걸 알고 두려워지는데도 여전히 울음을 그칠 수가 없었다. 오랜 시간이 지난 뒤, 나는 한 가지 상상에, 유치한 생각에 매달림으로써 점차 안정을 되찾았다. 아침이 되면 이시드리에게 연락해 이야기를 나누고, 내게 종교적 가르침이 필요하다고, 신사에 가서 다시 예배를 드리고 싶다고 말하겠다는 생각이었다. 비록 그렇게 해본 지가 너무 오래됐고, 한 번도 강론에 귀 기울여본 적이 없지만, 이제는 그럴 필요가 있고, 그래서 그녀에게, 이시드리에게 도와달라고 부탁할 것이었다. 그래서, 그 생각에 단단히 매달림으로써, 나는 마침내 끔찍한 울음을 멈출 수 있었고, 아침이 올 때까지 지치고 기진맥진한 채로 누워 있었다.

나는 이시드리에게 연락하지 않았다. 어둠에서 날 구해줬던 그 생각이, 밝은 빛 속에선 멍청하게 느껴졌다. 그리고 이시드리에게 연락하면, 이시드리는 남편에게, 그 신실한 학자에게 조언을 구할 거란 생각이 들었다. 하지만 난 내게 도움이 필요하단 걸 알았다. 나는 옛 학교에 있는 신사로 가서 예배를 드렸다. 나는 제1차 강론을 한 부 청해 읽었다. 그런 후 강론 모임에 들어갔고, 우리는 함께 읽고 이야기했다. 내 종교는 무신론적이고, 논쟁적이며, 신비적이다. 우리 세계의 이름은 그 첫 번째 기도자의 첫 번째 단어다. 인간들에게 그 매개물은 인간의 목소리와 정신이다. 이 점을 재발견하기 시작하면서 나는 이게 처튼 이론만큼이나 상당히 낯설면서 어떤 면에선 처튼 이론과 상보적임을 알게 됐다. 내가 알면서도 이제까지 한 번도 이해하지 못했던 점은 바로 세티인 물리학과 종교가 한 가지 지식의 다른 면모란 것이었다. 나는 모든 물리학과 종교가 한 가지 지식의 다른 면모일까 궁금해졌다.

밤이면 나는 숙면을 취할 수 없었고, 한숨도 자지 못할 때도 있었다. 우단에서 풍성한 식사를 하고 나니, 대학의 음식은 초라하기 그지없게 보였다. 나는 식욕이 전혀 없었다. 하지만 우리의 일, 나의 일은 잘 진행되었다. 놀랄 만큼 잘 진행되었다.

"생쥐는 이제 그만." 그보네시가 앤서블을 통해 헤인에서 말했다. "사람을 써."

"어떤 사람요?" 내가 물었다.

"나." 그보네시가 말했다.

그렇게 우리의 연구소장은 제1연구소의 한쪽 구석에서 다른쪽 구석으로, 그다음엔 1동 건물에서 2동 건물로 처튼했다. 한 연구실에서 사라지고 동시에, 다른 연구실에서 웃으며 나타났다.

"어땠어요?" 사람들은 물론 이렇게 물었고, 그보네시는 물론 이렇게 대답했다. "아무렇지도 않군."

실험들이 연이어 계속되었다. 쥐와 고올이 베로 처튼했다가 돌아왔다. 로봇 선원들이 아나레스에서 우라스로, 헤인에서 베로, 그런 뒤엔 다시 아나레스에서 베로 22광년 거리를 처튼했다. 그런 뒤 이윽고, 마침내, 쇼비 호와 쇼비의 승무원인 열 명의 인간들이 베에서 17광년 떨어진 어느 비참한 행성 주위 궤도로 처튼했다가 돌아왔다(하지만 오고 감을 뜻하는 말, 여행하는 거리를 뜻하는 말은 적절하지 않다). 그들은 오로지 동조화를 영리하게 행한 덕분에 자신들을 일종의 사멸의 혼돈, 비현실의 죽음에서 구할 수 있었고, 우리 모두는 이 점에 경악했다. 고도 지성체를 이용한 실험은 중단되었다.

"리듬이 잘못됐어." 그보네시는 앤서블을 통해 말했다(그녀는 리듬을 '리툼'이라고 말했다). 잠시 나는 어머니의 말을 생각했다. "간격 없이 사건이 생기다니, 그런 게 옳을 리 없어." 어머니가 또 뭐라고 했더라? 춤에 대해 뭐라고 했다. 하지만 나는 우단에 대해 생각하고 싶지 않았다. 나는 우단에 대해 생각하지 않았다. 우단에 대해 생각하면 뼛속보다도 한참 더 깊은 곳에서, 내가 아무도 아니고, 아무 곳에도 존재하지 않는다는 것이 느껴졌고, 겁에 질린 동물처럼 벌벌 떨고 있다는 게 느껴졌다.

나의 종교는 내가 길의 일부라고 날 안심시켜주었고, 내 물리학은 일을 통해 절망감을 흡수해주었다. 조심스레 재개된 실험들은 희망했던 이상으로 성공했다. 테라인 댈줄과 그의 정신물리학은 베에 있는 스테이션의 모두를 단번에 사로잡았다. 댈줄을 만난 적이 없는 게 유감이다. 자신의 예측대로, 댈줄은 연속 필드를 써서 아무 문제 없이, 혼자 처튼했고, 처음엔 가까운 곳으로 했다가 그다음엔 베에서 헤인으로 처튼했고, 그다음엔 태드클라까지 원거리 점프를 했다가 돌아왔다. 태드클라로 두 번째 여행을 마치고 돌아왔을 때, 댈줄은 없이 동료 셋만이 돌아왔다. 댈줄은 그 머나먼 세계에서 죽었다. 연구실의 우리가 보기에 댈줄의 죽음은 어떤 식으로도 처튼 필드 탓이 아니고 '처튼 경험'이라 알려진 것의 탓도 아닌 듯했지만, 댈줄의 세 동료는 그다지 확신하지 못했다.

"어쩌면 댈줄이 옳았는지도 몰라. 한 번에 한 사람인지도." 그보네시는 말했다. 그리고 그녀는 다시 직접 다음 실험의 대상, 즉 헤인어 표현을 따르자면 "번제용 동물"이 되었다. 그보네시는 연속 필드 기술을 써서 네 번 건너뛰어 베로 처튼했고, 좌표를 설정하는 데 드는 시간 때문에 총 32초의 시간이 걸렸다. 우리는 시간의 무간격/공간의 실제 간격을 습관적으로 "건너뛰기"라 부르고 있었다. 그렇게 부르면 가볍고 사소하게 느껴졌다. 과학자들은 대상을 사소하게 보이도록 만드는 걸 좋아한다.

나는 란'느에 온 이후로 쭉 작업해오던 이중 필드 안정성이 얼마나 개선되었는지를 시험해보고 싶었다. 이제 시험해볼 때가 되었다. 난 인내력이 짧았고, 평생 숫자만 만지작거리기엔 인생이 너무 짧았다. 나는 앤서블로 그보네시에게 말했다. "전 베 항구로 건너뛰기를 하려고 합니다. 그런 뒤 여기로, 란'느로 돌아오겠습니다. 이번 겨울에 고향의 농장에 들른다고 약속했거든요." 과학자들은 사소하게 보이도록 만드는 걸 좋아한다.

"아직도 자네 필드에 그 주름이 있어?" 그보네시는 물었다. "일종의, 그 있잖아, 구김살 같은 거 말이야. 있어?"

"그 주름은 펴졌습니다, 암마르." 나는 그보네시를 안심시켰다.

"그래, 좋아." 상대의 말에 절대로 토를 달지 않는 그보네시가 말했다. "해보자."

그리하여 이윽고, 우리는 앤서블과 안정되고 고르게 연결된 처튼 링크에 필드를 설치했다. 그리고 늦가을 어느 오후, 나는 란'느 센터의 처튼 필드 연구소 안에서 분필로 그린 동그라미 안에 서 있었고, 4.2광년 거리의 늦은 여름 날, 베 항구의 처튼 연구 스테이션 필드 연구소 안에서 분필로 그린 동그라미 안에 서 있었다. 시간 간격은 전혀 없었다.

"아무 느낌도 없지?" 그보네시는 내 손을 잡고 기운차게 흔들며 물었다. "어서 와, 어서 와, 잘 왔어, 암마르, 히데오. 만나서 반가워. 주름은 없지, 하?"

나는 충격과 묘한 느낌 때문에 껄껄 웃었고, 조금 전 O의 연구실 탁자에서 집어 온 우단 케둔 '49를 그보네시에게 건넸다.

나는 어떻게든 도착하고 나면 곧장 다시 처튼해 돌아가게 될 거라 예상했었지만, 그보네시와 다른 이들은 내가 한동안 베에 남아 필드를 토론하고 시험하길 바랐다. 지금 생각하면, 소장의 비범한 직감이 작동하고 있었던 것 같다. 그보네시는 티오쿠난'

느 필드의 그 '주름', 그 '구김'이 아직도 마음에 걸렸던 것이다.
"심미적이지 않거든." 그보네시가 말했다.

"하지만 작동하잖아요." 내가 말했다.

"작동했지." 그보네시가 말했다.

내 필드를 다시 시험해보고 그 신뢰도를 증명하기 위해서가 아니면, 나는 O에 돌아가고 싶은 마음이 전혀 없었다. 음식은 아직도 입에 안 맞지만, 나는 왠지 여기 베에서 더 잘 잘 수 있었다. 그리고 일하지 않을 때는 불안하고 힘이 빠졌으며, 어떤 이유에서 목 놓아 울었던, 기억하기 싫은 그날 밤 이후의 탈진 상태가 원하지 않는데도 자꾸만 기억났다. 하지만 일은 매우 잘 진척되었다.

"섹스 안 하고 살지, 히데오?" 어느 날 연구소에 둘만 있을 때 그보네시가 물었다. 나는 새로운 계산 결과를 보고 있었고, 그보네시는 자신의 도시락을 다 먹어가던 중이었다.

나는 이 말에 완전히 놀라 자빠졌다. 이 질문이 그보네시의 독특한 언어 사용 때문에 이상하게 들리긴 해도 실제로 그렇게까지 부적절하지 않단 사실은 나도 알았다. 하지만 그보네시는 절대 그런 걸 묻는 사람이 아니었다. 그보네시 자신의 성생활은 그녀 존재의 다른 모든 부분들만큼이나 수수께끼였다. 아직까지 그 누구도 그보네시가 그 행위를 암시하는 건 물론이고 그 단어를 쓰는 것도 들어본 적이 없었다.

내가 입을 떡 벌리고 쩔쩔 매며 앉아 있는데 그보네시가 차가운 바벳을 씹으며 말했다. "전에는 했잖아, 하."

나는 무어라 더듬대며 말했다. 그보네시가 내게 섹스하자고 제안하는 게 아니라 그저 안부를 묻는 거란 건 알았다. 하지만 뭐라 해야 할지 말문이 막혔다.

"자넨 인생에도 주름이 졌군, 하." 그보네시가 말했다. "미안. 내가 이러쿵저러쿵 할 일은 아니지."

나는 내가 그보네시 말에 화나지 않았다는 걸 알려주고 싶어서, 우리가 O에서 말하는 식으로 말했다. "의도는 충분히 이해했습니다."

그보네시는 나를 똑바로 보았다. 이 역시 평소 잘 안 하는 행동이었다. 그보네시는 얼굴이 길고 비쩍 말랐지만 빽빽이 난 가늘고 무색인 솜털 때문에 인상이 훨씬 부드러워 보였고, 눈은 물처럼 맑았다. "어쩌면 이제 자네가 O로 돌아갈 때가 된 게 아닐까?" 그보네시는 말했다.

"모르겠습니다. 모든 시설은 여기에……."

그보네시는 고개를 끄덕였다. 그녀는 언제나 상대의 말을 받아들였다. "하르라벤의 보고서는 읽어봤지?" 그보네시는 내 어머니처럼 빠르고 단호하게 화제를 바꾸며 물었다.

좋아, 나는 생각했다. 도전장이로군. 그보네시는 내가 내 필드를 다시 시험하는 걸 볼 준비가 되어 있었다. 안 될 거 뭐 있어? 결국, 나는 란'느로 처튼할 수 있었고, 다시 1분 안에 베로 처튼할 수 있었다. 내가 그러겠다고 하면, 그리고 연구소에 그럴 재정적 여유가 있다면 말이다. 앤서블 전송처럼, 처튼을 하려면 본질적으로 관성 질량을 필요로 하지만, 어느 정도 크기가 되는 필드를 설치하고, 살균하고, 안정화시키려면 큰 에너지를 써야 했다. 하지만 이건 그보네시가 제안했고, 그 말은 우리에게 그만한 연구 자금이 있다는 뜻이었다. 나는 말했다. "한 번 건너뛰기를 했다가 돌아오는 건 어때요?"

"좋아." 그보네시는 말했다. "내일."

그렇게 해서 이튿날, 늦가을의 어느 아침, 나는 베의 필드 연구소에서 분필로 그린 동그라미 안에 서 있었고 동시에…….

모든 게 가물거리며 빛나고, 떨리더니 박자가 어긋나고 건너뛰기를 했고…….

……난 어둠 속에 있었다. 암흑. 깜깜한 방. 우리 연구실인가? 어떤 연구실인 건 맞았다. 조명판이 보였다. 어둠 속에서 난 이곳이 베에 있는 우리 연구실이라고 확신했다. 그리고 빛이 켜지자, 그렇지 않다는 것을 알았다. 난 여기가 어딘지 알 수 없었다. 낯익어 보였지만, 어딘지는 알 수 없었다. 여기가 어디지? 생물학 연구실인가? 부검 표본들이 있고, 오래된 아입자 현미경이 있고, 찌그러진 황동 겉면에는 제조자의 상표를 뜻하는 수금이 새겨져 있고……. 난 O에 있었다. 란'느 센터의 무슨 건물에 있는 연구실인가? 그곳에서는 란'느의 오래된 건물들 같은 냄새가, O의 비 내리는 밤 같은 냄새가 났다. 하지만 어떻게 내가 수신 필드에, 그러니까 타워 홀 안의 연구소 나무 바닥에 분필로 조심스레 그려놓은 동그라미 안에 도착하지 않았을 수가 있지? 필드 자체가 옮겨진 게 분명했다. 섬뜩하고 불가능한 생각이었다.

나는 오싹해졌고, 다소 현기증이 일었다. 마치 내 몸이 그 박자를 건너뛰기한 것 같았다. 하지만 난 아직 겁에 질리진 않았다. 나는 괜찮았고, 여기 있었고, 제대로 된 곳에 성한 몸으로 있었고, 정신도 멀쩡했다. 대수롭지 않은 공간적 이동? 내 정신이 말했다.

나는 복도로 나갔다. 어쩌면 난 혼자 혼란에 빠져 처튼 필드 연구실을 나온 뒤 다른 어딘가에서 완전히 제정신을 찾은 걸 수도 있었다. 하지만 내 동료들은 거기 있을 터였다. 그들이 어디로 갔지? 그리고 벌써 몇 시간 전일 것이었다. 내가 도착했을 때 O에선 분명 정오를 막 지난 시간이어야 했다. 대수롭지 않은 공간적 이동? 정신이 바쁘게 움직이며 말했다. 나는 내 연구실을 찾아 복도를 걸어갔고, 그때부터 나는 찾아야 하는 방을 찾지 못하는 그런 꿈 같은 느낌을 받기 시작했다. 딱 그런 꿈이었다. 건물은 완벽하게 친숙했다. 타워 홀, 타워의 두 번째 층이었지만, 처튼 연구실은 없었다. 모든 연구실은 생물학이나 생물물리학과 관련되어 있었고, 모두 비어 있었다. 밤늦은 시간이 확실했다. 주위에 아무도 없었다. 마침내 나는 어느 방의 아래쪽 문틈으로 불빛을 보고 문을 두드린 뒤 열었고, 그 안에선 어느 학생이 도서관 단말기로 뭔가를 읽고 있었다.

"실례합니다." 나는 말했다. "전 처튼 필드 연구실을 찾고 있는데……."

"무슨 연구실이요?"

그런 이름을 한 번도 들어본 적이 없는 여학생은 내게 미안해했다. "전 시간물리학이 아니라 생물물리 전공이라서요." 여자가 겸손하게 말했다.

나도 사과했다. 무슨 이유에서인지 나는 점점 더 몸이 떨리고, 현기증과 혼미함이 자꾸만 심해졌다. 이게 쇼비 승무원들 그리고 어쩌면 갈바 승무원들이 겪었던 '혼돈 효과'인가? 나도 이제 벽을 통해 별들을 보기 시작할까, 아니면 몸을 돌리면 O의 여기에서 그보네시가 보일까?

나는 여자에게 지금이 몇 시냐고 물었다. "전 여기에 정오에 도착했어야 하거든요." 나는 말했지만, 물론 그 말은 이 여자에겐 아무 의미도 없었다.

"1시쯤 됐어요." 여자는 단말기의 시계를 흘끗 보며 말했다. 나도 그 시계를 보았다. 시계에는 시간과 열흘과 달과 연도까지 나와 있었다.

"잘못됐어요." 나는 말했다.

여자는 걱정스러운 표정을 지었다.

"저건 옳지 않습니다." 나는 말했다. "저 날짜. 저건 옳지 않습니다." 하지만 시계의 숫자들이 내는 한결같은 불빛에서, 여자의 둥글고 걱정스러운 얼굴에서, 내 심장박동에서, 비의 냄새에서, 나는 저게 옳다는 것을, 지금이 18년 전 정오에서 한 시간 뒤라는 것을, 나는 지금 이곳에, 즉 내가 이 이야기를 하기 시작한 때인, 내가 "옛날 옛적"이라 부른 날짜에서 하루 뒤의 날에 있음을 알았다.

나는 커다란 시간 이동이 벌어졌다는 걸 깨달으며 정신이 멍해졌다.

“전 여기에 속하지 않아요.” 나는 말했고, 몸을 돌려 서둘러 피신처처럼 보이는 곳으로, 즉 생물학 실험실 6호로 돌아갔다. 지금으로부터 18년 뒤 처튼 필드 실험실일 곳이었다. 나는 마치 그 필드로 다시 들어갈 수 있을 듯이 0.004초 동안 존재했거나 혹은 존재할 곳으로 갔다.

여자는 뭔가 잘못됐음을 알고 날 앉혔고, 자신의 보온병에서 뜨거운 차 한 잔을 따라 내게 주었다.

“당신은 어디서 왔나요?” 난 친절하고 진지한 이 여학생에게 물었다.

“사두운 남쪽 분수령에 있는 데아다 마을의 헤르두드 농족에서요.” 여자는 대답했다.

“전 하류 쪽에서 왔어요. 데르단’나드의 우단에서요.” 나는 말하다가 갑자기 왈칵 울음을 터뜨렸다. 나는 간신히 마음을 다잡고 다시 사과한 뒤 차를 마시고 잔을 내려놓았다. 여자는 내 발작적 울음 때문에 지나치게 힘들어하진 않았다. 학생들은 열정적이고, 큰 소리로 웃고 울고, 무너졌다가 다시 일어난다. 여자는 내게 오늘 밤 잘 곳이 있느냐고 물었다. 통찰력 있는 질문이었다. 나는 있다고 대답했고, 고맙다고 인사한 뒤 실험실을 나왔다.

나는 생물학 실험실로 돌아가지 않았고, 계단을 내려가 정원을 가로질러 신기숙사에 있는 내 방으로 향했다. 걸어가는 동안 내 머리는 바쁘게 돌아갔다. 그리고 그때/지금 그 방엔 다른 사람이 아무도 없었다고/없을 것이라고 결론을 냈다.

나는 다시 몸을 돌려, 헤인으로 떠나기 전까지 학생으로 마지막 2년을 살았던 신사 기숙사로 갔다. 만약 시계가 알린 대로 이게 사실이라면, 내가 떠난 뒤의 밤에 내 방은 아마 아직 비어 있고 잠겨 있지도 않았다. 가보니 정말 그랬고, 내가 떠난 상태 그대로였다. 매트리스는 침대보도 없이 황량했고, 재활용통도 아직 비워지지 않았다.

가장 겁나는 순간이었다. 나는 한참 동안 재활용통을 응시하다가 거기서 구겨진 프린트물 하나를 꺼내 책상 위에서 조심스레 폈다. 내 손으로 직접 내 낡은 포켓스크린에 갈겨쓴 시간 방정식들이었다. 18년 전의 그저께, 란'느에서의 마지막 학기 때, 세드하라드의 '간격' 수업을 받으며 적은 것들이었다.

나는 이제 정말로 사시나무 떨듯 떨고 있었다. 혼돈 필드에 잡힌 거라고 내 정신은 말했고, 나는 그 말을 믿었다. 공포와 스트레스가 느껴졌고, 할 수 있는 일은 전혀 없었으며, 기나긴 이 밤이 지날 때까지 어쩔 도리가 없었다. 나는 아무것도 없는 매트리스에 누워 벽을 통해 불타는 별들이 보이길, 눈을 감으면 눈꺼풀 너머로도 보이길 기다리며 마음의 준비를 했다. 아침이란 게 있다면, 아침에 내가 뭘 해야 할지 계획을 짜볼 생각이었다. 나는 곧바로 잠이 들었고, 동이 환하게 틀 때까지 죽은 듯이 자다가, 바짝 긴장하고, 배고프고, 내가 누군지 여기가 어딘지 지금이 언젠지에 대해 한 치의 의심도 없는 상태로 낯익은 방의 매트리스뿐인 침대에서 깼다.

나는 아침을 먹으러 마을로 내려갔다. 날 알지도 모르는 동료와는, 아니, 같이 공부하는 학생들과는 절대 마주치고 싶지 않았다. 그들이 이런 말을 할지도 모르니까. "히데오! 여기서 뭐 하는 거야? 넌 어제 '다르란다의 테라스'를 타고 떠났잖아!"

그들이 날 못 알아볼 거란 희망은 별로 품지 않았다. 난 이제 서른한 살이지 스물한 살이 아니며 전보다 훨씬 말랐고 몸매도 덜 좋았지만, 나의 반半테라인 특징들은 오해할 여지가 없었다. 나는 누가 날 알아봐서 설명해야 하는 상황이 싫었다. 나는 란'느를 벗어나고 싶었다. 집에 가고 싶었다.

O는 시간 여행을 해서 가기에 좋은 세계다. 어떤 것도 변하지 않는다. 우리의 기차는 몇백 년 동안이나 똑같은 일정에 따라 똑같은 장소로 간다. 우리는 서명으로 지불을 대신하고, 달마다 계약된 물물교환 또는 현금으로 몰아서 낸다. 그래서 나는 미래에서 가져온 신비한 돈을 꺼내야 할 필요가 없었다. 나는 역에서 서명을 한 뒤 사두운 델타행 아침 기차를 탔다.

작은 태양기차는 남쪽 분수령의 평원과 언덕을 미끄러지듯 지났고, 점점 더 넓어지는 강을 따라가며 마을마다 멈춰 서면서 북서쪽 분수령을 통과했다. 나는 늦은 오후, 데르단'나드의 역에서 내렸다. 아주 이른 봄이었기에, 역은 먼지는 없었지만 대신 진흙투성이였다.

나는 우단으로 가는 길을 걷기 시작했다. 나는 며칠 전/18년 전 내가 다시 고쳐 달았던 출입문을 열었다. 문은 새로운 경첩 덕분에 쉽게 움직였다. 그 때문에 나는 작은 기쁨을 느꼈다. 암

야마들은 모두 사육용 풀밭에 있었다. 출산은 언제라도 시작될 수 있었다. 암야마들은 털이 복슬거리는 옆구리들이 불룩 튀어나와 있었고, 느린 산들바람 속의 돛배처럼 움직이며 우아하지만 비웃는 얼굴을 돌려, 옆을 지나는 나를 의심스러운 눈으로 바라보았다. 비구름들이 언덕 위에 떠 있었다. 나는 곱사등처럼 굽은 나무 다리를 걸어 오로를 건넜다. 다리 발치 옆, 물이 고인 곳에 커다랗고 푸른 오키드 네다섯 마리가 보였다. 나는 발을 멈추고 오키드들을 지켜보았다. 지금 창만 있어도……. 구름은 곱고 약한 이슬비를 뿌리며 머리 위로 떠갔다. 나는 계속 성큼성큼 걸어갔다. 차가운 비를 맞자 얼굴이 뜨겁고 뻣뻣하게 느껴졌다. 나는 강 길을 따라갔고, 집이 보이기 시작했다. 꼭대기에 나무가 있는 언덕에 나지막하게 검고 넓은 지붕들이 보였다. 나는 조류 사육장과 태양열 집열판을 지났고, 물관리 센터를 지났고, 키가 크고 헐벗은 나무들 아래로 난 가로수길을 지나, 계단을 올라 깊숙이 자리 잡은 현관으로, 문으로, 우단의 넓은 문으로 갔다. 나는 안으로 들어갔다.

투브두가 복도를 가로지르고 있었다. 내가 마지막으로 봤던 그 60대의 백발이고 지치고 연약한 여자가 아니라, '요란하게 낄낄'거리는 투브두, 마흔다섯 살의 투브두, 뚱뚱하고 불그레한 갈색 머리에 기운이 펄펄 넘치는 투브두가 잰걸음으로 복도를 가로지르다가 발을 멈추고 나를 보았다. 투브두는 처음엔 그저 저기 히데오가 있네, 하고 보다가 곧 저게 히데오라고? 하며 어리둥절해하다가 히데오일 리가 없어! 하고 충격 받은 표정을 지었다.

"옴부." 나는 말했다. 옴부는 아기들이 다른어머니를 부르는 호칭이었다, "옴부, 저예요, 히데오예요, 걱정 말아요, 괜찮아요, 저 돌아왔어요." 나는 투브두를 껴안으며 뺨을 맞댔다.

"하지만, 하지만……." 투브두는 내게서 거리를 둔 채 내 얼굴을 바라보았다. "하지만 너 어떻게 된 거니, 아가야?" 투브두는 외쳤고, 이윽고 몸을 돌려 고음으로 외쳤다. "이사코! 이사코!"

어머니는 나를 보자 당연하게도, 내가 혜인행 우주선을 타고 떠나지 않았다고, 용기가 꺾였거나 생각이 바뀌었다고 생각했다. 그리고 처음 안아줄 때는 무의식중에 삼가고 자제하는 부분이 있었다. 운명을 위해 기꺼이 모든 걸 다 내던질 각오가 되어 있던 히데오가 운명을 저버린 걸까? 나는 어머니가 무슨 생각을 하는지 알았다. 나는 어머니의 뺨에 내 뺨을 대고 속삭였다. "전 갔어요, 어머니, 그리고 돌아왔어요. 전 지금 서른한 살이에요. 전 돌아왔어요……."

어머니는 딱 투브두처럼 나와 살짝 거리를 두고 내 얼굴을 보았다. "아, 히데오!" 어머니는 말했고, 날 바스라져라 꽉 안았다. "내 아가, 내 아가!"

우리는 말없이 서로 안고 있었고, 이윽고 내가 말했다. "전 이시드리를 만나야 해요."

어머니는 강렬한 눈으로 나를 보았지만, 아무것도 묻지 않았다. "그 아이는 신사에 있을 것 같구나."

"곧 돌아올게요."

나는 나란히 선 어머니와 투브두를 떠나 황급히 복도를 지나 중심 방으로 갔다. 3천 년 된 기반 위에 700년 전 다시 지어진, 집에서 가장 오래된 곳이었다. 벽들은 돌과 진흙으로 만들어졌고, 지붕은 굽어 있는 두꺼운 유리였다. 이곳은 언제나 서늘하고 아직도 그대로 있다. 벽에는 '강론', '강론'의 강론, 시, '연극'의 원본과 번역본 등이 줄지어 있고, 명상과 의식을 위한 북과 활이 있다. 신사 그 자체인 작고 둥근 웅덩이가 진흙 관들에서 솟아나와 청록색으로 넘실거리며 채광창 위의 비 오는 하늘을 반사한다. 이시드리는 그곳에 있었다. 이시드리는 신사 옆의 꽃병에 꽂으려고 신선한 큰 가지들을 가져왔고, 이제 그 가지들을 꽂느라 무릎을 꿇고 있었다.

나는 곧장 이시드리에게 가 말했다. "이시드리, 나 돌아왔어. 있잖아……."

이시드리의 얼굴은 완전히 무방비 상태로 놀라고 겁에 질리고 어쩔 줄을 몰랐다. 스물두 살의 부드럽고 홀쭉한 얼굴의 이시드리는 검은 눈으로 나를 뚫어져라 바라보았다.

"있잖아, 이시드리. 나 헤인에 갔었어, 거기서 공부했고, 새로운 종류의 시간물리학, 순간이동론이라는 새로운 이론을 연구했고, 거기서 10년을 보냈어. 그런 뒤 우린 실험을 시작했고, 난 란'느에 있으면서 그 기술을 이용해 헤인 성계까지 시간을 전혀 들이지 않고 가로질러 갔어. 시간을 전혀 들이지 않고 말이야. 어, 내 말 알겠지, 말 그대로, 앤서블처럼. 광속으로가 아니고,

빛보다 빠르게도 아니고, 시간이 전혀 들지 않는거야. 어떤 장소와 다른 장소에 동시에 있는 거야, 알겠어? 실험은 잘됐어, 성공했어. 하지만 돌아오는건…… 내 필드에 주름이, 구김이 있었어. 난 같은 장소에 있었지만, 시간대가 달랐어. 나는 네 시간으로 18년 전, 내 시간으로는 10년 전으로 돌아왔어. 나는 내가 떠난 날로 돌아왔지만, 떠나지 않았고, 돌아왔어. 난 네게로 돌아왔어."

나는 이시드리의 두 손을 잡고 있었고, 조용한 웅덩이 옆에 무릎 꿇은 이시드리와 마주 보려고 역시 무릎을 꿇었다. 이시드리는 주의 깊은 눈으로 말없이 내 얼굴을 살폈다. 이시드리의 광대뼈에는 갓 생긴 생채기와 작은 멍이 있었다. 상록수의 가지를 모으던 중, 휘어졌던 가지에 맞은 것이었다.

"네게로 돌아오는 걸 허락해줘." 나는 속삭였다.

이시드리는 손으로 내 얼굴을 어루만졌다. "굉장히 지쳐 보여." 이시드리는 말했다. "히데오…… 너 괜찮은 거야?"

"응." 나는 말했다. "그럼. 난 괜찮아."

그리고 에큐멘이나 순간이동 연구에 조금이라도 관계되는 부분을 찾는다면, 나의 이야기는 여기서 끝이 난다. 나는 이제까지 18년을 O의 오케트에서 사두운 강 북서쪽 분수령의 언덕 지역에 있는 데르단'나드 마을의 우단 농장의 한 농부로 살았다. 나는 이제 쉰 살이다. 나는 우단의 두 번째 세도레투의 아침 남편이다. 내 아내는 이시드리고, 내 밤 결혼 상대는 드레헤의 소타이며, 소타의 저녁 아내는 내 여동생인 코네코다. 이시드리와의 아침 아이들은 라투브두와 타드리다. 저녁 아이들은 무르미와 라사코다. 하지만 이 중 무엇도 에큐멘의 스테빌들에게는 그다지 흥미롭지 않다.

시간 기술 쪽에 대해 훈련을 좀 받은 적이 있던 어머니는 내게 이야기를 해달라고 했고 열심히 들은 뒤 내 말을 의심 없이 믿어주었다. 이시드리 또한 그랬다. 내 농족의 사람들 대부분은 좀 더 간단하면서 훨씬 더 믿음직한 이야기 쪽을 택했다. 이쪽이 모든 걸 더 잘 설명해주었고, 심지어 내가 밤새 심하게 살이 빠지고 10년은 더 늙어버린 것까지 설명할 수 있었다. 그들은 우주선이 떠나기 직전, 정말 마지막 순간에 히데오가 결국 헤인의 에큐멘 학교에 가지 않기로 결정했다고 말했다. 히데오는 이시드리와 사랑에 빠졌기 때문에 우단으로 돌아왔다. 하지만 히데오는 이 일로 심하게 아팠다. 너무나 힘든 결정이었고 너무나 심하게 사랑에 빠져 있었기 때문이다.

어쩌면 이게 실은 진짜 이야기인지도 모른다. 하지만 이시드리와 이사코는 더 묘한 진실 쪽을 택했다.

나중에 우리가 우리의 세도레투를 이룰 때, 소타는 내게 진실이 뭐냐고 물었다. "넌 똑같은 사람이 아니야, 히데오, 비록 내가 언제나 사랑했던 그 남자이긴 하지만 말이야." 소타는 말했다. 나는 소타에게 최선을 다해 이유를 말해주었다. 소타는 자신보단 코네코가 더 잘 이해할 거라 확신했고, 실제로도 코네코는 진지하게 내 얘기를 듣고 몇 가지 날카로운 질문을 던졌다. 나는 그 질문들에 대답할 수 없었다.

나는 헤인에 있는 에큐멘 학교의 시간물리학과에 메시지를 보내려 시도했다. 집에 온 지 얼마 지나지 않았을 때부터, 에큐멘에 강한 의무감과 책임의식을 지닌 어머니는 내게 그리해야 한다고 고집을 부리기 시작했다.

"어머니." 나는 말했다. "제가 그 사람들에게 무슨 말을 할 수 있죠? 그 사람들은 아직 처튼 이론을 발명하지도 않았어요!"

"원래 그러려 했던 것과 달리 공부하러 가지 않아 미안하다고 사과해라. 그리고 소장, 그 아나레스 여자에게 설명하렴. 어쩌면 그 여자는 이해할 게다."

"그보네시조차 아직 처튼에 대해 몰라요. 지금부터 3년쯤 지나야 우라스와 아나레스에서 앤서블로 처튼에 대해 그보네시에게 이야기하기 시작할 거예요. 여하튼 그보네시는 제가 거기 있던 첫 2년간은 절 몰랐고요." 과거시제는 어쩔 수 없으면서도 우습게 들렸다. 이 부분은 이렇게 말해야 더 정확했을 것이다. "그보네시는 제가 거기 있지 않는 첫 2년간은 절 모를 거예요."

혹은 내가 지금 헤인에 '있나'? 두 개의 세계에 동시에 둘이 존재한다는 모순된 생각에 나는 대단히 동요했다. 이는 코네코가 물었던 여러 점들 중 하나이기도 했다. 제아무리 내가 그 생각은 시간의 모든 법칙하에선 불가능하다고 무시한들, 또 다른 내가 헤인에 살고 있고, 18년 뒤 우단에 와서 날 만나는 일이 가능하다는 상상이 자꾸만 드는 건 어쩔 수가 없었다. 결국, 나의 현재 존재 또한, 또 다른 나의 존재와 똑같이 불가능했다.

그런 생각이 자꾸만 들면서 마음이 괴로워지자, 나는 다른 상상으로 그 생각을 밀어내는 법을 익혔다. 오로의 수영하는 만 바로 위, 물살이 거센 곳의 커다란 두 바위 사이에서 작은 소용돌이들이 미끄러져 내려오는 모습이었다. 나는 이 소용돌이들이 생겨났다가 사라지는 모습을 상상하곤 했고, 또는 직접 강으로 내려가 앉아 소용돌이들을 지켜보곤 했다. 소용돌이엔 내 문제에 대한 해답이 있는 듯이 보였고, 끝없이 풀어졌다 생겨났다 하면서 내 문제 또한 풀어버리는 듯이 보였다.

하지만 어머니의 의무감과 책임감은 불가능하게도 두 번 사는 삶 같은 사소한 일로는 꿈쩍도 하지 않았다.

"넌 그 사람들에게 말하려고 노력해야 해." 어머니는 말했다.

어머니가 옳았다. 만약 나의 이중 순간이동 필드가 영구적으로 자리 잡았다면, 이건 내게뿐 아니라 시간 과학에도 정말로 중대한 일이었다. 그래서 나는 노력했다. 나는 농장 예비비에서 어마어마한 금액을 현찰로 빌려 란'느로 가서 5천 단어의 앤서블 화면 전송을 샀고, 에큐멘 학교의 학과장에게 메시지를 보내, 어째서 내가 학교에 입학 허가를 받고서도 도착하지 않았는지를 설명하려 애썼다. 실제로 내가 도착하지 않았다면 말이다.

나는 이게 내가 그곳에 있던 첫해에 그들에게 번역을 부탁받았던 그 "구겨진 메시지" 혹은 "유령"이었다고 생각한다. 메시지의 일부는 횡설수설이었고, 일부 단어는 필경 거의 동시에 다른 전송에서 왔지만, 내 이름의 일부가 그 메시지에 있고, 다른 단어들은 어쩌면 내 긴 메시지 중의 파편 혹은 뒤집힌 단어들이었을 수 있다. 문제, 처튼, 돌아오다, 도착했다, 시간.

앤서블 센터의 수신자들이 시간적으로 뒤틀린 순간이동에 '구겨진'이란 단어를 썼다는 사실은 흥미로운 일이라고 난 생각한다. 그보네시 역시 내 처튼 필드의 이상 현상인 '주름'에 그 단어를 쓰곤 했기 때문이다. 사실, 그 앤서블 필드는 처튼 필드의 '10년 이상 현상' 때문에 생긴 공명 저항에 직면해 있었고, 공명 저항은 메시지를 접고 뒤집고 지우고 구겨버린다. 그 순간, 티오쿠난'느 이중 필드의 영향 속에서, 내가 메시지를 보낼 때 O에서 나의 존재는, 그 메시지가 수신될 때 헤인에 있는 나의 존재와 동시적이었다. 메시지를 보낸 나와, 메시지를 받은 내가 존재했다. 그러나 이렇게 분리되고 독립된 필드가 변칙적으로 존재하는 한, 그 동시성은 말 그대로 앤서블에서도, 처튼 필드에서도 더 이상 아무 관련도 없는, 한 점이요, 순간이요, 지나침일 뿐이었다.

이 경우, 처튼 필드의 이미지는 범람원에서 굽이치는 강이 될 수 있을 것이다. 물은 깊숙한 곳까지 굽이치고 또 굽이치다가 원래 흐름에 너무나 가깝게 구부러져서 결국 물길은 이 S자의 이중 기슭을 뚫고 직선으로 나아가고, 그 옆에 넓게 고인 물은 통째로 구부러진 호수가 되고 원래 물길과는 단절되고 분리된다. 이 비유에서, 내 앤서블 메시지는 내 기억과는 다르게, 흐르는 물과 호수를 잇는 하나의 연결선이 되었을 수도 있었다.

하지만 내 생각에 더 진실에 가까운 이미지는 물 흐름 그 자체의, 생겨나고 또 생겨나는 소용돌이들이다. 하지만 그것은 같은 것일까 아니면 다른 것일까?

나는 결혼 초의 몇 년간, 내 물리학 지식이 아직 생생하던 때, 설명을 위한 수학적 계산에 매달렸다. 이 문서에 첨부된 "이중 앤서블과 처튼 필드에서 공명 간섭의 이론에 대한 메모"를 보아 달라. 나는 이 설명이 아무 의미도 없을 가능성이 크다는 걸 안다. 이 강에는 티오쿠난'느 필드가 전혀 없기 때문이다. 하지만 뜻밖의 방향에서의 독립적 연구가 유용할 수 있다. 그리고 난 이 연구에 애착을 느끼는데, 그건 이게 내가 한 마지막 시간물리학 연구이기 때문이다. 나는 이제까지 큰 관심을 품고 처튼 연구의 성과를 계속 공부했지만, 내 생업은 늘 포도밭과 배수 시설, 야마 돌보기, 아이들 돌보기와 교육, 강론, 그리고 맨손으로 물고기 잡는 법 배우기와 관련되어 있다.

이 논문을 쓰면서, 나는 수학과 물리학의 관점에서 볼 때, 헤인에 가서 순간이동을 전공하는 시간물리학자가 된 나의 존재는 사실 처튼 효과에 의해 분리되고, 접히고, 지워졌다고 확신했다. 그러나 어떤 이론이나 증거를 보아도, 언젠가 교차점이 다가올 거란 불안감, 공포는 가라앉지 않았다. 이 공포는 결혼하고 아이들이 하나씩 태어날수록 더욱 커지기만 했다. 강과 소용돌이에 대한 모든 이미지에도 불구하고, 나는 그 분리가 순간이동의 순간에 뒤집히지 않을 수 있다는 걸 증명할 수 없었다. 내가 베에서 란'느로 처튼한 날, 내가 내 결혼, 우리의 아이들, 우단에서의 내 모든 삶을 어쩌면 취소하고, 잃고, 지워버릴 가능성이 있었다. 내가 그 모든 걸 쓰레기통에 버려진 종이 한 장처럼 구겨버릴 가능성이 있었다. 나는 그 생각을 도저히 견뎌낼 수가 없었다.

결국 나는 이시드리에게 그에 대해 말했다. 그때까지 내가 이시드리에게 감춘 유일한 비밀이었다.

"아니." 이시드리는 오랫동안 생각한 뒤 말했다. "난 그런 게 가능하다고 생각하지 않아. 네가 돌아온 데는, 거기가 아닌 여기로 돌아온 데는, 이유가 있었어."

"너 때문이었어." 나는 말했다.

이시드리는 멋진 미소를 지었다. "응." 이시드리는 말했고, 잠시 후 덧붙였다. "그리고 소타, 코네코, 농장이 있지……. 하지만 네가 거기로 돌아갈 이유는 전혀 없어, 안 그래?"

이시드리는 말하는 동안 우리의 쌔근쌔근 자는 아기를 안고 있었다. 그녀는 아기의 작고 보드라운 머리에 뺨을 댔다.

"어쩌면 거기서 네 일은 예외일지도." 이시드리는 말했다. 그러고는 작은 열망이 담긴 눈으로 나를 보았다. 이시드리가 정직하기 때문에 나도 똑같이 정직해야 했다.

"가끔은 내 일이 그리워." 나는 말했다. "난 그 점을 알아. 난 내가 널 그리워한단 걸 몰랐어. 하지만 너에 대한 그리움 때문에 난 죽어가고 있었어. 난 그대로 죽었을 거고 그 이유를 절대 몰랐을 거야, 이시드리. 그리고 어쨌거나, 그건 모두 잘못됐었어. 내 일은 잘못됐었어."

"그 덕에 네가 돌아왔다면, 어떻게 그게 잘못된 거였겠어?" 이시드리는 말했고, 나는 그 말에 전혀 대꾸할 수 없었다.

처튼 이론에 대한 정보가 발표되기 시작하자, 나는 O의 센터

도서관에 들어오는 정보는 뭐든지 다 구독했고, 특히 에큐멘 학교와 베에서 행해지는 연구에 유념했다. 연구의 전반적 진척은 내가 기억하는 그대로였고, 3년간은 급속도로 진전되다가 큰 곤란들을 겪었다. 하지만 이 분야에서 연구를 하는 티오쿠난'느 히데오에 대한 언급은 전혀 없었다. 안정화된 이중 필드의 이론을 연구하는 이는 아무도 없었다. 란'느에 세워진 처튼 필드 연구 스테이션 따위는 없었다.

마침내 내가 집을 방문했던 겨울이 되었고, 바로 그날이 찾아왔다. 인정하건대, 그럴 이유가 전혀 없었음에도 내게는 너무나 나쁜 하루였다. 죄책감과 현기증이 파도처럼 밀려들었다. 나는 그 방문 때의 우단을 생각하며 아주 불안정해졌다. 그때 이시드리는 헤드란과 결혼했었고, 나는 그저 방문자에 지나지 않았다.

강론의 존경받는 순회 학자인 헤드란은 사실 가르침을 주러 마을에 여러 번 왔었다. 이시드리는 헤드란을 초대해 우단에 묵게 하자고 제안했었다. 나는 그 제안을 거부하며, 비록 헤드란이 뛰어난 학자이긴 하지만 왠지 모르게 그 사람이 싫다고 말했다. 이시드리가 맑은 검은색 눈동자를 순간 번쩍이며 나를 곁눈질하는 게 보였다. 히데오가 질투하나? 하는 표정으로 그녀는 웃음이 나려는 걸 억지로 참았다. 이시드리와 어머니에게 나의 '다른 삶'에 대해 말하며, 나는 단 한 가지 이야기를 빠뜨렸는데, 내가 유일하게 지켜온 그 비밀은 바로 내가 우단에 방문했던 일이었다. 나는 그 '다른 삶'에서 어머니가 무척 아팠단 점을 어머니에게 말하고 싶지 않았다. 나는 그 '다른 삶'에서 헤드란이 이시드리의 저녁 남편이었으며 이시드리가 낳은 아이는 없었다고 이시드리에게 말하고 싶지 않았다. 어쩌면 내가 틀렸을지도 모르지만, 난 내게는 이런 것들을 말할 권리가 없다고, 내가 말할 수 있는 이야기가 아니라고 느꼈다.

그래서 이시드리는 내가 느끼는 게 질투라기보단 죄책감이란 걸 알 수 없었다. 나는 내가 아는 바를 이시드리에게 숨겼다. 그리고 나는 헤드란에게서 이시드리와의 삶을 빼앗았고, 내 삶의 소중한 기쁨, 중추, 행복의 원천을 그에게서 빼앗았다.

혹은 내가 헤드란과 그걸 나눴던 걸까? 나는 알 수 없었다. 지금도 모르겠다.

그날은 다른 날처럼 지나갔고, 오직 수우디의 아이들 중 하나가 나무에서 떨어져 팔꿈치가 골절되었을 뿐이다. "적어도 우린 걔가 물에 빠져 죽지 않을 걸 알잖니." 투브두는 쌕쌕거리며 말했다.

그런 뒤, 내가 신기숙사의 내 방에서 흐느껴 울며 왜 우는지도 몰랐던 밤의 그날이 되었다. 그리고 그 뒤로 한참이 지나, 내가 베로 순간이동해 돌아간 날, 그보네시에게 이시드리의 와인 한 병을 가져다준 날이 되었다. 그리고 마침내, 어제, 나는 베에서 처튼 필드에 들어갔고, O에서 18년 전 그곳을 떠났다. 나는 가끔 그러듯이 신사에서 그날 밤을 보냈다. 시간은 조용히 흘러갔다. 나는 글을 쓰고, 예배를 드리고, 명상하고, 잤다. 그리고 조용한 물 웅덩이 옆에서 깨어났다.

그리하여 이제. 나는 스테빌들이 한 번도 들어보지 못한 어느 농부에게서 이 보고서를 받게 되길, 그리고 순간이동 기술자들이 이걸 적어도 자신들이 한 실험의 각주로 봐줄 수도 있길 바란다. 이것의 진위 여부를 증명하긴 분명히 힘들 것이다. 유일한 증거는 내 말, 그리고 다른 식으론 거의 설명이 불가능한, 처튼 이론에 대한 내 지식뿐이기 때문이다. 나를 모르는 그보네시에게, 나는 존경과 감사의 마음을 보내며, 또한 그녀가 내 의도를 충분히 이해해주길 바란다.

수록 작품 발표 연도 및 지면

고르고니드와 한 최초의 접촉_ 1991년《옴니》

뉴턴의 잠_ 1991년《풀 스펙트럼 3》

북면등반_ 1983년《아이작 아시모프 SF 매거진》

상황을 바꾼 돌_ 1992년《어메이징》

케라스천_ 1990년《웨스터콘 1990 프로그램 북》

쇼비 이야기_ 1990년《유니버스》

가남에 맞춰 춤추기_ 1993년《어메이징》

또 다른 이야기 혹은 내해의 어부_ 1994년《투머로》

옮긴이 최용준

서울대학교 천문학과를 졸업했으며 미국 미시간 대학에서 이온추진 엔진에 대한 연구로 비(飛)천문학 박사 학위를 받았다. 저온 플라스마 현상을 연구한다. 옮긴 책으로는 《이 사람을 보라》《넘버 나인 드림》《래그타임》《끌림》《3등급 슈퍼 영웅》《아메리칸 러스트》 등이 있다. 《이 세상을 다시 만들자》로 제17회 과학기술 도서상 번역 부문을 수상했다. 시공사의 '그리폰 북스', 열린책들의 '경계 소설선', 샘터사의 '외국 소설선'을 기획했다.

어슐러 K. 르 귄 걸작선 04
내해의 어부

초판 1쇄 발행일 2014년 12월 29일
초판 3쇄 발행일 2022년 2월 21일

지은이 어슐러 K. 르 귄
옮긴이 최용준

발행인 박헌용, 윤호권
발행처 ㈜시공사 **주소** 서울시 성동구 상원1길 22, 6-8층(우편번호 04779)
대표전화 02-3486-6877 **팩스(주문)** 02-585-1755
홈페이지 www.sigongsa.com / www.sigongjunior.com

ISBN 978-89-527-7185-8 04840
ISBN 978-89-527-7181-0 (세트)